Wolfgang Ecke

Spionagering Rosa Nelke

Boje

Dieses Buch ist erstmalig 1979 erschienen
Einbandgestaltung: hoop-de-la, Köln,
unter Verwendung einer Illustration von Erich Hölle
Satz: Noch & Noch, Balve
Gesamtherstellung: Verlags- und Medien AG, Köln
Printed in Germany

ISBN 978-3-414-82038-9

5 4 3 2 1 11 10 09 08 07

www.boje-verlag.de

Inhalt

Spionagering Rosa Nelke 9

Geheimnisvolle Schatten 109

Das Millionending 133

Der Tag, an dem Perry Clifton zu spät kam 142

Ein Sonntag mit Folgen 146

Die Wette 153

Mister Hamiltons Traum vom Reichtum 157

Ein Meisterschuss 177

Taschenspielereien 188

Der Einfall, der ein Reinfall war 192

Krimirätsel Nr. 1
Die Grillparty 195

Krimirätsel Nr. 2
Die Katze 203

Krimirätsel Nr. 3
Der Fall Poljareff 207

Krimirätsel Nr. 4
Nachbarschaftshilfe 223

Krimirätsel Nr. 5
Der vierte Mann 226

Krimirätsel Nr. 6
Falsche Spuren 232

Krimirätsel Nr. 7
Simon Rodgers' letzter Auftritt 235

Krimirätsel Nr. 8
Der Farbfleck 244

Krimirätsel Nr. 9
Perry Clifton und die Safttrinker 246

Krimirätsel Nr. 10
Ein Brief aus Chamonix 249

Auflösungen 252

Spionagering Rosa Nelke

Das Nest

Die Nummer 98 war eines jener vielen nichtssagend aussehenden Häuser in der Railsworth Street.

Fünf Stockwerke hoch, mit einem halben Dutzend Fernsehantennen auf dem Dach und einer Fassade, deren Putz wohl vor Jahrzehnten einmal dunkelgrün gewesen sein muss.

Studierte man die Schilder neben der Eingangstür, so fand man – neben den gewöhnlichen Wohnungsmietern – einen Zahnarzt, einen Notar, eine Architektengemeinschaft, eine Werbeagentur, das Büro einer kirchlichen Sekte und, im Dachgeschoss, ein Immobilienbüro. Letzteres firmierte unter dem Namen: JOHN COLFIELD, VERMITTLUNG VON LANDWIRTSCHAFTLICHEN ANWESEN.

Es war kurz nach 14 Uhr, als ein dunkel gekleideter Mann von etwa dreißig Jahren, einen Stockschirm schwingend, die Haustür besagter Nummer 98 passierte.

Seine sportliche Art, die Treppenstufen zu nehmen, ließen auf einen gut durchtrainierten Körper und auf Kondition schließen. Man hätte ihn für einen Tennisspieler oder einen leidenschaftlichen Querfeldeinläufer halten können. Er legte keine Pause bis zum obersten Treppenabsatz ein. Und als er wenig später den Klingelknopf neben dem Schild COLFIELD-GESELLSCHAFT drückte, war er weder außer Atem noch deuteten sonstige Anzeichen darauf hin, dass er sich angestrengt hatte.

Sein Gesicht zeigte lediglich eine Spur von Erwartung und Gespanntheit.

Genau sechzig Sekunden vergingen, bevor sich die Tür öffnete.

Ein mittelgroßer, eher kleiner Mann mit buschigem rötlichem Haarschopf und ebenso farbigem Vollbart breitete die Arme aus und rief mit heller, Überraschung heuchelnder Stimme:

»Oh, Mr Godley, Sie kommen wie gerufen. Gerade heute habe ich ein herrliches Objekt angeboten bekommen. Direkt auf Ihre Wünsche und Vorstellungen zugeschnitten.«

Der Mann in Schwarz, Godley genannt, nickte lebhaft und erwiderte lachend: »Ich muss es geahnt haben, Mr Colfield. Aber vielleicht liegt es auch daran, dass eine Großtante väterlicherseits Hexe und Hellseherin war.« Beide lachten, dass man es noch mehrere Stockwerke tiefer hören konnte.

»Bitte, treten Sie doch ein!«, tönte der Makler, und seine Stimme klang nach einer Verbeugung.

Godley folgte der Aufforderung.

Die Vorstellung für eventuelle Zuhörer im Treppenhaus war zu Ende, das eigentliche Gespräch konnte beginnen. Vorher jedoch erledigte Mr Colfield einige Handgriffe, die dieser Besucher ungerührt verfolgte, die jedoch jeden anderen Beobachter zu einem verständnislosen Kopfschütteln veranlasst hätten.

Zuerst drückte der Makler auf einen Knopf neben dem Lichtschalter, und aus einem Lautsprecher über dem Briefkastenschlitz erklang Musik. Anschließend zog er einen dicken, anthrazitfarbenen Samtvorhang vor die Tür.

Schweigend betraten die beiden Männer das Büro, dessen Wände durchweg mit Landkarten und Fotos mit ländlichen Motiven geradezu gepflastert waren.

Colfield betätigte erneut einen Knopf, und ein eigenartiger Summton erklang. Von diesem Augenblick an würde es keinem Außenstehenden gelingen, das mitzuhören, was in diesem Raum gesprochen wurde.

Der bärtige kleine Mann streckte dem Besucher die Hand hin, und die Andeutung eines Lächelns huschte über seine Lippen.

»Willkommen in London, Mike! Ich hoffe, es ging alles glatt.«

Mike Godley sah überrascht auf. Sein Zeigefinger deutete zur Wand. »Von meiner Seite aus ging alles glatt. Ich dachte, du hättest schon lange die Bestätigung.«

Colfield schüttelte den Kopf. »Wir haben wieder eine neue Sendezeit ausgemacht. 14 Uhr 15.«

Während der Makler auf ein gerahmtes Foto an der rechten Wandseite zuging – es stellte die Ansicht eines Farmkomplexes dar –, warf Godley Stockschirm, Hut und Mantel achtlos in einen betagten Sessel mit zerschlissenem Lederbezug. Colfield klappte das Bild wie eine Schranktür zurück, und eine komplette Kurzwellenanlage bot sich ihren Blicken dar.

Während er sich einen Stuhl heranzog, ließ sich Godley in einen Schaukelstuhl aus Korbgeflecht fallen.

Stumm begannen sie zu warten.

Um 14 Uhr 14 schaltete Colfield das Gerät auf Empfang. Und dann, ganz plötzlich, kam atmosphärisches Leben in die Apparatur, und eine metallisch vibrierende Stimme meldete sich verzerrt und monoton:

»Hallo, Rosa Nelke, hallo, Rosa Nelke, hier ist der neueste Wetterbericht von den Fischgründen. Sonnenschein wie vorherberechnet. Leider an einer Stelle Schatten, weil Thunfisch noch zappelt. Versuche neu zu angeln. Ich wiederhole: Sonnenschein wie vorherberechnet. Leider an einer Stelle Schatten, weil Thunfisch noch zappelt. Versuche neu zu angeln. Ende!«

Colfield schaltete ab, erhob sich und klappte das Bild wieder zurück.

Seine Bewegungen, langsam und doch geschmeidig, vermittelten etwas Bedrohendes. Eiskalt fixierten seine Augen Mike Godley, der ihm bleich und sichtlich fassungslos entgegensah. Dann schüttelte er plötzlich wild den Kopf. »Das ist ein Irrtum, John!«, rief er und stieß sich so heftig aus dem Schaukelstuhl ab, dass dieser leise ächzend hin und her zu schwingen begann. »Verdammt, John, das muss ein Irrtum sein!«

Colfield sah Godley ausdruckslos an.

»Solange ich Glenn Parker kenne, Mike, hat er sich noch nie geirrt. Warum also sollte er sich diesmal irren?«

Die Stimme des falschen Maklers klirrte vor Kälte. Godley hob beschwörend die Hände. »Aber ich habe ihn voll erwischt. Da wäre nicht mal eine Elefantenkuh mit dem Leben davongekommen.«

»Aus Parkers Meldung ging unmissverständlich hervor, dass man versucht, ihn wieder zusammenzuflicken. Es ist dir doch klar, was das bedeutet.«

Godley starrte eine Zeit lang wie hypnotisiert auf Colfield herunter. Schließlich schlug er sich vor die Stirn und stellte erregt fest: »Selbst wenn dieses Wunder eingetreten sein sollte, kann er uns nicht schaden,

John. Er weiß nichts. Weder Details noch genaue Personalien.«

»Er weiß nichts?«, zischte Colfield. »Wie kannst du solchen Irrsinn von dir geben? Er weiß eine Menge, und das ist genau eine Menge zu viel! Er kennt mich, er kennt dich, und er kennt auch Parker! Außerdem weiß er, wo du wohnst!«

»Wohnte!«, verbesserte Godley, bemüht, die »Panne« herunterzuspielen.

»Auf alle Fälle kann er tiefe Furchen in den Lack unserer Anonymität kratzen!«

»Aber nicht doch. Warum machst du in Panik? Warum vermutest du immer gleich das Schlimmste? Du denkst, dass Craig sprechen könnte. Aber noch hat er nicht. Und wie Parker sagt, will er ja versuchen ...«

Colfields herrische Geste ließ Godley verstummen.

»Nichts da, Parker«, fauchte der Makler. »Du reist auf der Stelle zurück und bringst die Sache selbst in Ordnung. Ich habe noch nie etwas davon gehalten, von anderen die eigenen Fehler korrigieren zu lassen. Es tut mir leid, Mike. Mach dich auf den Weg, und lass dir auf der Fahrt was einfallen.«

Colfields Aufforderung war so eindeutig und nachdrücklich, dass Mike Godley wusste: jeder Versuch, ihn umzustimmen, wäre reine Zeitverschwendung. Wortlos nahm er Mantel, Hut und Schirm und wandte sich zähneknirschend und ohne Gruß der Tür zu.

»Mike!« Colfields Ruf ließ ihn noch einmal herumfahren.

»Ja?«

»Lass dir was *Vernünftiges* einfallen!«

Die Geheimbesprechung

Perry Clifton hatte schon die Hand nach dem Telefon ausgestreckt, als es kurz und heftig an die Tür klopfte und Hank Murphy das Zimmer betrat. Derselbe Hank Murphy, den er in diesem Augenblick anrufen wollte.

»Gedankenübertragung«, dachte der Detektiv und wiederholte es laut:

»Das ist Gedankenübertragung, Hank. In der Sekunde wollte ich dich anrufen. Und schon bist du da!«

Hank Murphy, sein Vertreter bei Johnson & Johnson, ließ sich auf einen Stuhl fallen, nickte und sagte lachend:

»Ich habe deinen telepathischen Ruf gehört, hier bin ich!«

»Fein, erledigen wir zuerst dein Anliegen«, gab Clifton grinsend zurück.

»Auch mein Anliegen ist in Wirklichkeit dein Anliegen. Einen schönen Gruß von deiner bezaubernden Braut Julie! Nachdem es ihr nicht gelungen ist, dich telefonisch zu erreichen, hat sie sich mit mir verbinden lassen. Sie lässt dir ausrichten, dass es mit dem Kino heute Abend nichts wird, da sie mit ihrem Boss zu einer Versteigerung nach Edinburgh geflogen ist. Sie kommen erst übermorgen Mittag zurück.«

»Vielen Dank, Hank. Ich kann mir vorstellen, dass sie vergeblich versucht hat, hier durchzukommen. Heute Vormittag war auf meinem Apparat wirklich der Teufel los.«

»Unangenehmes?«

Perry Clifton musterte seinen Freund und Kollegen einen Augenblick lang nachdenklich. Über ein Dutzend

Jahre schon arbeiteten die beiden bei Johnson & Johnson. Heute war Perry Clifton Chef der Detektivabteilung und Hank Murphy sein Stellvertreter. Es hatte in all den Jahren nie Ärger zwischen ihnen gegeben. Ob es daran lag, dass Hank eigentlich mehr für den Beruf des Priesters als den des Detektivs geeignet schien? Für Hank gab es nur »bevorzugte, gute und arme« Menschen. In jedem Dieb und Gauner sah er einen »aus fremder Schuld Gestrauchelten«, der Hilfe brauchte. Erwischte er in den Verkaufsräumen einen Langfinger, folgte in der Regel zuerst ein langes Zwiegespräch. Gelobte der Ertappte reuevoll Besserung, ließ ihn Hank meist laufen. Erst beim zweiten Ertappen schenkte sich Murphy die Bekehrungsrede und wickelte mit tieftrauriger Miene die notwendigen Dinge wie Anzeige und Überstellung an die Polizei ab. All das ging Perry Clifton jetzt durch den Kopf.

Hank Murphy war ein Mann, dem man hundertprozentig vertrauen konnte.

»Nein, Hank, nichts Unangenehmes. Zumindest sehe ich es nicht so. Eher aufregend, nervenkitzelnd. Dabei kenne ich keine Einzelheiten.«

Murphy verstand gar nichts. Schulterzuckend erkundigte er sich: »Was ist eher aufregend und nervenkitzelnd, Perry?«

»Zuerst ruft mich ein gewisser Inspektor Dirk Mallow von Scotland Yard an. Fragt, ob ich augenblicklich an einem schwierigen Fall arbeite, und wenn nicht, ob es möglich wäre, dass ich gegebenenfalls für ein längeres Gespräch zur Verfügung stünde. Noch bevor ich irgendwelche Fragen stellen konnte, erklärte mir Mallow, dass ich es mir bitte verkneifen möge, ihm Fragen zu stellen, er könne im Augenblick keine Antworten zur Sache geben. ›Okay‹, antwortete ich, ›zu einem Gespräch bin ich immer bereit.‹ Daraufhin sagte er, man würde mir kurzfristig den genauen Zeitpunkt des Gesprächs mitteilen.«

»Den Namen Mallow habe ich schon mal gehört, ich weiß nur nicht, in welchem Zusammenhang«, warf Hank Murphy ein.

»Ich nicht. Ich hatte ihn noch nie gehört. Und deshalb wollte ich Scott Skiffer fragen. Scott war nicht da, aber Peter Borlowsky ... du kennst doch Borlowsky?«

Hank nickte. »Das ist der dicke Priemkauer polnischer Abstammung. Detektivinspektor ist er.«

»War er. Inzwischen ist er einen Rang nach oben geklettert. Also, laut Borlowsky gehört Mallow einer Yard-Sonderabteilung an, die direkt dem Innenministerium untersteht.«

»Das bedeutet also, dass man dich in einer geheimen Angelegenheit zu konsultieren gedenkt. Und du hast keine Ahnung, um welches Thema es geht?«

»Nicht die Spur einer Ahnung. Aber meine Vormittagsgeschichte geht noch weiter. Kurz nachdem Dan Buttler das Diebespärchen in der Kosmetikabteilung auf frischer Tat ertappte und wir die beiden überstellt hatten, wurde ich zu Sir Adam gerufen. Und unser Direktor und Präsident erklärte mir wohlwollend, dass ich ohne jede Formalitäten freigestellt sei, wenn man von amtlicher Seite über mich verfügen wolle. Einzelheiten wusste auch er nicht.«

»Wird immer nebuloser«, meinte Hank.

»So ist es.«

»Eine Menge Tamtam um einen kleinen Warenhausdetektiv«, ulkte Hank Murphy. In seiner Stimme klang allerdings keinerlei Neid mit. »Hast du inzwischen von amtlicher Seite was Neues gehört?«

»Vor zehn Minuten hat das Innenministerium angerufen. Und zwar Staatssekretär James McPearson höchstpersönlich. Er bat mich, um 14 Uhr zu einem Gespräch ins Ministerium zu kommen. Als ich dich vorhin anzurufen versuchte, wollte ich dir nur mitteilen, dass ich ab Mittag nicht mehr im Haus bin und dass du bis auf Weiteres alle großen und kleinen Halunken laufen lassen kannst.«

Hank Murphy lächelte Perry Clifton nachsichtig an. »Auch du wirst eines Tages noch erfahren, dass Großmut in der Suppe des menschlichen Nebeneinanders das Salz darstellt.«

Perry Clifton seufzte. »Da bedarf es aber noch vieler schlagkräftiger Beweise, Hank.«

Hank nickte. »Ich bin ständig am Sammeln.«

»Übrigens«, sagte Clifton, »da fällt mir ein, dass ich in der Wochenendausgabe von einem Bilderdiebstahl in Chelsea gelesen habe. Ein gewisser Joss Capton wurde dabei als Mittäter erwischt. Ist das nicht auch einer von jenen, denen gegenüber du schon Großmut erwiesen hast?«

»Ja, ja, ich habe es gelesen. Der bedauernswerte Fall eines an Kleptomanie leidenden Mannes.«

Perry Clifton erhob sich.

»Komm, gehen wir essen. Wenn du noch lange so weitermachst, beginne ich zu weinen ...«

Ein Zivilbeamter des Innenministeriums übernahm die Führung.

Mit dem Lift fuhren er und der Kaufhausdetektiv in die oberste Etage. Durch einen läuferbedeckten Korridor ging es bis zu einer Tür, die nur mit einer Zahl gekennzeichnet war.

Hier wurde Perry Clifton von einer gewichtig dreinschauenden älteren Dame mit Schildpattbrille und preiswürdiger Frisur »übernommen«. Miss Betty Overshil schenkte Perry Clifton ein Lächeln, das so unterentwickelt war, als sei auch der »Lächel-Etat« der letzten Sparmaßnahme zum Opfer gefallen.

»Bitte, Sir, ich darf um einen Augenblick Geduld bitten, ich werde Sie sofort anmelden!«

Sie sprach das, was Julie als »Bildhauerenglisch« bezeichnete. Jeder Buchstabe hörte sich an wie gemeißelt ... Obgleich sie mit Anlauf die Hürde der Tür zur Linken nahm, hörte man kein Geräusch. Sie musste das Öffnen und Schließen der schweren Eichenholztür tage- und nächtelang geübt haben. Auch ihre Rückkehr Sekunden später vollzog sich mit der gleichen Lautlosigkeit. Diesmal allerdings lächelte sie eine Spur großzügiger.

»Bitte, Mr Clifton, die Gentlemen erwarten Sie!« Drei Männer erhoben sich bei Cliftons Eintritt gleichzeitig, und einer von ihnen, ein großer, breitschultriger Mann, kam ihm mit ausgestreckter Hand und breitem, gewinnendem Lächeln entgegen. »Ich wette einen Tausender, dass das der Staatssekretär ist!«, dachte Perry bei sich.

»Guten Tag, Mr Clifton. Ich bin James McPearson. Lassen Sie sich als Erstes Dank sagen, dass Sie meiner Einladung gefolgt sind, ohne dass ich Ihnen am Telefon Näheres erläutern konnte.«

»Nun, Sir, ich konnte mich des Eindrucks nicht erwehren, dass es sich um eine wichtige Sache handelte«, gab Perry zurück.

»Das kann man mit Fug und Recht behaupten!« Ein leiser Seufzer schloss sich an. Doch dann deutete der Staatssekretär auf die beiden anderen Herren.

»Darf ich Ihnen zunächst meine anderen Gäste vorstellen? Das ist Detektivinspektor Cook von der Spionageabwehr hier in London ...«

»Hallo, Mr Clifton ...« Eine weiche, melodische Stimme.

»Hallo, Inspektor ...«

Cook glich dem Gegenteil von McPearson und dem dritten Mann. Er war mittelgroß, sehr schlank, fast grazil, und sah eher so aus, wie man sich einen vergeistigten Bibliothekar vorstellt, der sein Tagwerk auf der obersten Stufe einer Rollleiter vor einer fünf Meter hohen Bücherwand vollbrachte.

»Und das ist Chiefinspektor Dankwell von der Polizei in Plymouth.«

Dankwell sah man den Praktiker an. Und das auf den ersten Blick. Allein schon sein Haarschnitt, eine eisgraue Bürste, ließ vermuten, dass er ein Mann des Handelns war. Clifton schätzte sein Alter zwischen fünfzig und sechzig. Seine Bewegungen verrieten Energie, der Ausdruck seiner Augen Tatendrang.

»Bitte, setzen wir uns doch, Mr Clifton. Haben Sie irgendwelche Getränkewünsche?«

»Vielen Dank, keinerlei Wünsche!«

»Gut, kommen wir also sofort zur Sache. Die beiden Gentlemen werden Sie jetzt über Fall und Tatbestand aufklären. Ich schlage vor, dass Mr Cook beginnt!«

»Okay, Sir«, sagte Detektivinspektor Cook und nickte. Zu Perry Clifton gewandt begann er:

»Ich beschränke mich auf die wichtigsten Details. Vor über vier Monaten verschwand aus dem Safe von Professor Pickland in Highbury ein Großteil der Konstruktionspläne eines neuartigen Helikopters. Mit den Plänen zusammen verschwand auch ein gewisser Timothy Soccley. Er war Mitarbeiter von Pickland. Alle Nachforschungen blieben erfolglos. Am Montag nun wurde in Plymouth ein gewisser Bill Craig überfahren. Der Fahrer beging Fahrerflucht und konnte bis zur Stunde nicht ermittelt werden. Übereinstimmend berichteten die Augenzeugen, dass es sich ohne jeden Zweifel um einen vorsätzlichen Unfall gehandelt habe. Mit anderen Worten: Craig sollte umgebracht werden. Dass er noch lebt, scheint er nur einer Reflexbewegung zu verdanken. Er wurde ins Krankenhaus gebracht und sofort operiert. Seit dem Unfall ist er bewusstlos, und die Ärzte billigen ihm eine Überlebenschance von fünfzig Prozent zu. Da es sich also um einen einwandfreien Mordversuch handelte, nahm sich die Polizei des Opfers und der Hintergründe des Vorgangs an. Dabei gelang eine sensationelle Entdeckung: Die Fingerabdrücke Bill Craigs waren identisch mit denen des verschwundenen Timothy Soccley.«

»Ich vermute, dass Craig alias Soccley auch in Plymouth an einem geheimen Objekt mitarbeitete«, warf Perry Clifton ein.

Cook nickte. »In Plymouth arbeitete er als Ingenieur bei einer Gruppe, die mit der Entwicklung eines Unterwasserfahrzeugs zur Erforschung des Meeresbodens beschäftigt ist. Für uns ergibt sich nicht der geringste Zweifel an der Tatsache, dass Craig zu einem Spionagering gehört. Was wir nicht wissen, ist, wo sich die Zentrale befindet, wo die Fäden zusammenlaufen und wer hinter den letzten Aufträgen steckt ... Ich glaube, Mr Dankwell, hier sollten Sie fortfahren.«

Perry Clifton, der noch immer nicht wusste, welches der wirkliche Grund für seine Anwesenheit in dieser Gesprächsrunde war, sah erwartungsvoll auf Dankwell. Und der Chiefinspektor enttäuschte ihn nicht:

»Bei der Durchsuchung von Craigs Wohnung stießen wir auf weitere Fingerabdrücke. Diese, Mr Clifton, waren der Anlass, dass wir Kontakt mit Ihnen aufnahmen. Diese Fingerabdrücke nämlich gehören einem Mann, den Sie ins Zuchthaus gebracht haben, aus dem er aber vor genau elf Monaten entwichen ist.«

Das war es also. Noch hielt ihn die Spannung in Atem. »Sie machen mich neugierig, Mr Dankwell.«

»Es handelt sich um den Fälscher Abraham Jefferson!« Perry Clifton wusste sofort Bescheid.

Als hätte er einen Knopf oder Schalter betätigt, der eine Rückblende in Bewegung setzt, rollte das Geschehen noch einmal in allen Einzelheiten vor seinen Augen ab. Er sah seinen Schulfreund, den jetzigen Antiquitätenhändler Tom Harder, überdeutlich vor sich, wie er mit der ihm eigenen Halsstarrigkeit ihn, Perry, dazu überredete, sich das unheimliche Haus in Hackston und dessen Bewohner einmal aus der Nähe anzusehen. Dankwell ahnte wohl, was in Clifton vorging.

»Sie erinnern sich?«

»Ja, ich habe auf der Bühne selten einen so guten Schauspieler gesehen wie damals Jefferson in seiner kriminellen Rolle, bei der ich sogar eine Zeit lang Beifall klatschte. Ein genialer Kopf. Wenn er mit von der Partie ist, handelt es sich zweifelsohne um eine große Sache. Mit Bagatellen gibt sich Jefferson nicht ab.«

Jetzt mischte sich McPearson ins Gespräch:

»Sie kennen Jefferson aus eigener Erfahrung. Würden Sie uns unterstützen?«

Perry Clifton zögerte keine Sekunde mit der Antwort: »Wenn ich Ihnen helfen kann, Sir, bitte, verfügen Sie über mich.«

»Es sieht danach aus, als führe er mitten unter uns ein scheinbar rechtschaffenes Leben. Halten Sie das für möglich?«

»Ja, Sir. Jefferson hat ein seltenes Geschick, seine Identität zu wechseln beziehungsweise zu verändern. Für jeden neuen Fall schafft er einen neuen Jefferson. Manchmal auch gleichzeitig mehrere. Ist schon bekannt, von wo aus er operiert?«

Cook schüttelte den Kopf. »Leider nein. Dabei wäre es das Wichtigste, in Erfahrung zu bringen, wo sich das Nest der Bande befindet. Wissen wir das, sind wir auch dem Kopf einen großen Schritt näher gekommen ...«

Über zwei Stunden dauerte das Gespräch im Innenministerium, und Perry Clifton erfuhr eine Menge über jenen Bill Craig alias Timothy Soccley, der jetzt in Plymouth im Krankenhaus lag. Jedes Detail, das man über ihn ausgegraben hatte, kam zur Sprache.

Dann plötzlich – es war kurz nach 16 Uhr – klingelte das Telefon auf dem Schreibtisch des Staatssekretärs. McPearson erhob sich ein wenig ungehalten.

Wenig später winkte er Dankwell zu.

»Für Sie! Es ist Plymouth!«

Eine bedrückende Stille herrschte im Zimmer, während Dankwell zuhörte, was ihm sein Gesprächspartner am anderen Ende des Drahtes mitteilte. Und es schien sich um alles andere als um angenehme oder erfreuliche Nachrichten zu handeln. Die tiefe Kerbe zwischen seinen buschigen Augenbrauen und das ungeduldige Öffnen und Schließen seiner linken Faust machten das den anderen deutlich.

»Ich bin morgen früh wieder zurück. Bis dahin keine Presse. Lassen Sie sich was einfallen.«

Dankwell legte den Hörer äußerst behutsam auf. Wer ihn kannte, wusste, dass dies ein Zeichen dafür war, wie sehr ihn das eben Gehörte bewegte.

Er sah Clifton an, dann Cook, und während er sich wieder setzte, blieben seine Blicke an McPearson hängen.

»Ihrer Miene nach ist etwas Außergewöhnliches geschehen.« Die Stimme des Staatssekretärs klang belegt.

»So ist es, Sir!«, nickte Dankwell. »Unsere Freunde schrecken vor nichts zurück. Vor einer Viertelstunde hat man versucht, Craig mit Hilfe einer tödlichen Injektion endgültig aus dem Verkehr zu ziehen.«

»Im Krankenhaus?«, fuhr McPearson auf.

»Ja. Der Täter hatte sich als Arzt verkleidet.«

»Sagten Sie nicht, dass das Krankenhaus bewacht würde?«

»Der Posten glaubte, es mit einem Arzt zu tun zu haben. Glücklicherweise kamen ihm jedoch noch rechtzeitig genug Bedenken.«

»Konnte der Mann bereits identifiziert werden?«, fragte Perry Clifton.

»Er trug einen Pass auf den Namen Mike Godley bei sich. Über die Echtheit des Passes sowie die Fingerabdrücke ist noch nichts bekannt. Auch sucht man noch nach der Kombination eines Taschentresors, den dieser Godley bei sich trug.«

»Ich würde Sie gern nach Plymouth begleiten, Chiefinspektor. Vielleicht habe ich Godley früher schon einmal unter anderen Namen in Jeffersons Umfeld gesehen«, sagte Clifton.

»Eine blendende Idee!« Dankwell stimmte sofort zu.

Rückblende

Das Central-City-Hospital sah alles andere als einladend aus. Das stellte auch Mike Godley an jenem Abend fest, als er, nach mehrstündiger Fahrt ohne Stopp, wieder in Plymouth eintraf.

Den ganzen Abend und die halbe Nacht verbrachte er mit Beobachtungen, dann glaubte er zu wissen, wie er vorzugehen habe.

Sein Plan, bei Glenn Parker zu übernachten, scheiterte an dessen Abwesenheit, wobei Godley nicht ausschloss, dass Parker absichtlich Telefon- und Türklingel ignorierte. So nahm er sich ein Zimmer in einem billigen Hafenhotel, in dem es so sehr nach Fisch roch, dass er meinte, sein Bett stehe inmitten einer Versteigerungshalle für Frischfisch.

Am nächsten Vormittag traf er einige Vorbereitungen, und pünktlich um 15 Uhr 30 passierte er mit Dutzenden von anderen das Hauptportal des Hospitals.

Die Besuchszeit hatte begonnen.

Mit Körben, Tüten und Blumensträußen strömten sie herein und ergossen sich über Gänge, Aufzüge und Treppen. Übrig blieben aber noch genügend andere, die sich, einer Traube gleich, vor dem Schalter »Auskunft + Information« zusammendrückten.

Godley schätzte sie auf mindestens zwanzig, und das waren für sein Vorhaben eben zwanzig zu viel. Rasch und unauffällig überprüfte er Sitz und Festigkeit des falschen Bartes und der dunklen Brille und steuerte kaltblütig auf die Tür neben dem Schalter zu. Und er hatte sich nicht getäuscht. Die Auskunft erteilende Lady mit dem rundlichen Gesicht und den grauen Löckchen und jene, die jetzt mit deutlicher Entrüstung im Blick sein Auftauchen im verbotenen Bereich wortreich kommentieren wollte, war dieselbe.

Godley schüttelte den Kopf und legte den Finger über die Lippen. Dann fuhr seine Hand in die Tasche und klappte anschließend für den Bruchteil einer Sekunde ein schwarzes Mäppchen auseinander. (Es enthielt seinen Internationalen Führerschein!)

Mit leiser, aber nachdrücklicher Stimme erklärte er:

»Ich bin Detektiv Cattrich von der Stadtpolizei. Wo finde ich Mr Craig?«

»Vierter Stock, Zimmer 412. Auch als Intensivstation bekannt! Reicht nicht einer zur Bewachung aus?«

Es klang spitz, aber nicht unfreundlich. Godley hatte eine Menge zu tun, um sich nichts anmerken zu lassen. Um Haaresbreite wäre er ins Verderben gerannt.

Polizei vor der Intensivstation – warum? Sollte das heißen, dass Craig doch bereits geredet hatte und dass man nun um sein zusammengeflicktes Leben fürchtete?

Godley spürte, wie es ihn heiß überkam. Jetzt hieß es doppelt vorsichtig sein.

»Wie geht es Mr Craig denn?«, fragte er. Die Lady mit den Löckchen erwiderte lakonisch:

»Nichts Neues, noch immer bewusstlos!«

»Danke! Und machen Sie sich keine Sorgen, dass wir ihn zu zweit bewachen. Ich bin nur die Ablösung!«

Er verließ den Raum und steuerte den Treppenaufgang an. Was er brauchte, war Zeit zum Überlegen. Mehr Zeit, als ihm das Aufwärtsschweben mit dem Lift gelassen hätte. Und wie immer, wenn Godley unter Druck stand, arbeiteten seine grauen Zellen besonders intensiv.

Er schwenkte in den dritten Oberstock ein und schlenderte langsam über den langen Korridor dahin. Genau wie einer, der auf jemanden oder etwas wartete.

Und wieder half ihm der Zufall: Aufmerksam beobachtete er, wie ein Mann im eleganten taubengrauen Anzug, der es furchtbar eilig zu haben schien, hinter einer Tür verschwand, um ein paar Atemzüge später verwandelt – Hokuspokus – als Arzt im weißen Mantel wieder aufzutauchen.

Es herrschte viel Betrieb.

Schwestern trugen, gelangweilt und unlustig zugleich, leere Vasen in die Zimmer, andere schoben Wagen mit Geschirr und Teekannen oder balancierten Tabletts, auf denen sich eierbecherförmige Schalen mit Tabletten und Kapseln in allen Farben befanden.

Dann ein günstiger Augenblick!

Aufatmend zog Godley die Tür mit dem Schild »Ankleide – nur für Ärzte« hinter sich zu.

Kleine Schränke, ein Spiegel, ein Waschbecken, das war alles.

Schon hinter der zweiten Schranktür wurde er fündig: Ein weißer Mantel, in dessen rechter Seitentasche sogar ein Stethoskop steckte. Godley war in diesem Moment froh, seinen Mantel im Wagen gelassen zu haben.

Der Besitzer des Mantels musste ein stattlicher Mann sein. Er war Godley nicht nur zu lang, sondern auch um einige Nummern zu weit. Trotzdem behielt er ihn an.

»Hallo!«, sagte der »Kollege«, mit dem er in der Tür zusammenstieß. »Neu hier auf der Station?«

Godley schüttelte lächelnd den Kopf.

»Komme von unten. Habe mir nur ein bisschen Wasser zum Händewaschen bei Ihnen ausgeliehen, Kollege!«

Der Arzt lachte.

Zwei Minuten später erreichte Godley den vierten Stock.

Der Gang wurde durch eine Glastür abgeteilt. »Intensivstation« stand mit Goldlettern auf das Glas geschrieben. Doch Godley sah nicht nur das. Er sah auch den bullig wirkenden Mann im etwas abgetragenen Glencheck-Anzug. Paul Patrick hieß dieser Mann, der entspannt und zeitungslesend gegenüber einer Tür saß.

Detektiv Patrick gehörte seit neun Jahren der Polizei von Plymouth an. In diesem Jahr war er bereits zum zweiten Mal zum Polizei-Champion im Judo gekürt worden. Patricks ganze Liebe gehörten Shelly und Rose, dem achtjährigen Zwillingspärchen. Darüber hinaus besaß er einen überregionalen Ruf als leidenschaftlicher Schmalfilmer und Züchter von Siamkatzen. Für beides hatte er schon Preise erhalten.

Was seine Aufmerksamkeit im Augenblick fesselte, war ein Bildbericht über die Internationale Katzenausstellung in Sheffield.

Trotzdem registrierte er aus den Augenwinkeln heraus das Auftauchen eines Arztes.

Er erwiderte den Gruß des Vorbeigehenden und las weiter.

Sechzig Sekunden später bemerkte er aus dem anderen Augenwinkel die Rückkehr dieses Mediziners. Dass es sich um denselben handelte, sagten ihm Farbe und Muster von Hose und Schuhen, ohne dass er den Kopf heben musste. Schuhe mit erhöhtem Absatz. Ganz modern.

Er bemerkte das Verlangsamen der Schritte und sah auf. Der Arzt lächelte ihm zu und winkte mit dem Stethoskop.

»Ein langweiliger Job, was?«

»In jedem Job gibt es Sonnen- und Schattenseiten, Doktor!« Patrick lächelte zurück, und sein Hirn begann Fakten zu speichern: Arzt, Größe etwa 178 Zentimeter, Alter Mitte dreißig. Dunkelblond, buschiger Schnauzbart, wirkt leutselig. Dunkelbraune Hosen, beiges Jackett, braune Absatzschuhe.

Als sich die Klinke der Tür, hinter der der Patient Craig lag, wieder nach oben bewegte, spuckte Patricks Computer das Ergebnis aus. Ein Ergebnis, das aus lauter Widersprüchen bestand und in der Feststellung gipfelte: Dieser Arzt ist kein Arzt! Dieser hier trug einen dunklen Anzug und Straßenschuhe, die anderen Ärzte dagegen weiße Hosen und weiße Schuhe mit kaum Geräusche verursachenden Kreppsohlen.

Die Ärzte, die ihm bisher begegnet waren, steckten in zugeknöpften Mänteln, unter denen kein Jackett auftrug.

Dieser Mantel hier stand deshalb offen, weil er zu lang und zu weit war.

Kein Zweifel, der schwer verletzte Craig schwebte erneut in Lebensgefahr.

Als Paul Patrick durch die Tür preschte, setzte der falsche Arzt gerade eine Spritze am linken Arm des Bewusstlosen an.

»Ich schieße auf der Stelle, lassen Sie die Spritze fallen!«

In diesem Augenblick wusste Godley, dass er das Spiel verloren hatte.

Diese Runde ging an die Gegenseite. Ungeachtet dieser Erkenntnis versuchte er einen letzten Bluff. Er ließ die Spritze nicht fallen, sondern wandte sich mit gerunzelter Stirn dem Polizisten zu. Unüberhörbar der Ärger in seiner Stimme:

»Ich glaube, Sie sind übergeschnappt. Was soll denn das?«

»Sie sind kein Arzt!«

»Ach, was Sie nicht sagen. Sie gehen zu oft in schlechte Filme, mein Freund! Sie sollten sich mal einer gründlichen Untersuchung unterziehen. Stecken Sie gefälligst Ihr Schießeisen wieder ein und begeben Sie sich auf Ihren Platz! Andernfalls muss ich Ihre Vorgesetzten verständigen.«

Godley sagte das alles ohne großen Stimmaufwand. Bis auf knappe zwei Meter hatte er sich dabei dem Polizisten genähert.

»Zum letzten Mal, Mister, lassen Sie die Spritze fallen!«, forderte ihn der mit ausdruckslosem Gesicht auf. »Ich rufe die Polizei!«, sagte Godley und handelte blitzschnell. Er ließ die Spritze fallen und stürzte sich nach vorn. Gleichzeitig versuchte er mit der geballten Faust, die auf ihn gerichtete Pistole wegzuschlagen. Doch er hatte die Rechnung ohne die Reaktionsschnelligkeit seines Kontrahenten gemacht, der genau gegen diese Art Angriff gewappnet war.

Die Hand mit der Waffe zuckte nach oben, und die Faust schlug ins Leere. Woher sollte Godley auch von Patricks Meisterehren im Judo wissen.

Der Rest währte Sekunden und endete im hässlichen Klirren von Handschellen ...

Die rosafarbene Nelke

Dicki Miller verstand die Welt nicht mehr.

Mit untergeschlagenen Beinen saß er auf der Couch und sah missmutig zu, wie Perry Clifton seine Reisetasche packte.

Zum ersten Mal geschah es, dass ihm sein großer Freund keine Einzelheiten verraten wollte. Das Einzige, was er zugegeben hatte, war, dass es sich um keinen gewöhnlichen Kriminalfall handelte.

»Ich bin echt sauer, Mr Clifton!«, maulte Dicki.

»Du solltest dich schämen, deinem Freund so etwas zu sagen.«

»Großvater sagt, dass es echte Wahrheit nur unter echten Freunden gibt!«

»Recht hat er, Dicki.«

Dicki stutzte. »Sie geben zu, dass er recht hat?«

»Natürlich!«

»Dann sind *wir* also gar keine echten Freunde?«

»Wie kommst du auf eine so absurde Idee?«

»Als *echter* Freund müssten Sie mir schließlich die Wahrheit sagen, oder?«

»Dicki, wenn ich dir sage, dass ich verpflichtet bin, über den Fall Stillschweigen zu bewahren, dann sage ich dir die Wahrheit!«

Dicki kniff blinzelnd die Augen zusammen und behauptete anzüglich: »Aber Miss Julie haben Sie bestimmt verraten, was Sie vorhaben.«

»Habe ich nicht, Partner. Julie ist nämlich verreist!«

»Deshalb also!«

»Und wäre sie das nicht, wüsste sie ebenso viel wie du. Dass ich noch heute Abend in einer vertraulichen Angelegenheit nach Plymouth fahre. Dass ich nicht allein und nicht im eigenen Auto reise, sondern zusammen mit Chiefinspektor Dankwell von der Polizei in Plymouth. So!«

Dem »So!«, folgte das Zuschnappen der Reisetasche.

Perry Clifton sah zur Uhr. Es war 19 Uhr 45.

Um 20 Uhr wollte ihn Dankwell abholen.

»Kann ich hier bleiben, bis der Chiefinspektor kommt?«

»Nur, wenn du ein freundlicheres Gesicht machst!«

»Okay!« Dicki mühte sich ein gequältes Lächeln ab.

»Wissen Sie schon, wann Sie wieder in London sind?«

»Bald, Dicki. Ich bin sicher, dass meine Abwesenheit nicht von langer Dauer ist. Schon deshalb nicht, weil sich eines der Vögelchen bereits im Netz verfangen hat.«

Dicki sah auf. Seine Augen spiegelten neue Hoffnung wider. Wollte sein Freund, der Meisterdetektiv, vielleicht doch noch ein Kätzchen aus dem Säckchen lassen?

»Aha«, sagte er betont beiläufig. Und noch beiläufiger: »Hier oder in Plymouth?«

Perry Clifton lächelte nachsichtig. »Hier oder in Plymouth, spielt das eine Rolle?«

Plötzlich nickte Dicki lebhaft und machte eine großzügige Geste hin zu seinem Freund. In dieser Sekunde war ihm eingefallen, wie er der Situation doch noch ein paar Pluspunkte für sich selbst abgewinnen konnte. »Sie brauchen nichts mehr zu sagen, Mr Clifton. Ich weiß jetzt, um was für eine Art Fall es sich handelt. Und ich sehe ein, dass Sie da nichts sagen können.« Lauernd schielte er sein Gegenüber an.

Perry tat, als merke er es nicht. »Ich danke dir, Dicki, dass du Verständnis hast. Und eigentlich habe ich es mir schon gedacht, dass du dahinterkommen würdest. Man sieht eben, wie der Umgang mit mir abfärbt.«

Dicki schluckte. Wenn er nur wüsste, ob es Perry Clifton so meinte, wie er es sagte. Er musterte seinen Freund misstrauisch.

Und das Misstrauen verstärkte sich noch, als ihm der Detektiv die Hand hinhielt und todernst forderte:

»Versprich mir, dass du Julie nichts von dem verrätst, was du herausgefunden hast.«

Dicki schlug seinem Freund scherzhaft auf die Hand und grinste. »Sie wollen mich auf die Schippe nehmen.«

Nun lachte auch Perry Clifton. »Wie du! Jetzt sind wir quitt. Eines verspreche ich dir, Dicki. Ist der Fall Vergangenheit, werde ich ihn dir in allen Einzelheiten schildern, und du kannst Fragen stellen, so viele du willst! Zufrieden mit diesem Angebot?«

Dicki nickte.

In diesem Moment klingelte es. Zweimal kurz, einmal lang. Das Zeichen, das Clifton mit Dankwell vereinbart hatte. Der Chiefinspektor war überpünktlich.

Dicki stand schon neben der Tür und streckte Clifton die Hand hin. »Viel Erfolg. Mr Clifton!«, wünschte er.

Chiefinspektor Dankwell saß schon wieder hinter dem Steuer, als Clifton aus der Haustür trat.

»Es wird eine schöne Nacht«, meinte Dankwell launig, bevor er den Zündschlüssel herumdrehte. »Wir werden ganz gemütlich fahren. Kommt nichts dazwischen, erreichen wir Plymouth noch am Mittwoch, und sollte es Donnerstag werden, kommen wir auch noch zurecht. Ich habe Ihnen übrigens ein Zimmer im ›King James‹ reservieren lassen. Ein ganz passables Haus. Wir bringen dort hin und wieder Leute unter.«

»Vielen Dank!«

»Die haben sogar einen kleinen Billardsaal. Spielen Sie Billard, Mr Clifton?«

»Ich pfusche höchstens ein bisschen. Mir fehlt einfach die mathematische Begabung dafür. Früher, in meiner Militärzeit, habe ich mich ab und an zu einer Partie überreden lassen. Ich glaube, der Wirt schickte jedes Mal ein Dankgebet zum Himmel, wenn er mich gehen sah, ohne dass ich vorher ein Loch in den kostbaren Filz gestoßen hatte. Sie sind sicher ein Könner?«

»Ich spiele leidenschaftlich gern und wohl auch ganz leidlich«, gab Dankwell zu. Und ganz übergangslos fuhr er fort: »Ich habe vorhin noch mit meinen Leuten telefoniert, und sie haben mir das Protokoll vorgelesen, das sie von den Aussagen Godleys gemacht haben. Ich muss zugeben, der Schurke hat Fantasie. Noch nie zuvor habe ich von einem abenteuerlicheren Protokoll gehört.«

Und er erzählte Perry Clifton davon ...

Bald erreichten sie die Außenbezirke, und Dankwell ließ den Wagen schneller rollen.

In der Höhe von Salisbury gab es einen Stau. Ein Kranwagen ungeheuren Ausmaßes strebte im Schneckentempo westwärts, abgesichert von zwei Streifenwagen der Polizei, die das Ungetüm in die Mitte genommen hatten.

»Ich bin nicht sicher, ob das Aufgabe der Polizei ist«, brummte der Chiefinspektor mürrisch, als er endlich zum Überholen der (wie er sich später ausdrückte) »kollegenähnlichen Freunde« ansetzen konnte, »zum Lotsen von Baukränen gibt es schließlich auch private Unternehmen.«

Einen weiteren, wenn auch kürzeren Aufenthalt mussten sie eine knappe halbe Stunde später hinnehmen, als ein Lkw mit Motorschaden zu passieren war.

Um 0 Uhr 50 erreichten sie Plymouth, und eine knappe Stunde später lag Perry Clifton bereits im Bett des kleinen Hotels am Trafalgar Park.

Der Donnerstag begrüßte Perry Clifton mit Sonnenstrahlen, die sich durch die nur flüchtig zugezogenen Vorhänge stahlen und genau auf sein Gesicht fielen.

Punkt 7 Uhr 30 frühstückte er.

Um 8 Uhr 15 fuhr der Wagen vor, der ihn abholen und zu Dankwell bringen sollte.

Punkt 8 Uhr 35 betrat er das Büro des Chiefinspektors, wo er auch Detektivinspektor Bixley kennenlernte.

Kurz vor 9 Uhr dann betrat Mike Godley, begleitet von zwei Beamten, das Zimmer. Perry Clifton war sich sofort sicher, dass er diesen Mann noch nie zuvor gesehen hatte.

Godley sah ausgeruht aus und schien den schmerzhaften Salto über Paul Patricks Knie unbeschadet überstanden zu haben. Mit einer Mischung aus Neugier und Langeweile überflog er die Anwesenden, ignorierte das freundliche Nicken des Chiefinspektors und sah sich nach einer Sitzgelegenheit um.

»Keegrich, geben Sie Mr Godley einen Stuhl!«

Wortlos setzte sich Godley, zupfte seine Bügelfalten zurecht und schlug die Beine übereinander.

Dankwell sog Godleys Erscheinung förmlich in sich ein. Kein Detail entging ihm, und er meinte, ihn auch noch nach Jahren unter Tausenden zweifelsfrei wiedererkennen zu können.

Dankwells Stimme klang sachlich, als er sich vorstellte:

»Ich bin Chiefinspektor Dankwell, und das ist« – eine Handbewegung in Cliftons Richtung – »Detektiv Clifton.

Inspektor Bixley kennen Sie ja bereits. Haben Sie Fragen an irgendwelche Personen hier im Raum?«

Godley spielte den Gehörlosen. Er sah Dankwell an, als versuche er von dessen Lippen abzulesen, was er sprach.

In seinen Augen stand Verachtung für alle, die ihn umgaben.

»Nun gut«, begann Dankwell gleichbleibend freundlich. Eine Freundlichkeit, die in krassem Widerspruch zu dem stand, was er sagte:

»Sie sind Mike Godley, jemand, der zweimal bemüht war, denselben Mann umzubringen. Einmal mit dem Auto, ein anderes Mal mit Hilfe einer Injektion. Was hat Ihnen Mr Craig getan, dass Sie ihn so hassen?«

Godley bemühte sich um Gelassenheit. Mit einem gelangweilt wirkenden Augenaufschlag erwiderte er: »Zuerst, Mr Chiefinspektor, hat mich das alles ja sehr aufgeregt, aber jetzt habe ich mich schon fast an all die dummen Fragen und Verdächtigungen gewöhnt. Wenn Sie meine Aussagen gelesen haben – und das haben Sie sicher –, dann wissen Sie, dass die Mordversion, so wie Sie sie mir unterstellen, ausscheidet.

Ich kenne diesen Craig nicht, und ich habe ihn nie vorher im Leben gesehen!«

»Sie ahnen also weder, wie Sie in den Arztkittel gekommen sind noch wie die Spritze in Ihre Hand geraten ist? Mit anderen Worten, Sie wollen weiterhin bei dem Hypnosemärchen bleiben.«

»Märchen?«, fauchte Godley und spielte den Beleidigten.

»Ich würde die Geschichte vom Hypnotiseur gern noch einmal aus Ihrem Mund hören. Wie spät, zum Beispiel, war es, als Mr Jefferson Sie hypnotisierte?«

»Jefferson? Wie kommen Sie auf Jefferson? Ich habe nicht die leiseste Ahnung, wie der Mann hieß!«

»Er sprach Sie am Hafen an?«

»Ja. Wir kamen ins Gespräch ...«

»Zu Protokoll gaben Sie, dass er Sie ansprach!«

»Gut, er sprach mich an. Fragte, ob ich daran interessiert wäre, hundert Pfund zu verdienen.«

»Ach, das fragte er?«

»Ich antwortete, dass ich auf der Durchreise sei und kaum Zeit für Geschäfte hätte. Er sagte, dass die hundert Pfund innerhalb einer Stunde verdient seien. Ich brauchte nur ein paar Blumen ins Krankenhaus zu bringen. Ich wollte wissen, warum er das nicht selbst täte. Sein Freund würde sich nur aufregen, wenn er käme, weil er an dem Unfall schuld sei. Okay, sagte ich. Für hundert Pfund einen Blumenstrauß ins Hospital zu bringen, so viel Zeit hätte ich schon.«

»Das Missverhältnis hundert Pfund für einen Blumentransport ließ Sie nicht stutzig werden?«

Godley zuckte mit den Schultern.

»Warum sollte ich einem Verrückten die Verrücktheit ausreden?«

»Weiter!«

»Er zog mich auf eine Bank, um dort eine Botschaft für den Freund zu schreiben. Von da an weiß ich gar nichts mehr. Ich kam erst wieder zu mir, als ich im Krankenzimmer auf dem Boden lag und von einem Mann misshandelt wurde.«

»Laut eigener Aussage verfügen Sie über keinen festen Wohnsitz. Warum nicht?«

»Ich sagte bereits, dass ich mich auf Reisen befinde!«

»Wo wohnten Sie früher?«

»Mal hier, mal dort. Mal in England, mal außerhalb Englands. Ich bin kein Freund von festen Wohnsitzen, ich muss beweglich sein.«

»Laut Ihrem Pass, der in London ausgestellt wurde, sind Sie auch dort wohnhaft.«

»War ich einmal, Mr Chiefinspektor!«

»Inzwischen haben wir festgestellt, dass der Pass, wenn auch meisterlich, gefälscht ist!«, warf Inspektor Bixley ein, und Dankwell ergänzte: »Die Fälscher sind aktenkundig, sie sitzen im Augenblick eine längere Freiheitsstrafe ab.«

»Warum sollte ich mir noch mit überflüssigen Antworten die Zunge wund scheuern? Ich habe mich genug unterhalten, Gentlemen. Ab jetzt werde ich schweigen!«, sagte Godley und verschränkte ostentativ die Arme vor der Brust, was wohl so viel bedeuten sollte wie: Ende des Gesprächs.

»Was enthält der Taschentresor?«, fragte Dankwell ungerührt weiter.

Schweigen.

»Möchten Sie mit einem Anwalt telefonieren?«

Keine Antwort.

Dankwell erhob sich. »Na gut, es ist das Recht der Schuldigen und die Gewohnheit der Überängstlichen zu schweigen. Bis später, Mr Godley.«

Die beiden Beamten führten ihn hinaus …

Zurück nach London.

Fast auf die Minute genau zu der Zeit, als Godley in seine Zelle zurückgeführt wurde, bog in London ein Taxi, aus der Mulford Street kommend, in die Hanwell Street ein. Bevor der Fahrer den Wagen wieder beschleunigte, fragte er mit einem Auge im Rückspiegel:

»Wir sind jetzt in der Hanwell Street, Sir, wo möchten Sie aussteigen?«

Der kleine weißhaarige Mann deutete mit dem Kinn nach vorn. »Ich steige dort vor dem Schirmgeschäft aus!«, krächzte er mit zittriger Stimme.

Der Wagen stoppte. »Macht genau ein Pfund, Sir! Soll ich warten?«

»Nein, das ist unnötig ... Bitte!«

Ächzend kletterte der alte Mann heraus und schritt, sich dabei schwer auf seinen Stock stützend, langsam davon.

Vor dem Schaufenster einer Buchhandlung verhielt er und sah sich die Auslagen an. So jedenfalls musste es einem zufälligen Betrachter vorkommen. In Wirklichkeit jedoch interessierten ihn nicht die ausgestellten Bücher. Die Scheibe des Schaufensters war für ihn ein Spiegel, mit dessen Hilfe sich über die Straße hinweg sehen ließ. Ziel seiner Aufmerksamkeit war der kleine Laden, der sich genau gegenüber der Buchhandlung befand. Ein Uhrengeschäft, in dem auch »An- und Verkauf von Gold- und Schmuckwaren aller Art« betrieben wurde. Fünf Minuten vergingen.

Zehn Minuten vergingen, ohne dass jemand das Geschäft betrat oder verließ.

Der gebrechliche Alte überquerte die Straße.

Das Öffnen der Tür wurde vom anheimelnden Klingeln einer Ladenglocke begleitet.

Glasschränke, altehrwürdige Vitrinen, Firmenreklamen verschiedener Uhrenhersteller, auf dem Boden ein abgetretener Läufer aus Sisal – das war das Interieur des winzigen Geschäftsraumes. Aus drei verschiedenen Richtungen tickte es laut und leise, langsam und schnell, hoch und tief.

Hinter der Ladentheke hatte sich ein Mädchen erhoben. Sie zählte allerhöchstens fünfzehn Jahre und schien bis eben in einem Comicheft gelesen zu haben.

»Guten Tag, Sir!«, wünschte sie freundlich. »Was haben Sie für einen Wunsch, Sir?«

Die Hand des Alten fuhr in das Innere seines Jacketts, und wenig später schaukelte vor ihrem Auge eine Taschenuhr an einer dicken Kette hin und her.

»Draußen ist ein Schild, auf dem steht, dass hier auch Goldwaren angekauft werden«, sagte er mit brüchiger Stimme. »Ich möchte meine goldene Taschenuhr verkaufen, mein Kind. Bist du dafür zuständig?«

Die Wangen des Mädchens röteten sich verlegen. »Nein, Sir. Da hole ich meinen Vater. Bitte nehmen Sie doch Platz, es dauert nicht lange.«

»Aber selbstverständlich.«

Der Alte ließ sich auf dem einzigen gepolsterten Stuhl nieder. Während er sich setzte, verstaute er die Uhr wieder an ihrem alten Platz.

Das Geräusch einer klappenden Tür drang zu ihm. Dann wurde es für zwei Minuten still. Wieder Türklappen. Schwere Schritte näherten sich.

Erik Burly, der Inhaber, war ein großer, kräftiger Mann von Anfang vierzig mit einem ernsten, fast schwermütigen Gesichtsausdruck. Er nickte dem Alten freundlich zu.

»Guten Tag, Sir. Meine Tochter sagte mir, dass Sie etwas verkaufen möchten. Darf ich die Uhr mal sehen?« Statt einer Antwort sah Burly plötzlich die geschlossene Hand des Weißhaarigen vor sich.

»Ja, bitte ...?«, sagte er ein wenig irritiert.

Da öffnete sich langsam die Faust, die so gar nichts Greisenhaftes an sich hatte.

Burly spürte, wie sein Herz mit harten Schlägen auf das reagierte, was er sah. Wie sein Mund trocken wurde und wie ihn, wie jedes Mal, jenes heiße Hassgefühl überschwemmte, das, ebenfalls wie immer, von einer verzweifelten Hoffnungslosigkeit abgelöst wurde. Es fiel ihm fast schwer, seine Augen von der rosafarbenen Stoffnelke in der Hand des vermeintlichen Kunden zu wenden.

Er zwang sich, in die kühlen, abschätzenden Augen des Mannes zu sehen, den er unter dem Namen Long kannte. Und widerwillig gestand er:

»Ihre Maske ist vollendet, alter Mann!«

»Vollendete Masken sind meine Spezialität, Burly!«

Nichts Brüchiges oder Zittriges war mehr in Longs (alias Colfields) Organ. Es klang kalt, sachlich, vielleicht sogar eine Spur triumphierend.

»Ich habe einen Auftrag für Sie, Burly!«

Alles an Erik Burly war Verzweiflung. Er wusste, selbst dann, wenn er Long in den allertiefsten Brunnenschacht würfe, würde sich nichts an seiner Situation ändern. Ein anderer, ein neuer Long käme, und alles ginge weiter wie bisher. Trotzdem fragte er: »Warum lassen Sie mich nicht in Ruhe? Wie lange wollen Sie mich noch erpressen?«

»Erpressen?« Longs Stimme klang zuerst gewollt überrascht, dann spöttisch: »Ich erpresse Sie nicht, mein lieber Burly, ich bewahre Sie so lange vor zwanzig Jahren Gefängnis, bis ich glaube, dass wir quitt sind. Das ist doch, wie Sie zugeben müssen, ein Unterschied.«

Und dann wurde seine Stimme schneidend und bestimmt. Ein Bündel Geldscheine flog auf den Tisch.

»Hier sind hundert Pfund Reisespesen und zweihundert Pfund Aufwandsentschädigung. Sie reisen noch heute nach Plymouth. Ich habe das unbestimmte Gefühl, dass dort was schiefgegangen ist. Hier!«

Widerwillig griff Burly zu. »Was ist das für ein Schlüssel?« Erneut fuhr Longs Hand in die Tasche. »Bitte!« Der Uhrmacher nahm den Zettel und las leise: »Appartement 34, Hatterson Square 12, Plymouth IV.« »Eine freundliche Adresse. Sie haben eine prächtige Aussicht, das Appartement befindet sich im siebenten Stockwerk.«

»Und wem gehört es?«

»Ihnen, Mr Burly. Bis auf Weiteres jedenfalls. Sie werden Ihren Namen entsprechend angebracht finden. Ja, staunen Sie nur. Wir überlassen so gut wie nichts dem Zufall. Sie warten dort, bis sich ein gewisser Glenn Parker bei Ihnen meldet. Glenn Parker, merken Sie sich den Namen. Glenn Parker! Und vergessen Sie nicht, noch vor heute Abend loszufahren.«

Erik Burly sank auf den Hocker hinter dem Verkaufstresen und vergrub sein Gesicht in den Händen.

»Sie sind ein Teufel, Mr Long ...« murmelte er und wünschte, dass alles nur ein böser Traum sei.

Das Klingeln der Ladenglocke bewies ihm jedoch laut und unüberhörbar das Gegenteil. Die grausame Realität hatte soeben den Laden verlassen. Eine Realität mit Namen Long. Erik Burly wusste nicht, dass Long nur einer von vielen Namen war. Von einem Makler namens Colfield hatte er noch nie gehört.

Das leise Klappen der Tür im Hintergrund ließ ihn aufspringen. Er durfte sich seine Verzweiflung nicht anmerken lassen. Rasch stopfte er Zettel und Schlüssel in die Tasche, zum Verschwindenlassen des Geldbündels reichte es allerdings nicht mehr.

»Hallo, Dad, ist dir nicht gut?«

Burly zwang sich zu einem Lächeln.

»Es geht schon wieder, Cathy. Mir war nur einen Augenblick lang schwindlig.«

Besorgt musterte das Mädchen ihren Vater. Wenn sie nur wüsste, was mit ihm los war, was ihn seit Monaten bedrückte und ihm Angst machte. Ja, Angst war das richtige Wort. Oft hörte sie ihn nachts ruhelos herumgehen. Und manchmal rief er auch im Schlaf irgendwelche Dinge, die sie nicht verstand. Verwundert sah sie, wie er versuchte, unauffällig seine Hand über das Geldbündel zu schieben. Als er ihren Blick bemerkte, zog er sic zurück, als sei er mit ihr an ein heißes Bügeleisen gekommen.

»Hat es mit der Uhr des alten Mannes nicht geklappt, Dad?«

Er schüttelte den Kopf. »Er verlangte zu viel ...« Und während er ihr mit zärtlicher Behutsamkeit über die Haare strich, sagte er: »Wir machen den Laden für den Rest der Woche zu, Cathy. Ich muss verreisen.«

Der Versuch, seine Stimme forsch und gewichtig klingen zu lassen, versagte kläglich, und er wusste es auch. »Mein Gott«, durchfuhr es ihn, »wenn ich doch nur mit jemandem reden könnte ...«

»Du fährst fort? Für wie lange?«

Cathy sah ihren Vater mit großen Augen an.

»Ein, zwei Tage, Kleines. Ich wollte es dir schon heute früh sagen, aber dann habe ich es vergessen ...« Sein Schulterzucken, das die Lüge kaschieren sollte, fiel verlegen und hilflos aus.

Cathy nickte stumm. Dann fragte sie: »Und wohin fährst du?«

Mit äußerster Willenskraft zwang sich Burly dazu, seine Stimme harmlos klingen zu lassen.

»Es handelt sich wieder um den alten Schulkameraden in Birmingham, mein Kleines.«

»Dann fährst du also nach Birmingham!«

Nicken, dann: »Glaubst du, dass du mit Jens und Billie klarkommst?«

»Mach dir nur keine Gedanken, Dad. Ich werd schon gut für sie sorgen. Wann musst du denn fahren?«

»Bald. Ich gehe jetzt wieder in die Werkstatt. Will sehen, dass ich Mrs Carols Uhr noch in Ordnung bringe.«

Er nahm rasch das Geld vom Tresen und ging nach hinten. Cathy sah ihm nach, bis das Geräusch der zufallenden Tür zu ihr drang. Sie wusste keinen genauen Grund dafür anzugeben, aber am liebsten würde sie jetzt weinen.

Als sie sich setzen wollte, fiel ihr Blick auf ein Stück Papier, das, leicht zerdrückt, auf dem Boden lag. Und zwar genau an der Stelle, wo eben noch Erik Burly gestanden hatte. Sie hob es auf. »Appartement 34, Hatterson Square 12, Plymouth IV« las sie, und plötzlich war ihr klar, dass ihr Dad nicht nach Birmingham fahren wollte.

Langsam und nachdenklich faltete sie den Zettel zweimal zusammen und schob ihn in die winzige Tasche ihres Schottenrockes ...

Mike Godley sah auf seine Uhr.

14 Uhr 15.

Der Hunger zupfte an seinen Magenwänden, und er verfluchte seine Dummheit, das Mittagessen abgelehnt zu haben. Aus welchen Gründen auch immer. Nur ein kräftiger Mann war ein einsatz- und handlungsfähiger Mann. Noch war er einsatz- und handlungsfähig. Noch ...

Er sprang von seiner Pritsche, schob den Stuhl unter das Fenster und sah hinunter. Dorthin musste er zurück.

Nur das pulsierende Leben war es wert, gelebt zu werden. Eine Zelle war etwas für Scheintote. Er musste hier heraus, und zwar schnell.

Von Colfield war keine Hilfe zu erwarten, das wusste er. Das gehörte zu den ungeschriebenen Gesetzen dieser Branche. Hier konnte er sich nur selbst helfen. Befand er sich erst einmal im Gefängnis, würde es schwerer und aufwendiger sein zu fliehen.

Er stieg wieder herab, warf sich auf die Matratze, verschränkte die Arme hinter dem Kopf, schloss die Augen und begann nachzudenken ...

Das Zimmer, in dem er verhört wurde, befand sich im ersten Stock. Und zwar auf der Rückseite des Gebäudes, die einem kleinen Park zugewandt war.

Seine einzige Chance bestand in einem Sprung durch das Fenster, das geschlossene Fenster! Mike Godley glaubte sich genügend durchtrainiert, um einen solchen Sprung über vier bis fünf Meter unbeschadet zu überstehen – wenn ... ja, wenn er nicht mit Handschellen gefesselt war. Beim letzten Verhör hatte man sie ihm nicht abgenommen. Wenn er nun darum bäte ...?

Er würde es versuchen.

Zum Schnelllaufen brauchte er freie Arme ...

Chiefinspektor Dankwell und Perry Clifton betraten das technische Labor im ersten Untergeschoss.

Martin Roxford sah auf. Als er die beiden Männer erkannte, zuckte er mit den Schultern. Er tat es bedauernd und ein wenig ratlos. Er war der Mann, der seit Stunden versuchte, das Geheimnis von Godleys Taschentresor zu lüften. Doch bis jetzt hatte er die Kombination noch nicht herausgefunden.

Eine Weile sahen Dankwell und Clifton schweigend zu, wie Roxford mit den sieben Ziffern der Kombination hantierte. Schließlich fragte der Chiefinspektor ungeduldig: »Mit zwei Zangen müsste das Problem doch in Sekundenschnelle zu lösen sein.«

»Sicher, Sir«, erwiderte Roxford. »So was kann gut gehen, aber auch arg ins Auge treffen. Manche reagieren auf gewaltsames Öffnen mit einer Explosion, andere mit einer ungeheuren Stichflamme.«

»Hm«, nickte Dankwell. »Beides keine erfreulichen Aussichten. Dann fummeln Sie mal weiter.«

»Okay, Sir«, sagte Roxford und lächelte.

15 Uhr.

Dankwell, Bixley und Perry Clifton hatten wieder im Büro des Chiefinspektors Platz genommen, und Letzterer wollte gerade Anweisung geben, Godley vorzuführen, als es kurz und heftig klopfte.

Martin Roxford trat ein. Man sah seiner zufriedenen Miene an, dass es ihm gelungen war, das Rätsel zu lösen.

»Ich hab's, Chiefinspektor. Ob Sie allerdings sehr glücklich mit dem Ergebnis sind, wage ich zu bezweifeln.« Er reichte Dankwell die metallische Schatulle, der sie aufklappte. Kopfschüttelnd musterte er den Inhalt.

»Das ist alles?«

»Ja, Sir!«

Dankwell reichte das Behältnis an Perry Clifton weiter, der es so hielt, dass auch Bixley einen Blick draufwerfen konnte.

»Fällt Ihnen bei einer Stoffnelke etwas ein, Mr Clifton?«, fragte der Chiefinspektor.

»Im Augenblick nicht, Sir.« Perry Clifton drehte die rosafarbene Stoffblume nach allen Seiten und legte sie dann zurück. Warum verbarg jemand etwas so Billiges und

Harmloses in einem Taschentresor? Welches Geheimnis steckte dahinter? Doch dann, ganz plötzlich, durchfuhr ihn ein Gedanke. Eine Lösung, die so einfach und simpel war, dass er sich fast genierte, sie laut anzubieten.

»Könnte es nicht sein, dass es sich um ein Erkennungszeichen handelt? So eine Art Legitimation?«

Dankwell nickte sofort zustimmend. »Daran habe ich auch schon gedacht. Vielleicht ist was dran. Leider hilft uns diese Erkenntnis im Augenblick keinen Schritt weiter.«

»Aber vielleicht stärkt sie unsere Position während des Verhörs ...« meinte Inspektor Bixley, doch es klang nicht sonderlich überzeugend. Und auch Dankwell schien da seine Bedenken zu haben.

»Ich glaube nicht«, sagte er, »dass Godley von seiner Taktik abgehen wird. Schweigen stellt im Augenblick seine einzige, wenn auch stumpfe Gegenwaffe dar.«

Das Telefon auf Dankwells Schreibtisch klingelte. Der Chiefinspektor nahm ab.

»Hallo, Doktor!«, hörten ihn Perry Clifton und Bixley rufen. Der Teilnehmer saß also im Krankenhaus.

Aus Dankwells kurzen Zwischenfragen und seinem zufriedenen Gesichtsausdruck konnten sie entnehmen, dass es gute Nachrichten waren, die da aus dem Central-City-Hospital kamen.

Mike Godley ging unruhig auf und ab.

Die Ungeduld zerrte fast schmerzhaft an seinen Nerven.

Sechs Schritte hin, sechs Schritte zurück.

Warum holten sie ihn nicht endlich zum Verhör?

Wollten sie ihn hier verschimmeln lassen?

Sollte er klingeln? Sagen, dass er eine Aussage zu machen habe? Nein, das könnte sie stutzig werden lassen.

Und genau das war das Allerletzte, was er bei seinem Vorhaben brauchen konnte. Nur kein Misstrauen säen ...

Sechs Schritte hin, sechs Schritte zurück ...

In seiner augenblicklichen Gemütsverfassung wäre er sogar bereit, seine Flucht mit einem Sprung durch das Fenster der zweiten Etage zu beginnen.

Im Geist ging er noch einmal alle Stationen seines Fluchtunternehmens durch. Zuerst würde er wie der Blitz durch den Park laufen. Bis zur Canfield Road. Dort im Kaufhaus Dackhurst verschwinden, das auch über Ausgänge zur Banning Street verfügte. War er erst einmal dort, würde ihn keiner mehr kriegen. Aber zuerst einmal musste er hier heraus!

Sechs Schritte hin, sechs Schritte zurück ...

Godley stutzte. Da waren doch Stimmen gewesen ... kamen sie ihn jetzt holen?

Der Schlüssel lärmte im Schloss. Godley hielt den Atem an, spuckte zweimal auf den Boden (ein alter Zigeuneraberglaube, der besagt, dass man diese Stelle kein zweites Mal mehr betreten wird) und versuchte seinem Gesicht einen gelangweilten Ausdruck zu geben. Niemand durfte etwas von dem vermuten, was hinter seiner Stirn vorging.

Die Tür schwenkte lautlos auf, und irritiert sah Godley auf die unerwartete Ansammlung vor seiner Zelle. Dankwell, Bixley, Clifton und die beiden Beamten, die ihn in ihre Mitte zu nehmen pflegten.

Was sollte das? Er spürte, wie ihn ein Gefühl von Panik überkam. Er dachte an seinen Plan, den Sprung durchs Fenster und den Schlupfwinkel, in dem er bis auf Weiteres verschwinden wollte ...

»Hallo, Mr Godley, ich hoffe, Sie haben nichts gegen eine kleine Luftveränderung einzuwenden.«

Mike Godley, um Fassung bemüht, zuckte mit den Schultern.

»Habe nichts dagegen, wenn die Luft nicht noch mieser ist als hier.«

»Das ist Ansichtssache. Aber nachdem Sie sie schon einmal völlig freiwillig geatmet haben, nehme ich doch an, dass wir Ihnen nichts Unbotmäßiges zumuten.«

»Sie sprechen in Rätseln, lieber Chiefinspektor!«

»Nun gut, dann will ich es Ihnen übersetzen. Wir machen jetzt einen Besuch im Krankenhaus. Die andere ›Rosa Nelke‹, Mr Craig, ist aus seiner Bewusstlosigkeit erwacht und laut Auskunft des Arztes in der Lage, einen Blick in Ihr Gesicht zu werfen!«

Godley schluckte. Sein Grinsen geriet ein bisschen verzerrt, als er fragte: »Das ist alles?«

»Vorläufig alles!«

»Ihr Mr Craig wird feststellen, dass er mich noch nie im Leben gesehen hat!«

»Keegrich, legen Sie ihm den Schmuck an!«

»Was denn«, fuhr Godley auf, »soll ich mit Handschellen durch das Krankenhaus laufen?«

»Sie dürfen einen Mantel tragen. Das sieht vornehm aus. Niemand wird vermuten, dass er Mörderhände versteckt!«

Listiges und Gefährliches

Die junge Ärztin erwartete sie bereits. Dankwell ging auf sie zu und schlug in die dargebotene Hand ein.

»Ich bin Doktor Terry. Und Sie sind sicher Chiefinspektor Dankwell.«

»Stimmt, Doktor. Vielen Dank auch, dass Sie mich gleich verständigt haben. Ich vergaß, Ihnen das schon vorhin zu sagen.«

»Schon in Ordnung«, sagte Marylin Terry lächelnd, um jedoch sogleich ernst fortzufahren: »Ich habe Mr Craig vorbereitet, doch ich muss Sie im Interesse des Verletzten bitten, die Gegenüberstellung wirklich so kurz wie möglich ausfallen zu lassen.«

»Versprochen, Doktor. Ich schätze, dass in fünfzehn Sekunden alles vorüber ist.«

»Halten Sie es für notwendig, dass alle diese Leute mit ins Zimmer müssen?« Sie zeigte dorthin, wo Perry Clifton, Bixley und die beiden Polizisten mit dem gefesselten Godley warteten.

»Nein. Nur der Täter und ich werden mit Ihnen hineingehen.«

»Okay, Mr Dankwell. Bringen wir es hinter uns.«

»Einen Augenblick noch, Doktor!«

Dankwell ging zu den Wartenden. Er streifte sich den linken Ärmel zurück und streckte Keegrich den Arm entgegen. Der verstand sofort.

Es klirrte leise, als er Godleys linkes Handgelenk von der Handfessel befreite, um sie bei Dankwell einschnappen zu lassen.

Gedämpftes Dämmerlicht herrschte im Zimmer. Bill Craig, im weißen Kopfverband und an allerlei Schläuche und Tropfflaschen angeschlossen, sah ihnen starr und ohne jede Gefühlsregung entgegen.

Dankwell zog Godley ans Fußende des Bettes, sodass der Verletzte den Kopf nicht zu drehen brauchte.

»Mr Craig«, sagte er leise, »ich bin Chiefinspektor Dankwell. Bitte sehen Sie sich diesen Mann neben mir genau an. Er steht im Verdacht, versucht zu haben, Sie zu töten.«

Tiefe Stille umgab die vier Menschen, wenn man von Craigs schlürfendem Atem absah. Seine Augen ruhten unverwandt auf Godley – doch er schwieg.

Aus den Augenwinkeln heraus sah Dankwell, wie sich in Godleys Mundwinkel ein triumphierendes Lächeln breitmachte, und er scheute sich nicht, seine Enttäuschung zu zeigen.

Doch da ... da öffneten sich Craigs Lippen. Flüsternd, aber klar verständlich, sagte er: »Mike Godley, der Henker. Er sollte mich umbringen.«

Es ging wie ein elektrischer Schlag durch Godley.

Einen Augenblick lang sah es aus, als wolle er sich auf den schwer verletzten Bill Craig stürzen. Er riss die Arme hoch und zischte hasserfüllt:

»Verdammter Narr, das werden Sie büßen!«

Dankwell war auf der Hut. Mit aller Gewalt zog er Godley an sich heran und dirigierte ihn zur Tür. Dabei nickte er Craig zu. »Vielen Dank!«

Sie waren bereits dabei, Godley wieder an Keegrich zu fesseln, als Doktor Terry eilig auf sie zukam.

»Hallo, Mr Dankwell. Mr Craig möchte Ihnen noch etwas sagen ...«

Detektivinspektor Bixley und Perry Clifton saßen bereits im Wagen und warteten auf den Chiefinspektor. Godley dagegen war bereits auf dem Weg ins Untersuchungsgefängnis.

»Er kommt!«, rief Bixley. »Und er scheint gute Nachrichten mitzubringen.« Dankwells Miene strahlte in der Tat ungeheure Zufriedenheit und Genugtuung aus.

Er warf sich auf den Platz neben dem Steuer, schnipste mit den Fingern und sagte: »Ich glaube, wir haben den entscheidenden Sprung nach vorn gemacht.«

»Dann hat Craig also geplaudert!«, freute sich Bixley.

»Ja, und genau das hatte Godley verhindern wollen.«

»Aber wenn seine Leute dahinterkommen, dass er gesungen hat, ist sein Leben noch gefährdeter als jetzt.«

»Deshalb werden wir ihn noch gewissenhafter bewachen. Und sobald er transportfähig ist, wird er ins Gefängnishospital überführt.«

»Gehört er zur Bande, oder wurde er nur für ihre Zwecke missbraucht?«, erkundigte sich Perry Clifton. Dankwell zuckte mit den Schultern. »Bevor wir zu diesem Thema kamen, schlief er ein. Die Ärztin meinte, dass er jetzt etwa zwölf Stunden am Stück schliefe.«

»Und wie war das mit dem entscheidenden Sprung?«, wollte Bixley wissen.

»Es handelt sich um einen Spionagering, der unter dem Code ›Rosa Nelke‹ firmiert. Die Zentrale befindet sich in London und wird von einem gewissen Long geleitet. Craig meint allerdings, dass das nur ein Deckname sei. Durch Zufall habe er gehört, dass Long unter einem anderen Namen ein Maklerbüro in London betreibe.«

»Womit er mäkelt, wusste er nicht?«

»Nein.«

»Schwierig. Davon gibt's sicher einige Hundert in London!«, vermutete Perry Clifton.

»Mag sein«, stimmte Dankwell zu, doch sah man es ihm gleichzeitig an, dass er noch einen Trumpf in der Hand hielt, und da spielte er ihn auch schon aus:

»Ich kenne die Funk- und Verbindungsstelle hier in Plymouth. Der Mann heißt Glenn Parker und wohnt in der Michigan Street.«

Bixley stieß einen Pfiff der Überraschung aus. »Das ist wirklich ein Volltreffer. Die in London werden staunen.«

»Wie gedenken Sie vorzugehen, Sir?«, fragte Perry Clifton.

»Wir werden diesen Parker rund um die Uhr überwachen. Vielleicht stoßen wir da auf eine Spur, die direkt in das Londoner Nest führt. Außerdem werde ich sofort einen Funkwagen auf den Standort ansetzen.«

»Es ist anzunehmen, dass die Gegenseite in dem Moment reagiert, wenn sie erfährt, was mit Godley geschehen ist«, sagte Bixley.

»Ja«, stimmte Dankwell zu, »diese Gefahr besteht allerdings. Und deshalb dürfen wir Parker auch keine Sekunde mehr aus den Augen verlieren. Er stellt im Augenblick unsere einzige Verbindung dar. Übrigens, Godley und Parker wissen nichts davon, dass Craig Parkers Adresse kennt.«

»Wie ist Craig denn drangekommen?«, fragte Bixley.

»Auf die einfachste Weise, die es gibt: Er ist Parker heimlich gefolgt.«

Dankwell sah Perry Clifton an. »So nachdenklich? Brüten Sie was aus?«

»Ja, mir schwebt da so ein gewisser Plan vor ...«

»Dann lassen Sie uns mitschweben. Raus mit der Sprache!«

Und Clifton ließ seinen Plan hören. Der Chiefinspektor und Bixley lauschten mit steigendem Interesse, aber auch mit zunehmender Skepsis. Was ihnen der Londoner Warenhausdetektiv da vorschlug, war zwar äußerst listig, aber auch entsprechend gefährlich.

Dankwell, dem der Plan zwar sichtlich gefiel – schon deshalb, weil er sich so sehr von den üblichen Polizeimethoden unterschied –, drückte jedoch seine Bedenken aus und sprach vor allem von den Folgen, die das Unternehmen für Perry Clifton haben musste, wenn die Gegenseite Verdacht schöpfte. Clifton nickte zu allem, und als Dankwell sein letztes Argument ausgespielt hatte, sagte er: »Natürlich kann die Sache in die Hose gehen. Gefahr ist dabei. Auf der anderen Seite können Sie sicher sein, dass ich versuche, unnötige Risiken auszuschalten. Und letzten Endes stehen Sie mit Ihrer Streitmacht Gewehr bei Fuß, um mich im Falle eines Falles herauszuhauen.«

Letzteres gab schließlich den Ausschlag zur Zustimmung und vermittelte Dankwell die Hoffnung, den Lauf sich eventuell gefährlich entwickelnder Ereignisse trotz allem im Griff zu behalten …

18 Uhr.

Erik Burly hatte die Stadtgrenze von Plymouth erreicht und lenkte seinen Wagen auf einen großen Parkplatz, auf dem es auch einen Kiosk mit Zeitungen, Souvenirs, Süßigkeiten, Getränken, Sandwiches und Hotdogs gab.

»Haben Sie auch einen Stadtplan von Plymouth?«, fragte Burly den Kopf im winzigen Viereck des »Fensters« auf der Zeitungsseite.

»Haben wir!«, sagte der Kopf, von dem Burly erst jetzt feststellte, dass er weiblich war.

»Wenn Sie was Bestimmtes suchen, kann ich Ihnen sicher helfen. Mein Mann ist zwanzig Jahre lang Taxi in der Stadt gefahren.«

Der Uhrmacher wollte nicht darüber nachdenken, warum *sie* sich auskannte, wenn der Mann Taxi gefahren war. »Ich muss zur Hat ... Moment, bitte ...« Erik Burly begann nach dem Zettel zu suchen ...

Nach fünf Minuten (oder waren es schon zehn?) war er überzeugt, den Zettel mit der Adresse verloren zu haben.

Das Gesicht im Quadrat hatte inzwischen vier Zeitungen und sechs Ansichtskarten verkauft ...

»Nur keine Panik!«, beschwor sich Burly. Konzentrieren, nachdenken ... Es war was mit »Hat« gewesen ... Die Nummer wusste er noch: zwölf!

Hat... Hat... Hatter... Ja, Hatter... »Na, ist's Ihnen inzwischen eingefallen?« Es klang freundlich und hilfsbereit. Auch eine Spur Mitleid war in ihrer Stimme.

»Ich scheine einen ziemlich trostlosen Eindruck zu machen«, durchfuhr es Burly.

»Die Straße begann mit ›Hatter‹, Madam!«

»Da gibt's nicht viel Auswahl«, sagte sie und begann die in Frage kommenden Fahrwege herunterzurattern: »Hattersfield Road, Hattermount Street, Hatterson Street ...«

»Halt!!«, rief Erik Burly eine Spur zu laut.

»Hatterson Street?«, wiederholte die hilfsbereite Lady.

»Ganz ähnlich!«, erinnerte sich Burly.

»Dann kann es nur noch ›Hatterson Square‹ sein!«

Er atmete auf. Das war's. Hatterson Square Nummer 12. Er empfand jetzt regelrecht Zuneigung zu dem Gesicht im kleinen Quadrat, das sich so wohltuend von den sterilen Coverschönheiten drum herum abhob. Schade, dass es nicht auch einen Blumenkiosk gab.

»Also Hatterson Square ist in Plymouth vier. Ein bisschen schwierig zu erklären«, sagte die Zeitungsfrau bedauernd. »Sie müssen einfach zu oft nach links und rechts abbiegen. Am besten wird es sein, wenn ich Ihnen doch einen Stadtplan verkaufe ...«

»Ja, natürlich!«, sagte Erik Burly, und gleichzeitig durchfuhr es ihn siedend heiß. Wie ein schlechtes Omen empfand er die dicke Schlagzeile auf einem der illustrierten Blätter: »Auch gute Agenten werden selten alt!«, stand da. Und Burly dachte an einen Mann namens Parker, den er nicht kannte, der ihm jedoch schon jetzt Furcht einflößte ...

Er wirkte ausgesprochen sympathisch. Hellgraue Augen, ein etwas wirrer blonder Haarschopf und um den Mund einen Zug, der Humor und Verschmitztheit vermuten ließ.

Glenn Parker, mit einer Größe um die hundertfünfundsiebzig Zentimeter, war etwa 30 Jahre alt. Er begann eine Melodie zu summen, während er in die Diele der geräumigen Dreizimmerwohnung ging, dort einen Wandschrank öffnete und einen mittelgroßen, sehr stabil aussehenden Koffer herausnahm.

Er legte ihn auf den Sessel und klappte den Deckel zurück. An der Anzahl der Riemen und den dicken Polstern aus Schaumgummi an Boden und Deckel konnte man erkennen, dass es sich hier um eine spezielle Verpackung handelte.

Vorsichtig hob er das Funkgerät hoch und legte es in den Koffer.

»Das wär's«, sagte er, als die Schlösser mit sattem Klang einrasteten. Die drei Koffer mit seiner persönlichen Habe waren bereits in seinem Wagen verstaut. Unauffällig hatte er sie während der letzten

Stunde, einen nach dem anderen, in die Tiefgarage gebracht.

Obwohl Glenn Parker die ständige Umzieherei zuwider war, musste er doch grinsen, wenn er an die ratlosen Gesichter seiner Mitbewohner dachte. Was, der Parker ist spurlos verschwunden? Na, wer hätte das gedacht, so ein netter, hilfsbereiter, freundlicher Mann. Es wird ihm doch nichts zugestoßen sein? So und ähnlich würden sie sprechen. Und er würde wirklich, zumindest auf dem Papier, spurlos verschwinden. Denn mit seinem Auszug hier ließ er auch den Namen Glenn Parker zurück. In dem Pass, der bereits in seiner Jacke steckte, hieß er Archie Pendros.

Langsam begann er einen letzten Rundgang durch die möbliert gemietete Wohnung. Nichts, aber auch gar nichts würde mehr an ihn erinnern.

Der Kühlschrank war ausgeschaltet, die Stecker für Radio und Fernsehen lagen neben den Steckdosen. Auf dem Küchentisch hatte er einen Umschlag mit fünf Pfund deponiert. Geld für die letzte Stromrechnung. Die Miete war bereits für den ganzen Monat überwiesen, und den Wohnungsschlüssel würde er in den nächsten Tagen per Post an den Wohnungsinhaber schicken. Zusammen mit einem Brief, in dem er erklärte, dass er für eine Reportage ganz überraschend nach Übersee reisen müsse.

19 Uhr 15.

Glenn Parker griff nach der noch zu einem Drittel gefüllten Bierdose, hob sie hoch, als wolle er jemandem zuprosten, und sagte leise lächelnd:

»Auf eine ereignisreiche Zukunft, Mr Pendros!«

In diesem Augenblick klingelte es an der Tür.

Die ganze Unbeschwertheit und Unbekümmertheit waren schlagartig wie weggeblasen.

Jeder Handgriff schien tausendmal geübt, selbst die Mimik des plötzlich gespannt aussehenden Gesichts erinnerte an Theater.

Nachdem Glenn Parker den Koffer mit dem Funkgerät im angrenzenden Schlafzimmer unter das Bett geschoben hatte, ging er zur Wohnungstür.

Er öffnete ...

Ausdruckslos musterte er den Mann, der etwa eine knappe Handbreit größer war als er.

»Ja, bitte?« Es klang nicht sonderlich interessiert. Glenn Parker sah, wie die Hand des anderen in die Tasche fuhr, und einen Atemzug lang sah er bereits eine Polizeimarke vor seinen Augen. Doch dann blickte er auf Vertrautes, und er hatte Mühe, Überraschung und Erleichterung nicht die Zügel schießen zu lassen.

»Ich komme mit einem Blumengruß, Blumenfreund!«, lächelte der Fremde und ließ den kleinen Taschentresor mit der rosafarbenen Stoffnelke wieder verschwinden.

Parker trat von der Tür zurück.

»Kommen Sie rein!«

»Danke!«

Er schob die Tür ins Schloss. »Was soll das?«, fragte er verständnislos.

Perry Clifton nickte Parker zu. »Ich dachte mir schon, dass Sie mich nicht erwarten würden.« Er sagte es beiläufig, ohne sonderliche Dramatik, denn ab jetzt kam alles darauf an, dass ihm der andere die Rolle abnahm, die er spielte.

»Zum Teufel, nein, Burly, ich habe Sie nicht erwartet. Der Boss hat durchgegeben, dass Sie mich an der präparierten Wohnung am Hatterson Square erwarten!«

Blitzschnell speicherte Perry Clifton die beiden wichtigen Details in seinem Gedächtnis: Parker war mit einem Mann namens Burly verabredet, der in einer Wohnung am Hatterson Square auf ihn wartete.

Alles, was er sich als Begründung für sein Auftauchen zurechtgelegt hatte, musste er auf der Stelle vergessen. Er hieß jetzt Burly, und von ihm wurde eine Erklärung erwartet, warum er nicht in jener Wohnung am Hatterson Square saß ... Hatterson Square, er durfte diesen Namen nicht vergessen.

»Sie haben Glück, dass Sie mich noch antreffen, Burly. In fünf Minuten wäre ich weggewesen!«

»Tut mir leid, aber es ging nicht schneller.«

»Also, warum kommen Sie hierher?«

»Alles, was per Draht gesprochen wurde, ist hiermit aufgehoben. Außer meiner Anwesenheit natürlich!«

Ungläubig starrte Glenn Parker Perry Clifton an. »Zum Teufel, ich verstehe kein Wort. Ich habe doch erst vor einer halben Stunde mit dem Boss Verbindung gehabt.«

»Jedes gesprochene Wort diente nur dem einzigen Zweck, eventuelle Mithörer zu irritieren.« Und jetzt riskierte Perry Clifton Kopf und Kragen. Er musste herausfinden, ob sie schon wussten, dass Godley der Polizei in die Hände gefallen war. Er sagte: »Seit der Boss weiß, dass Godley vom Staat verköstigt wird, ist der Plumpudding am Qualmen.«

»Ja«, Parker nickte ahnungslos. »Seine Stimme schien seine Stimmung widerzuspiegeln. Ich habe ihm deshalb auch nichts davon gesagt, dass Loccer verschwunden ist.«

»Loccer ist verschwunden?«, äffte Clifton nach.

»Es scheint ihn geschockt zu haben, als er sah, wie die Polizei Godley abtransportierte.«

Perry Clifton atmete auf, doch er wusste auch, dass er keine Sekunde lang vergessen durfte, dass von seinen

Reaktionen das Gelingen des abenteuerlichen Planes abhing.

»Der Boss hat alle Pläne kurzfristig geändert.«

»Dann soll ich also gar nicht mehr umziehen?«

»Nein!«

»Und was ist mit dem Funkspruch um 21 Uhr vom Hatterson Square aus?«

»Jeder Funkverkehr entfällt. Wir sollen uns zusammen bei Tagesanbruch auf den Weg zu ihm nach London machen und Hatterson Square meiden.«

Glenn Parker ließ sich auf einen Stuhl fallen. Als habe er sich verhört, wiederholte er: »Meiden? Und was wird aus all den heißen Unterlagen, die dort liegen?«

»Sollen bis auf Weiteres liegen bleiben!«

»Ich habe meine Sachen schon unten im Wagen. Bis auf das Funkgerät. Die Wohnung ist geräumt. Verdammt, soll ich alles wieder hochschleppen?«

Perry Clifton schüttelte den Kopf. »Jetzt nur keinen Fehler machen!«, warnte sein Verstand.

»Der Boss will, dass Sie mit dem gesamten persönlichen Inventar einschließlich Funkgerät nach London kommen. Nicht mehr und nicht weniger.«

Glenn Parker musterte Clifton eindringlich, dann stieß er sich den ausgestreckten Daumen gegen die Brust. »Irgendeine Stimme hier drinnen sagt mir, dass was faul ist. Ich spüre es aus der Luft, wenn Gefahr droht.«

»Das sagt Jefferson auch!«

»Wer ist Jefferson?«

»Unser Boss nennt sich im Augenblick so. Godley hat mit seiner Pfuscherei mehr Schaden angerichtet als verhütet. Ich glaube fast, der Boss befürchtet, es könne mit Godley passieren, was seinerzeit mit Bromwich passiert ist.«

»Nie was von Bromwich gehört.«

»Hat Ihnen der Boss die Geschichte nicht erzählt?«

Parker schüttelte den Kopf.

»War eine Sache, die uns damals um ein Haar die Freiheit gekostet hätte«, fantasierte Perry Clifton in ernstem Tonfall weiter. »Die Polizei hatte Bromwich umgedreht.«

Glenn Parker winkte ab. »Das könnte sich Godley nie leisten. Dazu hat er viel zu viel Dreck am Stecken.« Und schon wieder wurde es gefährlich. »Wieso kommt es eigentlich, dass wir uns noch nie gesehen haben?« Perry zeigte ein beziehungsvolles Grinsen. »Ich blühe eben mehr im Verborgenen. Und was die Vorstellerei anbetrifft, so hält sich unser Boss ziemlich zurück.«

Parker schwieg eine Weile. Dann wollte er wissen: »Fahren wir mit meinem oder mit Ihrem Wagen?«

»Das ist kein Grund zum Würfeln, ich bin mit dem Zug gekommen.«

»Und was tun wir bis Tagesanbruch? Ausgehen?«

»Ich für meinen Teil ziehe es vor zu schlafen. Das heißt, vorher muss ich noch zum Bahnhof, wo ich einen Verbindungsmann aus Liverpool treffe, der früher für uns gearbeitet hat.« In Wirklichkeit wollte sich Clifton mit Chiefinspektor Dankwell treffen, der zwei Straßen weiter in einem Wagen saß und auf ihn wartete, während das Haus von einem Dutzend Beamten umstellt war.

»Okay, ich werde Sie zum Bahnhof fahren. Was soll ich hier herumsitzen. Wir nehmen gleich das Funkgerät mit in den Wagen. Um welche Zeit sind Sie verabredet?«

»20 Uhr 30 vor dem Zeitungsstand in der Bahnhofshalle«, erwiderte Clifton, während er nach einem Ausweg suchte. Er musste Dankwell unbedingt den Namen Burly und die Adresse Hatterson Square zukommen lassen.

»Warum weiß ich eigentlich nichts von dem Verbindungsmann aus Liverpool?« Es klang mehr Verärgerung als Misstrauen aus der Frage.

»Das liegt sicher an der unberechenbaren Art, mit der unser Boss sein Vertrauen aufteilt.«

Glenn Parker zuckte mit den Schultern und erhob sich. »Erinnern Sie mich daran, dass ich für uns am Bahnhof ein paar Bierbüchsen einkaufe. Nichts ist mir mehr zuwider als trockene Nächte ...«

Überraschung am Hatterson Square

Glenn Parker trug den Koffer mit dem Funkgerät mit solcher Behutsamkeit, als transportiere er einen gläsernen Pokal.

Der Fahrstuhl brachte sie in die Tiefgarage, wo Parker auf einen schon ziemlich mitgenommenen dunkelblauen Ford zuging. Er griff unter die hintere Stoßstange, und es gab ein Geräusch, gerade so, als sei etwas zurückgeschnappt. Erst jetzt schob er den Schlüssel in das Schloss des Kofferraumdeckels. Ohne Zweifel eine der originellsten Sicherungen, die Perry Clifton bis jetzt vorgekommen waren. Interessiert registrierte er drei mittelgroße Lederkoffer und eine Menge Requisiten, wie sie zum Unterwassersport benötigt werden. Mehrere Schwimmflossen waren darunter, Brillen, zwei Harpunen und ebenfalls zwei Unterwasser-Handscheinwerfer.

»Taucher?«, fragte er.

»Leidenschaftlicher! Ist mein einziges Hobby. Besonders die Filmerei. Leider ein äußerst teurer Spaß.«

Es hallte, als Parker den Deckel zuschlug.

Auf dem Weg zum Bahnhof bemerkte Clifton, wie Glenn Parker immer wieder prüfende Blicke in den Rückspiegel warf. Doch wie es schien, gab es keinen Grund zur Besorgnis.

Obwohl Perry Clifton den total entspannten Fahrgast mimte, beschäftigten ihn doch zwei Fragen: Wie konnte er unauffällig seine Informationen an Chiefinspektor Dankwell loswerden, zum anderen – wo gab es in der Halle den Zeitungsstand, vor dem er angeblich erwartet wurde. Er selbst war noch nie auf dem Hauptbahnhof von Plymouth gewesen.

Problem Nummer zwei löste sich dadurch, dass Parker Schwierigkeiten mit dem Parkplatz hatte. Er fluchte zuerst lästerlich, dann aber lachte er und rief aus: »Möchte wissen, warum ich mich aufrege. Kann schließlich nicht überall so viel Platz sein wie unter Wasser.«

»Ich sollte schon aussteigen und zu meinem Treff gehen. Es ist bereits halb neun!«

»Okay«, stimmte Parker zu und trat auf die Bremse. »Sobald ich einen Platz habe, komme ich zum Zeitungsstand.«

Perry stieg aus und eilte auf das Hauptportal zu. Sobald er sicher war, dass Parker ihn nicht mehr sehen konnte, sprach er eine Frau an und erkundigte sich nach dem Zeitungsstand. Insgeheim hoffte er auch, dass Dankwells Männer in seiner Nähe waren. Wenn er nur wüsste, wie lange die Parkplatzsuche Parker von ihm fern halten würde.

Eine Minute später erreichte er sein Ziel.

Wie alle englischen Zeitungsstände in Bahnhöfen, Häfen und auf großen Plätzen war auch dieser hier international hervorragend sortiert. Fast alle führenden europäischen Blätter prangten fächerförmig in der Auslage.

Inmitten des brodelnden und pulsierenden Lebens stand nun Perry Clifton und hielt Ausschau nach einem Verbindungsmann, der nie kommen würde.

In dem Moment, wo er Glenn Parker beim Hauptportal auftauchen sah, stieß ihn jemand an. Perry Clifton sah in das lächelnde Gesicht eines ihm unbekannten Mannes, der jetzt eine Aktentasche zwischen die Beine klemmte, einen Stadtplan aus der Tasche zog und vor seinem und Cliftons Gesicht auszubreiten begann.

»Verzeihung, Sir«, sagte er, können Sie mir auf der Karte zeigen, wo ich die Bullerton Street finde? Der Plan hat leider kein Straßenverzeichnis.«

Am liebsten hätte Perry Clifton gesagt, er möge sich gefälligst einen Plan mit Straßenverzeichnis besorgen. Doch er gab das Lächeln zurück und entschuldigte sich mit Bedauern: »Tut mir sehr leid, aber ich bin selbst fremd hier.«

Der Mann zeigte auf irgendeinen Punkt auf der Karte. »Sie sollten es so aussehen lassen, als würden Sie mir etwas erklären, Sir. Ich bin Detektiv Shepard. Der Chiefinspektor möchte gern wissen, was geschehen ist.«

»Wunderbar.« Clifton nickte, reagierte schlagartig und begann auf dem Plan herumzufuhrwerken. »Ich muss mich beeilen, mein Mann ist bereits im Anmarsch. Hören Sie gut zu: In einer Wohnung am Hatterson Square, ich wiederhole: am Hatterson Square, liegen heiße Unterlagen versteckt. In dieser Wohnung wartet ein gewisser Burly auf Glenn Parker. Die Nummer des Hauses weiß ich nicht. Noch einmal: Der Mann heißt Burly!« Es war eine mimische Meisterleistung, und Clifton wusste auch um sein Publikum. Keine fünf Meter entfernt hatte er das Gesicht Parkers entdeckt, der nach oben blickte und so tat, als suche er in der Dachkonstruktion der Bahnhofshalle nach der Lösung eines Geheimnisses.

»Mein Mann beobachtet uns bereits, verschwinden Sie!« Perry Clifton zeigte noch einmal auf die Karte und nickte Shepard aufmunternd zu. Der legte seinen Plan mit pedantischer Gewissenhaftigkeit zusammen, bedankte sich und verlor sich in der Menge.

Langsam schlenderte Glenn Parker heran.

»War er das?«

»Nein, das war ein Trottel, der sich ausgerechnet bei mir nach einer gewissen Bullerton Street erkundigen musste.«

»Vielleicht sahen Sie für ihn am informiertesten aus!« Parker lachte. »Ich mache mich einstweilen auf den Weg zu den Bierbüchsen.«

»Bringen Sie mir bitte auch ein halbes Dutzend mit.«

»Okay!«

Parker trollte sich, und Perry Clifton sah weiter erwartungsvoll in die vorbeiziehende Schar derer, die von den Zügen kamen oder zu ihnen eilten.

Die erste Viertelstunde verging. Auch die zweite war fast vorüber, als Parker plötzlich wieder neben ihm auftauchte.

»Noch immer nichts?«

Perry Clifton tat verärgert. Schulterzuckend verkündete er seinen Entschluss:

»Länger zu warten ist wohl zwecklos. Ich glaube nicht, dass er noch kommt. Verschwinden wir!« Als er sich zum Gehen wandte, stutzte er. Parker hielt nur eine Tüte mit Salzstangen in der Hand. »Was ist mit dem Bier? War es ausverkauft?«

»Ist schon im Auto. Ich hatte ja genügend Zeit.«

Es war genau 22 Uhr, als der dunkelblaue Ford wieder die Einfahrt zur Tiefgarage passierte.

Erik Burly saß bewegungslos in einer Ecke der altersschwachen Couch, die jedes Durchatmen mit einem Quietschen beantwortete. Erik Burly starrte ins Dunkel.

Solange das Tageslicht ausreichte, hatte er in den mitgebrachten Zeitungen geblättert. Nervös, unkonzentriert und schreckhaft. Jedes Geräusch aus den Nachbarappartements ließ ihn zusammenfahren. Und selbst das Umblättern der Zeitungsseiten erschien ihm laut und bedrohend.

Wenn er an den unbekannten Glenn Parker dachte, wurden seine Hände feucht, und sein Herz schlug schneller.

Es handelte sich um ein Zweizimmer-Appartement mit Bad und Küche im siebenten Stockwerk, und obwohl er vorbereitet war, hatte ihm doch der Atem gestockt, als er seinen Namen an der Tür entdeckte.

Die Wohnung war dürftig möbliert, und es gab weder Radio noch Fernsehen noch Telefon.

Vom Südfenster aus konnte man bis zum Hafen sehen. Er hörte einen Hund bellen, ein kleines Kind weinen und eine Frau schimpfen. Geräusche, wie er sie auch zu Hause hörte, und doch waren sie anders. Trotz des Lebens rundherum kam er sich einsam und bedroht vor.

Sicher wurde keiner der anderen Hochhausbewohner erpresst wie er.

Und während der Stunden des Wartens kehrten seine Gedanken immer wieder zu einem bestimmten Begriff zurück. Ein Begriff, der für ihn Hoffnung und Schrecken zugleich verkörperte: Polizei. Dachte er dabei an sich, wurde die Hoffnung auf Hilfe übermächtig, dachte er an seine Kinder, schnürte ihm die Angst die Kehle zu. Man hatte ihn in der Hand und nutzte es skrupellos aus.

Nichts in der Wohnung am Hatterson Square deutete auf ständige Bewohner hin. Der Kühlschrank, ein sehr altes Modell, war leer und außer Betrieb. Vielleicht sogar kaputt. Die wenigen Möbel zeigten eine unberührte Staubschicht.

Wann würde Glenn Parker kommen?

Wie lange würde er hier noch sitzen müssen?

Welchen Auftrag müsste er erfüllen?

Verlangte man von ihm, dass er wieder den Briefträger spielte?

Das weit entfernte Heulen zweier Schiffssirenen drang wie eine Warnung aus Raum und Dunkelheit zu ihm. Erik Burly erhob sich seufzend und tastete sich zum Fenster.

Es war ein faszinierendes Bild, das sich seinen Augen bot. Doch es blieb ihm wenig Zeit, sich daran zu ergötzen.

Das Schnarren der Flurglocke ließ ihn zusammenfahren.

Glenn Parker ...

Burly stakte mit schweren Beinen zur Tür und öffnete. Sein Atem stockte. In rascher Folge schüttelte er den Kopf, schloss die Augen, riss sie wieder auf. Er musste träumen. Nur ein Traum konnte ihm ein solches Bild vorgaukeln. Doch es war kein Traum.

»Hallo, Dad ...«

Da stand sie im diffusen Licht der Gangbeleuchtung. Sie trug noch immer den Schottenrock. Dazu einen beigefarbenen Rollkragenpulli und eine Jeansjacke.

Cathy sah ihren Vater mit einer Mischung aus Furcht, Trotz und Stolz an. Furcht vor dem, was er ihr jetzt sicher sagen würde, Stolz darüber, dass sie ganz allein die Zugreise von London hierher nach Plymouth hinter sich gebracht hatte.

Burly fasste seine Tochter am Arm und zog sie herein. »Mein Gott, Cathy, wie kommst du hierher?« Noch während er dies fragte, durchfuhr ihn ein furchtbarer Gedanke. »Hat man dich geschickt?«

Cathy schüttelte den Kopf. »Ich hatte plötzlich solche Angst, Dad.« Sie zog einen Zettel aus der kleinen Tasche im Rock. Er konnte es nicht sehen, denn sie standen sich im Dunkeln gegenüber.

»Kannst du nicht Licht machen, Dad?«

Burly nahm seine Tochter bei der Hand und führte sie in das sogenannte Wohnzimmer. Tausend Gedanken schossen ihm durch den Kopf, während er den Vorhang vor die beiden Fenster zog und sich zum Lichtschalter tastete.

Cathy hielt ihm den Zettel entgegen. Schnell und unzusammenhängend berichtete sie: »Er lag auf dem Fußboden ... und vorher lag er nicht da ...«

Die Angst, die sie eben erwähnt hatte, füllte jetzt ihre Augen und ließen sie dunkel erscheinen. »Das mit dem Schulfreund in Birmingham, Dad ... ich meine, ich habe ganz plötzlich gewusst, dass das nicht stimmt. Und du warst so komisch. Als hättest du auch Angst. Mrs Wallace passt auf die Zwillinge auf, du brauchst dir ihretwegen keine Sorgen zu machen. Und ich dachte, dass ich dir helfen müsste. Dad, warum bis du hier? Warum steht unser Name an der Tür?«

Erik Burly nahm Cathy ganz sanft bei den Schultern und zog sie an sich. Er beugte sich zu ihr herab und schmiegte sich voller Zärtlichkeit an ihre Wange. In diesem Augenblick fasste er einen Entschluss von großer Bedeutung, und er spürte, wie ihn ein wunderbares Gefühl der Erleichterung erfüllte.

»Meine liebste, tapfere Cathy«, sagte er, »ich bin mächtig stolz auf dich, und ich verspreche dir, ab sofort keine Fehler mehr zu machen. Und ich bin bereit, meine Schuld zu sühnen.«

Cathy verstand kein Wort. Doch sie ahnte, dass sich hinter den Worten ihres Daddys schlimme Dinge verbargen.

»Aber Dad, du hast doch nichts Böses getan!« Es klang gleich einer Beschwörung.

»Komm, gehen wir. Ich habe hier nichts mehr zu suchen. Auf dem Weg nach London werde ich dir alles erzählen. Alles, mein kleines Mädchen. Nichts werde ich verschweigen ...«

Erik Burly hatte bereits die Hand nach dem Lichtschalter ausgestreckt, als die Flurglocke zum zweiten Mal an diesem ereignisreichen Abend anschlug.

»Das, Cathy, ist Glenn Parker. Ein Mann, auf den ich hier warten sollte.«

»Und was will dieser Mr Parker von dir?«

»Das weiß ich selbst noch nicht. Aber ich werde ihm sagen, dass es mich nicht mehr interessiert. Wir werden einfach an ihm vorbeigehen.«

Es klingelte erneut.

»Und wenn er nicht will, dass du einfach gehst, Dad?«

Erik Burly lächelte.

»Er kann nichts dagegen tun. Gar nichts, Cathy. Komm, mein Kleines ...«

Vier Meter waren es zur Tür.

Burly hatte den linken Arm um Cathy gelegt, als er öffnete. Sie würden jetzt an Glenn Parker vorbeigehen, ohne Fragen zu stellen oder welche zu beantworten. Das Lächeln, das Burly noch immer auf den Lippen trug, erstarb wie das Licht einer Kohlefadenbirne.

»Mr Burly??«

Erik Burly nickte stumm, während er die vier Männer vor ihm ansah.

Einer hielt ihm etwas entgegen. »Ich bin Chiefinspektor Dankwell. Mr Burly, wer ist dieses Mädchen?«

»Das ist meine Tochter Cathy.«

Cathy schlang einen Arm um ihren Vater. Ihre Stimme klang angstverzerrt: »Was ist denn? Was wollen Sie denn von meinem Dad?«

»Ich bitte dich, Cathy, reg dich nicht auf. Es wird schon alles wieder gut werden. Ich habe jetzt gar keine Angst mehr, und du solltest auch keine haben.«

Dankwell machte eine einladende Handbewegung, und nicht unfreundlich forderte er Erik Burly auf:

»Wir haben einige Fragen an Sie, Mr Burly. Bitte begleiten Sie uns zur Polizeistation.«

»Wir sind aus London, Sir. Meine Tochter ist hier fremd, ich kann sie doch nicht allein lassen.«

»Wir werden uns um sie kümmern!« Der Chiefinspektor nickte Cathy aufmunternd zu. »Du solltest Vertrauen zu uns haben, Cathy!«

Vier Spezialisten nahmen sich der Wohnung an, nachdem Burly und Tochter diese verlassen hatten.

Keine Nische, keinen Winkel übersah man. Die Verschalung der Badewanne wurde gelöst, jede Kachel abgeklopft, die Fußbodenleisten entfernt und die Matratzen mit Spezialsonden behandelt.

Nach drei Stunden – Mitternacht war längst vorüber – fand das Rätsel seine Lösung, das Versteck war gefunden. In einem Geheimfach an der Rückseite des Kühlschranks, und zwar hinter den Aggregaten, entdeckte man einen Packen Geheimdokumente, die so hochbrisant waren, dass Chiefinspektor Dankwell noch in der Nacht zwei Telefongespräche mit London führte. Eines mit Staatssekretär James McPearson, das andere mit Detektivinspektor Morris Cook.

Gefährliches Spiel

Glenn Parker verfügte über einen äußerst lauten Schlaf: Er schnarchte mit der Kraft und Akustik einer Kreissäge. Die Folge davon war, dass Perry Clifton, der die Kürze der Nacht auf der zweisitzigen Couch im Wohnzimmer verbrachte, so gut wie nicht hatte schlafen können. Beim Aufstehen um fünf Uhr allerdings konnte man den Eindruck gewinnen, es sei umgedreht gewesen. Mürrisch gähnend verfluchte Parker die zurückliegenden Stunden.

»Mann, welche Nacht. Ich habe kein Auge zugekriegt. Zum Teufel mit solchen Nächten.«

»Dann muss ich mich verhört haben.« Clifton lächelte.

»Wieso verhört?«

»In Ihrem Schlafzimmer hat jemand geschnarcht!«

»Unsinn. Hab mich höchstens mal geräuspert. Muss am Bier gelegen haben.«

»Sie schimpften so laut und dröhnend, dass ich davon aufgewacht bin.«

»Ich soll geschimpft haben? Auf wen denn?«

»Auf Mike Godley. Sie nannten ihn einen ›verdammten Kakerlakenschreck‹.«

»Ist er ja auch. Sogar meine Träume macht er zu Albträumen.«

»Ich denke, Sie haben kein Auge zugekriegt?«

Parker winkte wütend ab. »Unter einem ordentlichen Schlaf verstehe ich acht Stunden an einem Stück. Die brauche ich, sonst bin ich nur zu einem Viertel ansprechbar. Außerdem hasse ich es, so früh aufzustehen.« Gähnend schlurfte er ins Bad, wo ihn Perry Clifton bald darauf mit dem Wasser schimpfen hörte. Entweder war es ihm zu kalt oder zu nass.

Eine halbe Stunde später frühstückten sie in einer Teestube am Poltava Square.

Sieben Uhr. Es herrschte nicht übermäßig viel Betrieb in Richtung London.

Trotz Tee, guter Straßenverhältnisse und beschwingter Musik aus dem Autoradio hing Glenn Parker schlecht gelaunt über dem Steuer seines ältlichen Ford.

Seiner Miene nach zu schließen würde er auf jeden schießen, der ihn jetzt noch zusätzlich ärgerte.

Als sie Davenport passiert hatten, deutete Perry Clifton in den dunstigen Morgen und sagte bedeutungsvoll: »Hier sollten Sie ein bisschen schneller fahren. Ich muss daran denken, dass die dort hinten jetzt auch einen neuen Tag anfangen. Das macht mich regelrecht missmutig und drückt mir außerdem auf den Magen.«

»Wer sind ›die dort hinten‹?«, knurrte Parker fragend zurück.

»Die im Zuchthaus Dartmoor!«

Parker war zusammengezuckt und warf Perry Clifton jetzt einen giftigen Blick zu. Gleichzeitig drückte er das Gaspedal bis zum Bodenbrett durch. Eine Aufforderung, der der altersschwache Ford nur sehr zögernd nachkam.

»Sie können einem aber auch den Tag schon am frühen Morgen vermiesen!«, brummte Parker.

Nur kurze Zeit, dann ging Parker mit der Geschwindigkeit wieder auf siebzig Meilen zurück. Er schien zu wissen, was er dem Gefährt zutrauen durfte und was nicht.

»Haben Sie manchmal Angst, den Motor oder anderes Zubehör zu verlieren?«, stichelte Perry Clifton.

Glenn Parker nickte. »Ja. Manchmal überkommen mich solche Vorstellungen. Dann fahre ich schleunigst an den Straßenrand und warte, bis sich mein Verstand wieder beruhigt hat. Übrigens«, er zwinkerte seinem Mitfahrer zu, »nach der nächsten großen Auszahlung kommt Väterchen Ford auf den Schrottplatz.«

»Und dann?«

»Dann kaufe ich mir einen Jaguar. Den hätte ich mir schon lange zugelegt, wäre mein Hobby nicht so kostenfressend. Was fahren Sie?«

»Einen Morris. Nichts Außergewöhnliches. Der Boss ist ja der Ansicht, dass jede zur Schau getragene Extravaganz der Anfang vom Ende sei. Deshalb war er dagegen, dass ich mir einen Porsche zulege.«

Glenn Parker warf Perry Clifton einen raschen, nachdenklichen Blick zu, und der Londoner Warenhausdetektiv stellte sich die Frage, ob er etwas Falsches gesagt habe. Doch Parker nahm den Faden schon wieder auf. Betont launig meinte er: »Ein Porsche wäre auch für meinen Geschmack die richtige Verpackung für mich. Leider hat er zu wenig Laderaum. Aber sagen Sie nichts gegen mein antikes Stück. Niemand würde je auf den Gedanken kommen, dass der Inhalt des Kofferraums zehnmal mehr wert sein könnte als das ganze Auto.«

»Das stimmt!« Clifton nickte.

»Außerdem würde es niemandem einfallen, das Museumsstück zu stehlen. Und das wiederum enthebt mich der Notwendigkeit, ständig aus- und einzuräumen.« Und völlig übergangslos und unerwartet fragte er:

»Sagen Sie, Burly, halten Sie es für möglich, dass man uns verfolgt?«

»Uns verfolgt, das ist doch ein Witz!« Betont langsam wandte sich Clifton auf seinem Sitz zurück. Nur der langjährigen Schulung und Routine hatte er es zu verdanken, dass der ihn aufmerksam beobachtende Parker in seinem Gesicht keine falsche Reaktion feststellen konnte. Mit gerunzelten Augenbrauen erwiderte er:

»Ich wüsste nicht, aus welchem Grund uns jemand verfolgen sollte. Waren Sie leichtsinnig?«

»Ich nicht, aber Godley!«

»Godley war zwar leichtsinnig und unüberlegt, aber Verräter ist er keiner.«

»Woher wollen Sie wissen, wie er reagiert, wenn man ihn in die Zange nimmt und ihm das Blaue vom Himmel verspricht?«

Auch Perry Clifton sah den hellen VW, der mit gleicher Geschwindigkeit und unverändertem Abstand von etwa drei- bis vierhundert Metern hinter ihnen herfuhr. Aber er konnte nicht glauben, dass Dankwells Leute die geplante Beschattung so plump und augenfällig durchführen würden.

»Ist es der gelbe VW, der Sie beunruhigt?«, fragte er.

»Er ist seit Plymouth hinter uns. Warum überholt er nicht? Wir fahren doch alles andere als ein Renntempo.«

»Er wird spazieren fahren. Ich glaube, Sie sehen Gespenster.«

Und als hätte der Fahrer des VW die Unterhaltung belauscht, begann er zu beschleunigen. Nach kurzer Zeit zog er an ihnen vorbei. Parker und Clifton sahen einen Mann hinter dem Steuer und neben ihm eine Frau, die auf ihn einzuschimpfen schien. Nur so jedenfalls waren die Bewegungen ihrer Lippen und ihrer Arme zu deuten.

»Da haben Sie's: Streitpunkt Geschwindigkeit. Einem von den beiden ging es offensichtlich zu langsam.«

Vier Meilen weiter sahen sie, wie der VW von der Hauptstraße abbog. Dass der Motorradfahrer, der ihnen dann in ähnlichem Abstand folgte, die Ablösung der beiden im VW war, ahnten weder Clifton noch Parker.

Längere Zeit schwiegen die beiden Männer. Jeder hing seinen Gedanken nach.

Doch plötzlich wurden sie hart und gefährlich aus ihrer Nachdenklichkeit herausgerissen. Es gab einen kurzen, trockenen Knall, und der Wagen begann zu schleudern. Glenn Parker hatte beide Hände voll zu tun, um das wild schlingernde Fahrzeug nicht ausbrechen zu lassen. Der vordere linke Reifen war geplatzt. In einem kleinen Bogen fuhr der Motorradfahrer an ihnen vorbei. »Noch einmal davongekommen«, schnaufte Parker, als der Ford stand.

Perry Clifton dagegen meinte aufatmend: »Wie gut, dass wir beim lieben Gott einen Stein im Brett haben. Ich hoffe, Sie verfügen über ein so nützliches Requisit wie ein Reserverad.«

»Natürlich. Aber ich verhehle auch nicht, dass Reifenwechseln in mir ebenso viel Begeisterung auslöst wie zwei fette Raupen in der Suppe.«

»Ich werde Ihnen helfen!«

»Danke, ich hatte nichts anderes erwartet. Kommen Sie, besehen wir uns mal den Schaden.«

Sie stiegen aus. Die Decke des defekten Rades hing in Fetzen herunter.

»Wenn ein Reifen so aussieht, muss er entweder schon vorher vor Altersschwäche und Profillosigkeit gestöhnt haben, oder wir sind über den gezackten Boden einer Flasche gefahren«, stellte Perry Clifton beim Anblick der trostlosen Überreste fest.

Glenn Parker gab keinen Kommentar dazu. Er ließ den Kofferraumdeckel aufschwingen. Um an das Reserverad heranzukommen, musste er die Koffer zur Seite räumen. Er tat es schimpfend. Endlich hob er es stöhnend heraus und lehnte es an die Stoßstange.

»Geben Sie mir den Kreuzschlüssel, damit ich schon die Muttern lockern kann!«, forderte Clifton. Parker nickte. »Moment, der muss ...«, er stockte, begann erregt murmelnd zu hantieren und zog den Kreuzschlüssel hervor. Gleichzeitig stöhnte er grimmig: »Sie werden es nicht für möglich halten, der Wagenheber ist verschwunden. Man hat ihn geklaut!«

»Wird ein Irrtum sein, Glenn. Suchen Sie in aller Ruhe!«

»Was heißt in aller Ruhe«, giftete Parker. »Da gibt es nichts zu suchen. Es gibt nur eine Stelle wo er liegen kann. Hier!!! Hier ist er aber nicht. Daraus ist zu folgern, dass er einen Liebhaber gefunden hat.«

»Und das bei dem, was Sie mir vorhin über Diebe im Zusammenhang mit alten Autos erzählt haben«, frotzelte Clifton.

»Ich hatte den Wagen vor vierzehn Tagen zur Reparatur in der Werkstatt. Dabei muss es geschehen sein. Verdammt, was machen wir jetzt? Ohne Wagenheber sind wir aufgeschmissen.«

»Ganz einfach, wir warten auf einen. Machen Sie winke, winke, es wird sich schon jemand unser erbarmen. Ich befasse mich inzwischen mit der Verschraubung.«

»Okay!«

Während Glenn Parker zwanzig Meter in die Richtung lief, aus der sie gekommen waren, und dort winkend Aufstellung bezog, machte sich Perry Clifton an die Arbeit. Und es war nicht nur Arbeit, es war Schwerarbeit, die mit einer Maschine aufgedrehten Muttern von Hand zu lösen. Als er es endlich geschafft hatte, bremste auf Parkers Winken hin der erste Fahrer. Doch seine Hilfsbereitschaft trug wenig Früchte, denn schon bald mussten sie feststellen, dass sein Werkzeug nicht für Parkers Wagen geeignet war.

Der zweite Fahrer, der hielt, saß ebenfalls in einem Ford. Es war ein untersetzter, etwas korpulenter Mann, der sich grinsend ins Freie strampelte und dabei laut und fröhlich rief: »Hallo, kann Ihnen der brave Rex Simpson helfen?«

»Ich kann Menschen mit ewig guter Laune nicht ausstehen, zum Teufel!«, nuschelte Glenn Parker so leise, dass es nur Perry Clifton hörte.

»Denken Sie an den Wagenheber!«, gab dieser ebenso leise zurück und ging dem Wohlbeleibten entgegen.

»Und ob Sie uns helfen können, Gentleman. Wir brauchen einen Wagenheber.«

»Na, wenn's weiter nichts ist, hahaha …« Der Mann lachte über sein ganzes breites Gesicht, und Perry Clifton hörte im Geist Parker mit den Zähnen knirschen. »Dann wollen wir mal, was, hahaha?« Leicht nach vorn gebeugt, spuckte sich Mr Simpson in die Hände und tat, als habe er vor, Parkers rostigen Ford per Muskelkraft hochzustemmen. Plötzlich richtete er sich wieder auf und sagte: »Ach was, warum soll ich mir an so einem schönen Tag die Finger schmutzig machen und die Bizeps ausdehnen, was, hahahahaha, benutzen wir doch lieber den ›künstlichen‹ Wagenheber, was, hahahaha.« Und dröhnend lachend watschelte er zu seinem Wagen zurück, um das Werkzeug zu holen.

Während Perry Clifton und Glenn Parker den Radwechsel vornahmen, stand der fröhliche Dicke hinter ihnen und plauderte munter drauflos. Dass das Leben als Vertreter für Krawatten und Einstecktücher ein sehr beschwerliches sei, dass er früher mal Koch gelernt, später den Beruf jedoch nicht habe ausüben können, weil er allergisch gegen Küchengerüche geworden sei. Von seinen eigenen Pannen wusste er so viel zu berichten, dass man fast annehmen musste, er habe eine Leidenschaft für geplatzte Reifen, versagende Anlasser, defekte Lichtmaschinen und gebrochene Achsen. Als ihm Perry Clifton, sozusagen als Dankeschön, ein paar Krawatten abkaufen wollte, prustete der »brave Rex Simpson« los, als habe ihn Clifton soeben den Witz des Jahrhunderts erzählt.

»Mister«, brachte er endlich hervor, »ich sollte Sie eigentlich beim Wort nehmen ...«

»So tun Sie es doch!«, forderte ihn Perry Clifton auf, der sich bereits daran gewöhnt hatte, dass der kleine Dicke auch über warme Luft lachte.

»Ich verkaufe nur Sortimente. Das kleinste Sortiment umfasst sechzig, das größte sechshundert Krawatten!« Das also war die Ursache seines Heiterkeitsausbruches. »Aber wenn Sie darauf bestehen, liefere ich Ihnen natürlich sechzig Krawatten.«

Perry Clifton winkte erschrocken ab. »Vielen Dank. Ich binde im ganzen Jahr höchstens zweimal eine Krawatte um. Sechzig wäre pure Hochstapelei ...«

Der kleine dicke Krawattenfachmann kletterte in seinen Wagen zurück, winkte ihnen noch einmal durch die Heckscheibe zu und fuhr gemächlich davon.

»Ich hätte ihn keine fünf Minuten mehr ertragen«, fauchte Glenn Parker und schüttelte sich. »Vor ein paar Jahren wohnte ich in Southampton zur Untermiete. Der Wohnungsinhaber hatte die schreckliche Angewohnheit, jeden Satz mit einem Lacher zu beenden. Zum Teufel, Burly, ich musste dort ausziehen, ich war nahe daran, den Mann aus dem Fenster zu werfen.«

»Ja, ja.« Clifton lächelte. »Das war schon ein komischer Heiliger, dieser brave Rex Simpson. Aber vielleicht müssen Krawattenvertreter so sein ...«

Drei Tage später sollte Perry Clifton dem »Krawattenvertreter« erneut gegenüberstehen.

Da jedoch war aus dem Rex Simpson Fred Bolton geworden. Noch genauer: ein Detektivinspektor Fred Bolton, von seinen Kollegen auch respektvoll »der Schauspieler« genannt.

Kurz nach 13 Uhr erreichten Parker und Clifton die Stadtgrenze von London. Ab hier hieß es für Perry noch vorsichtiger sein mit allem, was er sagte, fragte oder erwiderte. Der geringste Verdacht bei Parker – und das Spiel wäre zu Ende. Man hätte zwar in diesem Fall bereits die dritte Blume aus dem Strauß der Rosa Nelke gepflückt gehabt, doch die Spinne namens Jefferson, die das Netz beherrschte, wäre entfernter und unauffindbarer denn je gewesen.

Zur gleichen Zeit näherte sich in der Hanwell Street, gemächlich schlendernd, ein Mann dem Uhrenladen von Erik Burly. Dem Habitus nach ein amerikanischer Tourist. Der größte Teil seines Gesichtes wurde von einer riesigen Sonnenbrille verborgen. Auf dem blonden Haarschopf trug er einen Strohhut mit farbenprächtigem

Hutband. Ein buntes Hawaiihemd war über die Hose gezogen, und auf der Brust baumelten nicht weniger als drei Kameras ...

Er tat erstaunt und enttäuscht, als er die Ladentür verschlossen fand, baute sich mit den Händen einen Lichtschutz am Glas der Tür und versuchte Einzelheiten im Inneren des Geschäfts zu entdecken.

»Hier ist geschlossen, Sir!«, sagte eine weibliche Stimme hinter ihm.

Der Mann im bunten Hemd wandte sich um, tippte sich freundlich an die Krempe des Strohhuts und kaute ein: »Oooh, das tut mir aber leid!«, hervor.

»Mr Burly ist verreist!«, wusste die grauhaarige Frau zu berichten.

»Schon lange?«

»Seit gestern.«

»Wirklich schade. Hatte ich mich so gefreut, meinen alten Freund Burly wiederzusehen. Ich komme nämlich gerade aus New York.«

»Da wird sich Mr Burly bestimmt ärgern«, meinte die Frau, die so aussah, als hätte sie eine Menge Zeit.für einen Plausch mit dem Amerikaner.

»Wohin ist Erik Burly denn gereist?«

»Nach Birmingham.«

»Aha, und wann er zurückkommt, wissen Sie das auch?«

Sie hob bedauernd die Schultern. »Das weiß ich leider nicht. Aber Cathy ist ebenfalls verreist. Und die Zwillinge sind bei Mrs Wallace.« Sie schien sichtlich froh darüber, ihr ganzes Wissen weitergeben zu können. »Die werden sicher einige Zeit wegbleiben. Fragen Sie doch Mrs Wallace.«

»Und Cathy ist mit Mr Burly gemeinsam weggefahren?«

»Nein, sie ist ihrem Vater nach Birmingham nachgereist. Wenn man sich das überlegt, sie ist doch noch ein Kind. Noch nicht einmal fünfzehn ...«

»Hm ...« Der »Amerikaner« rückte sich die Brille zurecht.

»Mrs Wallace wohnt dort drüben in der 37.«

Wenn es ein »eiliges Lächeln« gibt, dann lächelte es der Mann im Strohhut jetzt.

»Ich bin ja noch ein paar Wochen in England. Da werde ich es später noch einmal probieren. Vielen Dank, Madam!«

»Der hat's aber eilig«, murmelte Mrs Granlight und blickte enttäuscht dem Davoneilenden nach ...

Sie überquerten gerade Sheperd Bush, als Glenn Parker plötzlich wie aus heiterem Himmel fragte:

»Erwartet uns Colfield im Büro oder auf dem Paradies?«

Perry Clifton schluckte unauffällig seinen Schrecken hinunter. Und der Schreck lag nicht nur allein an dem Namen Colfield, den er in diesem Augenblick zum ersten Mal hörte.

War das eine Falle?

Hatte Parker doch Verdacht geschöpft?

Gab es den Namen Colfield überhaupt – und das Paradies? Erwartete der »Rosa Nelke«-Funker jetzt, dass er ihn fragend ansah? Dass er wissen wolle, was die alberne Frage bedeutete?

All diese Überlegungen schossen Perry Clifton durch den Kopf.

Doch ihm blieben weder Wahl noch Ausweg noch Ausrede. Von ihm wurde eine eindeutige Antwort erwartet.

»Im Büro!«

»Okay. Dann fahre ich über die Finborogh Road.«

Perry Clifton spürte, wie ihm die Spannung wieder jenes Prickeln bescherte, das ihn immer dann überkam, wenn sich eine Entscheidung anbahnte.

Er hatte sich die Mütze so weit in die Stirn gezogen, dass es einem zufällig seinen Weg kreuzenden Bekannten schwer fallen musste, ihn auf Anhieb zu erkennen. Nicht auszudenken, wenn ihm jetzt einer ein »Hallo, Perry!«, zurufen würde.

Kurz nach 15 Uhr bog Glenn Parker in die Railsworth Street ein. Suchend fuhr er langsam an der Reihe der parkenden Fahrzeuge entlang.

»Na, das passt ja«, rief er, als sich ein weißer Mini aus einer Lücke tastete. Da Parkers alter Ford jedoch fast einen Meter länger war als der Mini, bedurfte es eines langen Hin und Hers, bevor der Wagen stand!

Perry Clifton, der sich als Rangiermeister betätigt hatte, waren die Parkversuche eines Gerätewagens der Telefongesellschaft auf der gegenüberliegenden Straßenseite nicht entgangen. Er war überzeugt, dass darin mindestens sechs bis acht Beamte der Polizei auf ihren Einsatz warteten.

»Nehmen wir das Gepäck mit?«, fragte er Parker. Der sah kurz auf und schüttelte stumm den Kopf. Perry Clifton nahm seinen Mantel und zog ihn betont langsam an. Für ihn galt es jetzt, immer hinter seinem Begleiter zu bleiben.

Glenn Parker schloss den Wagen ab und wandte sich einem großen grauen Haus mit der Nummer 98 zu. Clifton, einen Viertelschritt zurück, klopfte sich suchend die Taschen ab, was sein zögerndes Gehen rechtfertigen sollte.

»Suchen Sie etwas Bestimmtes?«

»Ich glaube, ich habe meine Sonnenbrille im Wagen liegen gelassen.«

Parker, bereits an der Haustür, grinste zurück. »Im Haus scheint keine Sonne.«

»Ich muss nur daran denken, dass ich nachher nicht gerade meine achtzig Kilo draufstelle«, sagte Clifton. Im gleichen Moment erkannte er das Schild neben der Tür: »JOHN COLFIELD, VERMITTLUNG VON LANDWIRTSCHAFTLICHEN ANWESEN.«

Parker drückte die Tür auf und stand mit dem Rücken zu Perry Clifton, der blitzschnell den Arm in die Höhe reckte und die fünf Finger spreizte. Die Männer, die jeden seiner Schritte beobachteten, wussten sicher sofort, was das zu bedeuten hatte, nämlich: fünfter Stock.

Schweigend stiegen sie nebeneinander die Stufen zum Dachgeschoss empor. Kurz vor dem letzten Treppenabsatz stolperte Clifton und fiel auf die Knie. Er tat das so überzeugend, dass sein Partner schadenfroh lachte. Doch Clifton hatte damit erreicht, was er beabsichtigte: Er kam hinter Parker an der Tür an, und an diesem war es nun, die Klingel zu drücken. Und er tat es. Dreimal kurz, einmal lang.

Sie warteten ...

Eine Minute verging. Irgendwo im Haus schimpfte eine Mutter mit ihrem Kind. Dann war es wieder still.

Glenn Parker presste stirnrunzelnd sein Ohr gegen die Tür und schüttelte dann den Kopf.

»Komisch!«

Diesmal drückte Perry Clifton den Klingelknopf. Dreimal kurz, einmal lang.

Wieder nichts. Und wieder sagte Glenn Parker:

»Komisch!«

Diesmal klang sein »komisch« allerdings weniger verwundert als misstrauisch. Auch seine Bewegungen waren auf einmal nicht mehr locker und gelöst, sondern kontrolliert und knapp.

»Irgendwas stinkt hier!«, murmelte er leise. Als er den Türknopf drehte, gab die Tür nach.

Vorsichtig und zögernd betraten sie die Räume der angeblichen Immobilienagentur. Eine kleine Diele, eine Tür – sie stand offen – führte in eine Küche, die andere, ebenfalls weit geöffnet, in das geräumige Büro.

Glenn Parker schloss die Wohnungstür und rief: »Hallo, Mr Colfield!«

Keine Antwort.

Sie wandten sich dem Büro zu, von dem eine weitere Tür abging. Clifton trat auf sie zu und öffnete sie. Ein kombiniertes Wohn- und Schlafzimmer. Auch hier keine Spur von Colfield.

Parker fluchte leise vor sich hin. In seinem Gesicht hatte sich ein Zug eingenistet, der es finster und abweisend erscheinen ließ.

Der Schreibtisch war aufgeräumt, regelrecht leergefegt, bis auf einige herumstehende Behältnisse mit Büroklammern und Bleistiften. In einem blanken, unbenutzten Aschenbecher lag ein Messingknopf mit einem Anker drauf. Perry Clifton ließ sich seine Enttäuschung nicht anmerken. Er setzte sich auf den knarrenden Schreibtischstuhl und sah Parker fragend an.

»Was nun, Partner?«

Glenn Parker legte sich die Faust auf die Brust: »Hab ich nicht schon gestern gesagt, dass irgendwas faul ist? Ich merk das doch zehn Meilen gegen den Wind. Sieht verdammt so aus, als hätte sich der Boss abgesetzt.«

»Vielleicht holt er sich nur Zigaretten?«, sinnierte Clifton laut, während er sich im Stillen ungeduldig fragte, ob Cooks Leute schon ihre Posten bezogen hatten. Und dann schreckte er doch ein wenig zusammen bei dem lauernden Blick, den ihm Glenn Parker zuwarf, als er fragte: »Was meinen Sie, sollten wir nicht auch so schnell wie möglich verduften?«

»Könnte es nicht sein, dass Colfield nur vorübergehend fort ist. Zum Teufel, er könnte doch Besorgungen zu machen haben.«

Parker trat zur Wand, dorthin, wo ein gerahmtes Großfoto einen ansehnlichen Farmkomplex zeigte. Er klappte das Bild zurück und legt damit eine komplette Kurzwellenanlage frei. Und spöttisch erkundigte er sich: »Glauben Sie, dass er das hier alles unverschlossen zurückließe, wenn er nur mal was zu besorgen hätte?«

Perry Clifton antwortete mit einem ratlosen Hochziehen der Schultern.

»Wir werden sehen«, sagte Parker. Er riss die untere Hälfte eines Blattes von einem Kunstdruckkalender ab, zog sich einen Stuhl heran und setzte sich Perry Clifton gegenüber. Der Innentasche seines Jacketts entnahm er einen Füller und begann die unbedruckte Fläche des Papiers mit Druckbuchstaben zu beschriften. Perry Clifton, der dreinschaute, als interessierte ihn das Tun Parkers wenig, stellte mit Unbehagen fest, dass dieser mit Geheimtinte schrieb. Das Papier blieb weiß.

Parker steckte das Schreibgerät wieder ein und schob Clifton den Abriss ausdruckslos hin.

»Was halten Sie von dieser Nachricht?«

Perry Clifton wusste, dass jetzt, in diesem Augenblick, eine Entscheidung fallen musste. Er zwang sich zu Ruhe und Lässigkeit. Er nahm das Papier und sagte:

»Tut mir leid, ich habe keine Dechiffrierlösung bei der Hand.«

Mit unbewegter Miene fuhr Parkers Hand in die Tasche, zwei durchsichtige farbige Folien fielen vor Clifton auf die Schreibtischplatte.

»Die Folien übereinander legen und dann auf das Papier«, erklärte Parker, und es klang höhnisch. Clifton tat es. Nichts. Er wechselte die Folie, legte diesmal die rote zuoberst, die mattblaue in die Mitte und las:

»Jetzt weiß ich, dass Sie ein verdammter Spitzel sind.« Perry Clifton sah auf und blickte in den Lauf eines gedrungenen Revolvers, der sich in der Hand Glenn Parkers wie ein Spielzeug ausnahm. Und dieser schien zu ahnen, was Clifton dacht. Kalt und gefühllos versicherte er:

»Er ist klein, aber verursacht riesige Löcher. Wenn Sie kein riesiges Loch riskieren wollen, dann verhalten Sie sich so, wie ich es wünsche.«

»Sie haben den stärkeren Trumpf in der Hand, Parker«, erwiderte Perry Clifton doppelsinnig. »Zumindest im Augenblick.« Jetzt, wo die Fronten klar abgesteckt waren, fühlte er sich freier, trotz der Bedrohung.

Glenn Parker musterte ihn feindselig.

»Ich muss ein Idiot gewesen sein, dass ich das dreckige Spiel nicht schon in Plymouth durchschaut habe. Colfield ist auf Tauchstation gegangen, weil ich mich gestern Abend nicht wie verabredet gemeldet habe.«

»Sie sollten sich Ihrer Chance bewusst sein, Mr Parker. Greifen Sie zu!«

»Chance? Zugreifen?«

»Ja, die Chance der Strafreduzierung. Arbeiten Sie mit uns zusammen. So was wirkt sich auf die Höhe des Strafmaßes aus.«

»Sehe ich wirklich so beschränkt aus, dass Sie es wagen, mir einen solchen Vorschlag zu machen? Allein schon dafür sollte ich ihnen einen heißen Scheitel ziehen.«

Er hob drohend die Waffe.

»Es war nur ein Angebot!«, sagte Clifton, den einige Fragen plagten. Wo blieb Cook mit seinen Leuten? Warum hatte Glenn Parker keine Eile, jetzt, nachdem er sich entdeckt wusste? Warum verduftete er nicht? Noch bevor Clifton über diese Fragen weiter nachdenken konnte, klingelte es an der Tür. Parker grinste bösartig. »Ihre Hetzhunde, was? Los, stehen Sie auf, wir werden einen kleinen Ausflug ins Reich der Dunkelheit machen. Übrigens, bevor ich es vergesse: Colfield ist Nichtraucher. Das hätten Sie eigentlich wissen müssen, Spitzel. Und jetzt hoch vom Stuhl.«

Es klingelte zum zweiten Mal.

Perry Clifton blieb keine Wahl, wollte er nicht riskieren, dass ihn Parker kaltblütig erschoss. Und um den Mann mit einer blitzschnellen Aktion entwaffnen zu können, fehlte die wichtigste Voraussetzung: die Nähe. Glenn Parker schien in dieser Hinsicht schon Erfahrungen gemacht zu haben. Er war sichtlich bemüht, die Distanz zwischen sich und Perry Clifton nicht geringer als zwei Meter werden zu lassen. Er trat zur Wand. Seine Linke drückte inmitten einer Waldlandschaft auf einen Knopf, und ein Schrank rollte zur Seite. Die frei werdende Wand ließ einen dunklen Schacht erkennen. Eine dumpfe Geruchsmischung aus Stein und Muffigkeit schwebte unsichtbar heran. Der Revolver beschrieb einen einladenden Bogen.

»Bitte, nach Ihnen, Sir!«, höhnte Parker.

Es klingelte bereits zum dritten Mal.

Perry Clifton betrat die Öffnung in der Mauer, und da geschah es auch schon. Ein furchtbarer Schlag traf ihn am Hinterkopf und ließ feurige Blitze vor seinen Augen tanzen, die von einem immer dichter werdenden Nebelschleier abgelöst wurden.

Er spürte nicht mehr, wie er langsam an einer rauen, unverputzten Wand abwärts glitt und mit dem Kopf aufschlug ...

Wer sucht, der wird auch finden ...

Als Perry Clifton die Augen aufschlug, registrierte er nicht nur einen stechenden Kopfschmerz, sondern auch zwei ernst auf ihn herabblickende Augenpaare. Sie gehörten Detektivinspektor Morris Cook und Chiefinspektor David Dankwell.

Warum ist Dankwell nicht in Plymouth ...?

Clifton versuchte Ordnung in seinen Gedankenwirrwarr zu bringen, während seine Hände die Unterlage abtasteten. Kein Zweifel, er lag auf einem Bett. Und dann schnappte eine Art Rollo hoch und gab sein Erinnerungsvermögen frei. Glenn Parker!

Er fuhr hoch! Eine Bewegung, die eine Explosion in seinem Kopf zur Folge hatte.

»Immer mit der Ruhe, Mr Clifton!«, sagte Cook und versuchte ihn behutsam zurückzudrücken.

»Ich bin schon wieder okay, danke!«, stöhnte Clifton und tastete vorsichtig seinen misshandelten Kopf ab.

»Der Doktor hat Ihnen ein Pflaster verabreicht, Sie haben ziemlich geblutet«, sagte Cook.

»Ist Parker auf Nummer sicher?«

Die Mienen der beiden Beamten gaben beredt Antwort. Und Dankwell erklärte zähneknirschend: »Er ist uns entwischt. Es verging zu viel Zeit, bis wir die Tür hinter dem Schrank fanden.«

»Wenn Sie nicht so gestöhnt hätten, würden wir wahrscheinlich jetzt noch suchen!«, warf Cook dazwischen. Dankwell nickte und fuhr fort:

»War Schwerarbeit, das Möbel beiseitezuschieben. Die Eisentür zum Dach hat uns dann noch einmal fast eine Viertelstunde aufgehalten.«

»Wieso sind Sie eigentlich in London?«

»Ich habe Papiere gebracht. Außerdem den echten Burly und seine Tochter.«

Perry Clifton wiederholte fragend: »Tochter?«

»Noch ein Kind. Ich erzähl Ihnen die Geschichte später. Diesen Volltreffer in der Wohnung am Hatterson Square verdanken wir ausschließlich Ihnen.«

»Was ist mit Parkers Wagen?«

»Den haben wir!«, gab Inspektor Cook Auskunft. »Die Spurensicherung hat ihn schon abgeholt. Wie ist Ihnen Parker denn auf die Schliche gekommen?«

Perry Clifton erhob sich von Colfields Bett.

»Kommen Sie!«

Drei Männer der Spurensicherung waren noch immer bei der Arbeit, während der Fotograf auf dem Stuhl saß und rauchte.

Der Papierfetzen lag noch auf dem Schreibtisch, die Folien waren verschwunden. Clifton nahm das Stück

Kalenderblatt und hielt es Dankwell und Cook entgegen. Mit einem schwachen Lächeln erklärte er, wic es zur Demaskierung gekommen war.

»Wie üblich waren es die typischen Unwägbarkeiten, die mir zum Verhängnis geworden sind. Wenn wir einmal davon absehen, dass es schon ein Fehler war, Jefferson gestern Abend nicht mehr anzufunken, bin ich über zwei Dinge gestolpert. Ich war weder darüber informiert, dass Jefferson inzwischen unter die Nichtraucher gegangen ist, noch war mir, und das war wesentlich peinlicher, die Erfindung ihrer genialen Geheimschriftenentzifferung bekannt.«

Als Perry Clifton die verständnislosen Blicke der beiden Detektive sah, nickte er. »Ja, so ist es. Sie schreiben mit einer unsichtbaren Tinte, das ist ja nicht neu, aber dann kommt's: Das Geschriebene wird mit Hilfe zweier farbiger Folien entziffert, oder besser ausgedrückt: sichtbar gemacht.«

Dankwell schüttelte den Kopf. »Hat Parker von Ihnen Tinte oder Folien verlangt?«

»Nein, er schrieb mir eine Zeile auf dieses Stück Kalenderblatt.« Cook wendete es hin und her. »Und dann?«, wollte er wissen.

»Als ich seine Mitteilung nicht dechiffrieren konnte, lieh (Perry Clifton gab dem Wort »lieh« eine besondere Betonung) er mir seine Folien. Sie werden nie erraten, welche Nachricht er mir auf die Art und Weise zukommen ließ.«

»Welche?« Man sah Cook die Neugier an, und Clifton wiederholte den inhaltsschweren Satz: »Jetzt weiß ich, dass Sie ein verdammter Spitzel sind.«

»So ein gerissener Teufel«, sagte Dankwell und schüttelte die Fäuste. »Ich darf gar nicht daran denken, dass

Sie stundenlang mit ihm durch die Landschaft gerollt sind und wir nur hätten zuzugreifen brauchen.« Cook nickte zustimmend. Bissig orakelte Dankwell weiter: »Das Schlimmste ist, dass wir nun wieder mehr oder weniger von vorn beginnen müssen. Ich bin sicher, dass diese Sippschaft vorerst gründlich auf Tauchstation gehen wird.«

Perry Clifton dachte bei Dankwells Ausspruch unwillkürlich an Glenn Parkers Hobby, und gegen seinen Willen musste er lächeln.

»Eine Tätigkeit, die Parker liegt!«, sagte er.

»Was meinen Sie?«

»Das Auf-Tauchstation-Gehen. Glenn Parkers Hobby ist das Tauchen. Er scheint dafür eine Menge Geld auszugeben.«

»Ich hätte nichts dagegen, wenn er unten bliebe!«, bemerkte Dankwell bissig. Seine Enttäuschung war grenzenlos. Cook sah die Situation ein wenig positiver:

»Wir sollten uns von seinem Entwischen nicht entmutigen lassen, Dankwell. Im Vergleich zu vorgestern wissen wir doch schon eine Menge mehr. Und wenn die Spurensicherung alles ausgewertet hat, kommt bestimmt noch einiges auf den Tisch.«

»Okay, Sie haben natürlich recht. Mich ärgert ja nur, dass uns der Vogel entwischt ist, nachdem wir ihn bereits im Käfig hatten.«

»Jefferson ist nicht der Typ, der vor Schreck außer Landes geht. Ich bin überzeugt, dass wir bald wieder von ihm hören werden«, sagte Perry Clifton.

Cook nickte und fügte ernst hinzu: »Es wäre nur zu wünschen, dass es nicht wieder über ein zusammengefahrenes Opfer geschieht ...«

Perry Clifton fuhr von der Railsworth Street aus nicht sofort nach Hause, sondern machte einen Umweg über Johnson & Johnson. In irgendeinem Fach seines Schreibtisches musste noch ein Umschlag mit Handzetteln aus der Zeit liegen, als er den Fall des unheimlichen Hauses von Hackston untersuchte.

Er kam zwanzig Minuten vor Schließung des Hauses an und fuhr sofort in den fünften Stock, wo sich das sogenannte Krankenzimmer befand. Schwester Jill saß bereits an ihrem Tagesbericht. Perry ließ sich zwei Kopfschmerztabletten geben und schluckte sie auch gleich an Ort und Stelle. Die Gedanken, die er dabei Glenn Parker widmete, waren – wie könnte es anders sein – nicht gerade die freundlichsten.

Die Suche nach den Handzetteln allerdings blieb umsonst – trotz gründlichster Wühlerei, die vor keinem Winkel halt machte.

Er musste den Umschlag also doch schon mit nach Hause genommen haben.

Als er schließlich in seiner Wohnung in Norwood eintraf, war es bereits 20 Uhr vorbei. Glücklicherweise hatten die Tabletten ihre volle Wirkung erreicht. Da das Fernsehen an diesem Abend den vierten und letzten Teil einer spannenden Abenteuerserie sendete, rechnete er nicht damit, dass sich Dicki noch bei ihm einfinden würde.

Er setzte Teewasser auf und wählte Julies Telefonnummer. Man konnte ja nie wissen ...

Nach dem fünften Klingeln legte er wieder auf. Sie war also doch noch nicht aus Edinburgh zurück. Ob sie schon einmal versucht hatte, ihn zu erreichen?

Perry Clifton kam nicht mehr dazu, länger über diese Frage nachzudenken, denn in diesem Augenblick klingelte das Telefon wirklich. Er war sicher, dass nur Julie es sein konnte, die da am anderen Ende des Drahtes den Hörer in der Hand hielt. Und so passte ihm die weiche, melodische Stimme gar nicht ins Konzept.

»Hallo, Mr Clifton???«

»Hallo, Inspektor, an Sie habe ich jetzt überhaupt nicht gedacht. Ich hätte schwören können, dass der Anrufer meine Braut sei.«

»Tut mir leid, wenn Sie nun enttäuscht sind. Wie geht es Ihrem Kopf?«

»Danke der Nachfrage. Zurzeit wird er von Tabletten beschwichtigt.«

»Ich habe schon mehrere Male versucht, Sie zu erreichen, es gibt Neuigkeiten.«

»Gute hoffentlich. Vielleicht wollen Sie mir gar sagen, dass Sie Jefferson schon erwischt haben.«

»Das nicht gerade, aber weil Sie ihn erwähnen: Das Büro in der Railsworth Street strotzte von seinen Fingerabdrücken. Und Fingerabdrücke sind auch das Stichwort für die Neuigkeit. Ihr Freund und Kontrahent Glenn Parker heißt in Wirklichkeit Lester Hatch. Er stammt von der Insel Wight und wurde vor vier Jahren unehrenhaft aus der englischen Armee ausgestoßen.«

»Und was hatte er ausgefressen?«, fragte Perry Clifton.

»Er hat seine Tätigkeit als Funker mit der eines Haschisch- und Opiumhändlers verquickt. Anschließend stand er noch einmal vor den Schranken des Gerichtes, und zwar wegen versuchter räuberischer Erpressung.«

»Wurde er verurteilt?«

»Nein, aus noch ungeklärten Gründen zog das Opfer seine Anzeige zurück. Von Stund an blieb Lester Hatch verschwunden. Wir bekommen morgen seine Militärpapiere, vielleicht ergeben sich daraus Anhaltspunkte, die uns weiterhelfen.«

Das Gespräch mit Cook dauerte zehn Minuten und wurde nur durch einen Spurt Perry Cliftons zum Wasserkessel unterbrochen.

Nachdem er den Hörer aufgelegt hatte, begann er erneut mit der Suche nach dem Umschlag. Und er fand ihn zwischen den Zeitungsausschnitten, die sich samt und sonders mit einem der größten und umfangreichsten Banknotenfälschungen in England befassten.

Blatt für Blatt las er. Auf dem letzten endlich fand er, was er vergessen und nach dem er unbewusst gesucht hatte. Die Notiz, aufgeschrieben nach Klärung des Falles, lautete: »Jefferson wollte Gordon und mich mit einem Schiff außer Landes bringen. Ob er uns versenkt hätte?«

Plötzlich schloss sich der Kreis. Das Puzzle war vollständig.

Perry Clifton lehnte sich zufrieden zurück. Es kam ihm vor, als hätte eine Sturmbö die Wolken weggeblasen, die eben noch die Lösung verhüllten. Die Lösung oder die Antwort auf die Frage, die er seit Stunden versuchte zu beantworten: Wo könnte Jefferson sein?

Wie hatte Glenn Parker alias Lester Hatch doch formuliert, als sie nach London kamen: »Erwartet uns Colfield im Büro oder auf dem Paradies?«

Cliftons Fehler war es gewesen, dass ihm sein Gedächtnis immer wieder ein falsches Wort präsentiert hatte. Nicht von »im«, nein, von »auf« dem Paradies war die Rede. »Auf« aber hieß in diesem Fall Schiff oder Boot. Und der Messingknopf im Aschenbecher, er wies einen Anker auf und stammte zweifellos von einem Marineblazer oder einer Seemannsjacke. Und wie sich die übrigen Details als harmonierend erwiesen: Glenn

Parkers frühere Zugehörigkeit zur Marine, Jeffersons Vorliebe für Boote ... Paradies. Was würde es sein, eine Yacht, ein Wohnboot, ein Kutter oder irgendein umgebautes Fischerboot? Während Perry Clifton seinen Tee schlürfte, fasste er einen Entschluss, der eigentlich so gar nicht zu seinem sonstigen Vorgehen passte: Er wollte die Suche nach der *Paradies* zunächst allein und auf eigene Faust durchführen.

Wie würde wohl der brutale Glenn Parker dreinschauen, wenn er plötzlich vor ihm stünde? Perry Clifton zweifelte keine Sekunde daran, dass dieser nur an Bord der *Paradies* zu finden sein würde. Ebenso wie Abraham Jefferson alias John Colfield alias Mr Long.

Mit den Gedanken an Jefferson glitt Perry Clifton dann auch hinüber ins Reich der Träume, die diesmal wirr und schweißtreibend waren. Trotzdem fühlte er sich gestärkt und ausgeruht, als ihn gegen acht Uhr das Klingeln des Telefons weckte.

Obwohl er keine Ahnung hatte, wer ihn da in aller Frühe zu sprechen wünschte, meldete er sich launig und mit einer von Tatendrang durchdrungenen Stimme.

»Wer es auch sei, bitte vor dem Frühstück keine schlechten Nachrichten!«

Julies helles Lachen drang in sein Ohr. Es klang weit weg.

»Guten Morgen, du Witzbold!«, rief sie. »Dir muss es ja blendend gehen.«

»Guten Morgen, Julie. Ich fühle mich miserabel, wenn ich meinen üblichen Optimismus weglasse. Du scheinst noch immer in Edinburgh zu stecken, wenn man den atmosphärischen Begleittönen trauen kann.«

»Ja, Perry. Ich hoffe, dass du dich nicht noch miserabler fühlst, wenn ich dir verrate, dass ich heute noch nicht zurückkomme.«

»Hm, wenn ich es mir recht überlege, es passt gut.«

»Was passt gut?«

»Dass du noch nicht kommst.«

»Willst du ein anderes Mädchen ausführen?«

»Dazu bleibt mir leider keine Zeit, ich muss schnüffeln gehen.«

»Du bist also wieder hinter jemandem her.«

»Erraten. Und zwar mit Wut im Bauch.«

»Hat er dir wehgetan?«

»Im wahrsten Sinne des Wortes. Er hat mir ein Riesenhorn verpasst.«

»Wirklich?« Es klang erschreckt.

»Wirklich! Aber ich befinde mich bereits wieder auf dem Wege der Besserung.«

»Wer war es?«

»Darf ich dir nicht sagen, da die Angelegenheit noch streng geheim ist. Aber sobald der Fall geklärt ist, werde ich …«

» … wirst du mir alles haarklein erzählen!«, vollendete sie. »Das kenne ich schon. Dicki hast du doch sicher den gleichen Trost zuteil werden lassen, stimmt's?«

»Stimmt!«

»Und, wie hat er reagiert?«

»Er verdächtigte mich, dir mehr erzählt zu haben. Ich hatte den Mund voll zu tun, um ihm das auszureden.« Plötzlich sprach Julie undeutlich. Anscheinend musste sie irgendjemandem eine Frage beantworten.

»Entschuldige, Perry, mein Taxi ist gekommen. Ich habe noch eine Bitte. Fahre doch bei mir vorbei und gib Lady Ann frisches Wasser.«

»Okay, ich werde daran denken. Und wenn du bis morgen Abend nicht wieder heimgekehrt bist, lasse ich Lady Ann fliegen. Das kannst du deinem Boss ausrichten!«

»Ich werd's ihm sagen ...« Sie lachte und legte auf. Perry Clifton tastete behutsam seinen Hinterkopf ab und stellte zufrieden fest, dass er nur noch bei stärkerem Druck Schmerz verspürte.

Pfeifend machte er sich an die Zubereitung seines Frühstücks ...

Um neun Uhr begann Perry Clifton zu telefonieren, nachdem er sich aus den Telefonbüchern zwei Dutzend Nummern herausgeschrieben hatte.

Knapp zwei Stunden später lagen bereits rund zwanzig Gespräche, teils lange, teils kurze, hinter ihm. Darunter solche mit Managern von Yachtclubs und Motorbootclubs, Beamten der Hafenbehörde und der Wasserschutzpolizei sowie Leuten von Fischkuttergemeinschaften, Docks und Abwrackgesellschaften.

Keiner jedoch konnte Auskunft geben über ein Segelboot, ein Motorboot oder ein Wohnboot mit dem Namen *Paradies.* Sollte er sich doch geirrt haben?

Sollte mit dem *Paradies* etwas anderes gemeint gewesen sein?

Natürlich bestand auch die Möglichkeit, dass die *Paradies* längst ausgelaufen oder irgendwo, viele Meilen von London entfernt, stromauf- oder -abwärts festgemacht war.

Gleich nach dem Mittagessen rief er zunächst die Teilnehmer an, die sich bei seinen Vormittagsversuchen entweder nicht gemeldet hatten oder deren Nummer besetzt gewesen war. Die dritte Position auf der Liste war die Telefonnummer des »Interessenverbandes Fischerei Süd«.

Ein gewisser Finney meldete sich.

»Hier spricht Clifton. Mr Finney, ich suche ein Boot mit dem Namen *Paradies.* Um es gleich vorweg zu sagen:

Weder bei dem Namen des Bootes noch bei meinem Anliegen handelt es sich um einen Scherz.«

»Okay, aber sagen Sie mir zuerst einmal, warum und wieso Sie da den Interessenverband anrufen? Wir sind eine Zweckgemeinschaft existenzbedrohter Fischer.«

»Sie sind die Nummer drei auf einer Liste, die insgesamt sechsundzwanzig Adressen und Telefonnummern umfasst. Und bis auf vier habe ich schon alle angerufen.«

»Handelt es sich bei der *Paradies* um ein Fischerboot?«

»Ich habe keine Ahnung, Mr Finney. Es kann alles sein ...«

»Hm ...« Es klang nach Nachdenken. Im Gegensatz zu den meisten schien er keine neugierigen Fragen stellen zu wollen.

»Sie sollten einmal das Liegeplatzregister anrufen. Die müssten es doch wissen.«

»Das habe ich schon. Ein Boot mit diesem Namen ist dort unbekannt.«

»Dann haben Sie sicher auch schon alle Yachtclubs abgeklappert, was?«

»Habe ich. Und nicht nur die. Auch alle sonstigen Segelclubs und übrigen Bootsvereine.«

»Dann gibt es eigentlich nur noch eine Möglichkeit: Ihre *Paradies* liegt auf einem privaten Liegeplatz irgendwo auf der Themse vertäut.«

»Und davon gibt es mehrere?«

Ein schallendes Lachen drang durch den Draht. »Sie scheinen wirklich keine Ahnung zu haben. Es gibt Tausende von Einzelplätzen.«

»Damit dürfte es sich wohl für mich erledigt haben«, meinte Perry Clifton resigniert, doch Mr Finney widersprach: »Aber warum denn? Bevor Sie aufgeben, versuchen Sie es doch erst noch mal bei den großen privaten Liegeplätzen.«

»Und wie viele gibt es davon?«

»Ungefähr zwölf. Die Hälfte gehört Bootswerften. Wenn Sie einen Augenblick warten, gebe ich Ihnen Namen und Telefonnummern durch.«

»Aber natürlich warte ich, Mr Finney ...«

Dreißig Sekunden später war Mr Finney wieder zur Stelle. Zehn Adressen gab er durch. Sie erstreckten sich über eine Entfernung von zwanzig Meilen: von Silvertown im Osten bis Barnes im Westen.

Perry Clifton versprach ihm ein Festessen, falls er die *Paradies* mit Hilfe dieser Adressen ausfindig machen würde.

Ein halbe Stunde später waren vier Liegeplätze übrig geblieben.

Bei dreien ging niemand ans Telefon, beim vierten wurde, laut Auskunft der Störungsstelle, an den Kabeln gearbeitet. Und das, so versicherte man ihm, noch mindestens zwei Tage.

So hatte Perry Clifton beschlossen, diese vier Plätze persönlich aufzusuchen.

Die beiden ersten lagen inzwischen hinter ihm. Natürlich ohne Erfolg.

Jetzt – vom Turm der St.-Domenikus-Kirche schlug es bereits 18 Uhr – näherte er sich dem Gelände, auf dem die »McLanneby Bootshafen-Gesellschaft« untergebracht war. Ein sehr weitläufiger Platz mit mindestens (wie Perry aus der Entfernung schätzte) zweihundert bis zweihundertfünfzig Booten. Darunter größere und kleine Segelboote ebenso wie Motorboote der unterschiedlichsten Preis- und Größenklassen.

Er parkte seinen Wagen gegenüber einem lang gestreckten einstöckigen Gebäude, das wohl das Verwaltungs- und Clubhaus der McLanneby-Gesellschaft war.

Als er ausstieg, trat gerade eine junge, hellblonde Dame aus der Tür. Sie nahm, so sah es wenigstens aus, keinerlei Notiz von ihm und war wohl, außer ihm, weit und breit der einzige Mensch. Eilig strebte sie einem knallroten Mini Cooper zu, der an der Stirnseite des Gebäudes abgestellt war.

»Hallo, Miss, einen Augenblick, bitte!«, rief Perry Clifton so laut, dass sie es unmöglich überhören konnte, und schnell ging er auf sie zu.

Sie überlegte – man sah es deutlich –, ob sie warten oder einsteigen sollte. Schließlich entschloss sie sich zu Letzterem. Sie warf die Tasche ins Auto und sah dem Rufer entgegen.

»Ich werde Sie nicht lange aufhalten, Miss ...«

»Ja, bitte?«

»Gehören Sie zur Verwaltung der McLanneby-Gesellschaft?«

Sie nickte. »Suchen Sie jemand?«

»So könnte man es auch nennen. Besteht noch die Möglichkeit, den Liegeplan einzusehen?«

Diesmal schüttelte sie den Kopf. Und bedauernd erwiderte sie:

»Da kommen Sie gut zwei Stunden zu spät. Mr Jonker ist immer nur bis 16 Uhr da.«

»Das ist wirklich dumm. Leider konnte ich Sie nicht telefonisch erreichen ...«

»Ja, es gibt irgendwo hier unter der Erde«, sie machte lächelnd eine weitausholende Bewegung, »einen Kabeldefekt, den sie beheben müssen. Und wer hier telefonieren will, muss bis zur Pine Road gehen.«

»Ab wann ist Ihr Mr Jonker morgen da?«

»Ab neun. Kann *ich* Ihnen vielleicht helfen? Suchen sie ein bestimmtes Boot oder einen Liegeplatz?«

»Ich suche ein Boot. Und zwar trägt es den Namen *Paradies.*«

Sie runzelte die Stirn, sah Richtung Himmel und murmelte leise: »*Paradies* … *Paradies* … Irgendwie kommt mir der Name bekannt vor.« Und nach einer Weile fuhr sie fort: »Es könnte sein, dass ein solches Boot hier gelegen hat oder auch noch liegt. Genau bin ich nicht informiert, ich mache nur die Abrechnungen und bin heute, nach vier Wochen Ferien, zum ersten Mal wieder da gewesen. Ist es denn sehr eilig?«

Perry Clifton lächelte ein wenig. »Würden Sie es mir glauben, wenn ich sagte, dass es ohne Übertreibung sehr eilt?«

Sie sah ihn an, abschätzend, forschend, eigentlich weniger misstrauisch. Schließlich gab sie sich sichtbar einen Ruck.

»Okay, kommen Sie. Wenn's so eilig ist, will ich ausnahmsweise einmal eine Ausnahme machen.

»Ich bin Ihnen sehr dankbar!«

Sie schloss ihren Wagen ab. Auf dem Weg zum Eingang erkundigte sich Perry Clifton:

»Kommt es auch vor, dass Leute auf ihren Booten übernachten?«

»O ja, das kommt nicht selten vor. Manche haben sich sogar auf Wochen schon hier eingenistet.«

»Da Sie heute zum ersten Mal wieder da sind, werden Sie sicher nicht wissen, ob es zur Zeit auch solche Nister gibt, oder?«

»Tut mir leid«, sie kicherte, »da habe ich nicht die leiseste Ahnung. Aber wenn der oder die Betreffenden es nicht gerade heimlich tun, weiß es Mr Jonker bestimmt.«

»Nur kommt der erst morgen früh.« Perry Clifton seufzte.

»So ist es.«

Sie waren mittlerweile in einem kleinen Raum angelangt, dessen Wände voller See- und Flusskarten hingen.

Die blonde Frau ging zu einem Rollschrank, der wohl schon der zweiten Generation diente und dessen Rollladen mit einer Drahtschlaufe oben festgehalten wurde. Sie löste die Schlaufe, und mit donnerndem Getöse sauste die Vorderfront nach unten.

Ein großes, blau eingebundenes Buch enthielt die Liegeordnung der Boote.

»Na, wer sagt's denn«, rief die junge Frau, und ihr rot lackierter rechter Zeigefingernagel deutete auf einen Eintrag mit der laufenden Nummer 1859. *»Paradies«,* stand da, »Motoryacht, Baujahr 1968, Länge über alles zwölf Meter.« In der letzten Spalte lautete der Eintrag IV/24.

»Was bedeutet das?«, erkundigte sich Perry Clifton, der mühsam seine Genugtuung und Erregung unterdrücken konnte.

»Das bedeutet, dass die *Paradies* am vierten Steg Platz Nummer 24 festgemacht ist. Das ist der äußerste Liegeplatz am Steg. Sonst noch Fragen oder Wünsche?«

»Sie haben mir sehr geholfen, Miss. Zum Dank würde ich Sie am liebsten in den Arm nehmen.«

Sie lachte. »Ich schätze, dass Ihnen das Ärger mit meinem Mann einbringen würde.«

»Oh, die Miss ist eine Missis. Um so mehr weiß ich Ihr Entgegenkommen zu schätzen. Sie waren hilfsbereit, obwohl zu Hause Mann und Kinder auf Essen warten. Mylady, ich werde Sie allerorten aufs Wärmste empfehlen. Aber jetzt muss ich schleunigst telefonieren. Wo, sagten Sie, ist das nächste Telefon?«

»Ecke Ryllers Street und Pine Road!«

19 Uhr 15.

Marylin – James V – Rosa – Elisa – Wiking … so lauteten die Namen der Boote von Platz 15 bis 19. Sie alle waren so festgemacht, dass ihre Bugspitzen flussaufwärts zeigten. Nur das Letzte in der Reihe lag mit dem Heck am Steg, und man musste schon genau hinsehen, wollte man im Abenddunkel den Schriftzug am Bug der schneeweißen, zwölf Meter langen Motoryacht erkennen: *Paradies*.

Die *Paradies* dümpelte leise am Rande der Flussströmung, hier, wo die Themse besonders breit war.

Durch die zugezogenen Bullaugen schimmerte Licht. Unverständliches Gemurmel drang nach draußen. Perry Clifton versuchte das Triumphgefühl in sich zu verdrängen. Aus Erfahrung wusste er, dass ein *scheinbar* erfolgreiches noch lange kein *wirkliches* Ende war.

Vielleicht unterhielten sich völlig fremde, unbeteiligte Personen dort drüben in der Kabine. Auch durfte er keinen Augenblick lang vergessen, dass in die Enge Getriebene oft die Kontrolle über sich verloren und zu gefährlichen, unberechenbaren Gegnern wurden.

Das Boot reagierte mit einem kaum wahrnehmbaren Neigen, als Perry Clifton an Bord sprang. Drei rasche Schritte brachten ihn vor die Kabinentür, hinter der das Gemurmel verstummt war. Er klopfte leise.

Stille, dann eine ihm unbekannte Stimme:

»Wer ist da?«

»Rosa Nelke!«, flüsterte Perry Clifton zurück.

Wieder Stille, dann wurde ein Klappriegel hochgeschlagen. Clifton drehte am Türknopf und stieß die Tür auf. Helles Licht brannte in der sehr geräumigen Kabine, die mondän wie ein Salon eingerichtet war. Mit dem Fuß schob er die Tür hinter sich ins Schloss. Drei Augenpaare waren auf ihn gerichtet, und sie drückten drei verschiedene Empfindungen aus. Wut und Feindschaft in dem von Glenn Parker alias Lester Hatch, Überraschung und erwachendes Erkennen in dem von Abraham Jefferson und Verständnislosigkeit in den Augen des dritten Mannes, der Clifton unbekannt war. Dieser, vierschrötig, mit einem massigen Kopf auf einem massigen Körper fast ohne Hals, starrte ihn mit zusammengekniffenen Augen an, wie es die Kurzsichtigen zu tun pflegen, wenn sie ohne Brille etwas erkennen wollen. Er war maßgeschneidert gekleidet, und seiner Sprache haftete ein Akzent an.

»Wer ist das?«, fragte er.

»Das ist dieser verdammte Spitzel, der mich reingelegt hat!«, zischte Parker hasserfüllt. »Der falsche Burly!« Wie hingezaubert lag eine Pistole in seiner Hand.

»Wie kommt der hierher? Woher weiß er von dem Boot?«

»Les wird ein bisschen unvorsichtig mit seinen Worten umgegangen sein«, sagte Jefferson, und Clifton bewunderte einmal mehr dessen Kunst, sich zu beherrschen.

»Ich habe keinen Ton vom Boot gesagt!«, protestierte Parker keifend.

Clifton warf ihm ein überlegenes Lächeln zu. »Wie lautete doch gleich Ihre Frage, Mr Hatch? Erwartet uns Colfield im Büro oder auf dem Paradies?«

»Und das reichte für einen Mann wie Perry Clifton«, sagte Jefferson leise, während seine Blicke auf dem ungebetenen Besucher ruhten.

»Du kennst den Burschen?«, fragte Hatch fassungslos. »Der Bursche, wie du ihn nennst, ist Warenhausdetektiv, wenn er nicht gerade hinter anderen Leuten herspioniert. Ihm verdanke ich die letzte Staatspension.«

Jefferson hätte ebenso sagen können, dass Wasser nass und Gras grün sei. Es klang belanglos, nur so dahingesagt. Und gerade das war es, was bei seinen Komplizen eine eigenartige Beklemmung auslöste. Glenn Parker, oder besser Lester Hatch, schien sie als Erster abgeschüttelt zu haben. Mit einer wilden Geste riss er die Pistole hoch und rief: »Ich lege den verdammten Spitzel um.«

»Quatsch!«, wetterte der Massige. Und Hatch, dessen Stimme sich fast überschlug: »Er ist selbst schuld. Er ist ein Selbstmörder, denn er wusste, dass wir ihn nicht laufen lassen können.«

Ein eisiger Hauch streifte Perry Clifton.

Der Lauf der Waffe befand sich keine zwei Meter von seinem Gesicht entfernt.

»Überlegen Sie, was Sie tun, Mr Hatch. Die *Paradies* wird so und so, ob Sie mich erschießen oder auch nicht, vorerst Endstation für Sie sein.«

»Ich werd dir das Maul stopfen, verdammter Spitzel.«

»Sei kein Idiot!«, sagte Jefferson ruhig, und der Massige im Maßanzug pflichtete ihm bei:

»Ein Mord wäre unser aller Ende, Les!«

»Ich kenne Clifton gut genug, um zu wissen, dass er nichts Unüberlegtes tut, Les. Und unüberlegt wäre es, allein zu uns zu kommen.«

»Wie meinst du das?«

»Ich bin überzeugt, dass der Steg von Polizisten nur so wimmelt. Stimmt's, Clifton?«

»Sie haben wie immer recht, Mr Jefferson.«

»Ist es diesmal wieder der Zufall, dass Sie in meinen Schatten geraten sind?«

»Die Polizei hat sich unserer Bekanntschaft erinnert und mich zur Jagd auf Sie eingeladen. Und ich glaube, dass Sie diesmal aus den gleichen Ursachen heraus wie seinerzeit in Hackston gescheitert sind.«

»Nämlich?«

»Sie waren nicht sorgsam genug bei der Auswahl Ihrer Mitarbeiter.«

Jefferson nickte ernsthaft. »Kann sein, dass Sie recht haben.«

»Wir müssen sehen, dass wir hier noch aus dem Schlamassel herauskommen.«

»Es ist zu spät, Boris!«, sagte Jefferson resigniert. Doch der Massige namens Boris wusste es anders: »Die Tanks sind randvoll. Ich gehe jetzt hinaus, lasse die Motoren an und wir verduften mit Volldampf. Die Dunkelheit ist ein guter Verbündeter.«

»Du bist ein ewiger Optimist, Boris. Meinetwegen, versuche es.«

»Und was machen wir mit dem verdammten Spitzel hier?« Boris nickte Lester Hatch freundlich zu. »Wir lassen ihn später gegen den Strom schwimmen. Vorerst halt ihn in Schach!«

Hatch trat vor Perry Clifton hin und rammte ihm den Lauf der Waffe in die Magengrube. In seinen Augen loderte Mordlust. Nichts war von dem freundlichen, umgänglichen Glenn Parker übrig geblieben, den er in Plymouth kennengelernt hatte.

»Mein Finger ist so nervös, dass er schon auf hastiges Atmen reagiert, Spitzel!«, giftete er.

Boris trat zur Tür, sah noch einmal zurück und verschwand behänd nach draußen.

Fünf Sekunden höchstens vergingen, dann setzte Rufen und Poltern ein.

Die *Paradies* schaukelte wie wild, die Kabinentür sprang auf, und fünf, sechs Männer, allen voran Inspektor Cook, stürmten herein.

Das Geräusch klirrender Handschellen klang durch den niedrigen Raum.

Die Affäre »Rosa Nelke« war mit der »Aktion Paradies« zu Ende gegangen ...

Ausklang

Auch Perry Clifton hatte seinen Bericht, soweit er Einzelheiten preisgeben durfte, beendet.

Sie saßen in Julies Wohnung, und beide, Julie und Dicki, waren aufmerksame Zuhörer gewesen. Nur Lady Ann, der Kanarienvogel, zeigte sich an den Ereignissen rund um die »Rosa Nelke« wenig interessiert. Er sang und jubilierte, als gelte es, einen Trillerpreis zu gewinnen.

»Womit hat man Mr Burly denn erpresst?«, wollte Dicki wissen.

»Mit einem Unfall mit Fahrerflucht, bei dem ein Mann verletzt wurde. Nur, der Unfall hat in Wirklichkeit gar nicht stattgefunden.«

»Und der verletzte Mann?«

»Den gab es natürlich ebenso wenig. Aber die Fotos, die man Burly unter die Nase gehalten hatte, sahen so echt und überzeugend aus, dass Erik Burly keine Sekunde daran zweifelte, den Unfall tatsächlich verursacht zu haben. Und weil er Angst hatte – schließlich versorgte er seine drei Kinder ganz allein –, dass man ihn einsperrte, erkaufte er sich das Schweigen des ›Mr Long‹ mit Botengängen.«

»Aber wie sind die denn ausgerechnet auf Burly verfallen, einen schlichten Uhrmacher?«, frage Julie.

»Burly war nicht nur Uhrmacher, er verstand auch eine Menge von Elektronik. Wahrscheinlich hielten sie ihn für einen ganz besonderen Fall bereit.«

»Ich finde es richtig, dass man ihn nicht eingesperrt hat«, meinte Julie, und Perry Clifton stimmte zu.

Sie sprachen noch lange über den Fall und auch darüber, welches schmutzige Geschäft Spionage doch sei. Und nachdem Dicki aus seinem großen Freund auch das letzte Detail (von denen, die er ausplaudern durfte!) herausgequetscht hatte, sagte er: »Also, diese Cathy würde ich gern einmal kennenlernen.«

»Nichts leichter als das. Was hältst du davon, wenn wir ihr am Wochenende einen Besuch abstatten?«

»Das wäre ein Hering ...«

»... mit vier Augen!«, fiel Perry lachend ein. »Du mit deinen Großvatersprüchen.«

»Und was tue *ich* am Wochenende?«, frage Julie gespielt vorwurfsvoll.

»Du darfst uns fahren ...«

Geheimnisvolle Schatten

Kriminalhörspiel

Personen: Perry Clifton
Scott Skiffer
Luke
Joe
Inspektor
Albert
Markham
Esther
Tom
Miss Stockidge
Mädchenstimme
Stimme

(Telefonklingeln/abnehmen)

Luke (breit): »Jaa??«

Joe: (Verzerrer): »Hallo, Luke, ich bin's! Es ist alles okay!«

Luke: »Was ist es für einer?«

Joe: »Ein harmloser grauer Lieferwagen. Firmenbezeichnung steht nur an der Tür.«

Luke: »Dann fahr jetzt gleich zu Braxen und lass die Türen überspritzen und neue Schilder anbringen.«

Joe: »Jetzt??? Luke, es ist fast Mitternacht!«

Luke: »Na und?«

Joe: »Du weißt doch, wie sich der alte Braxen anstellt, wenn man ihm die Nachtruhe stiehlt. Das letzte Mal wollte er mir sogar ein altes Lenkrad an den Kopf werfen, und außerdem ...«

Luke: »Dann leg zehn Pfund drauf, Joe!«

Joe: » ... außerdem hat mich sein Schnauzer gebissen!«

Luke: »Sei doch nicht so empfindlich. Zudem hatte dich der Schnauzer nur gezwickt und nicht gebissen, und – was das Wichtigste war – du hast es überlebt!«

Joe (mürrisch): »Wo soll ich den Wagen abstellen, wenn ich zurück bin?«

Luke: »Park ihn auf einem der Stellplätze hinter dem Wembley-Stadion.«

Joe (stöhnt): »Okay! Warst du heute wieder hinter ihm her?«

Luke: »Ja, den ganzen Tag.«

Joe: »Und?«

Luke: »Er ist pünktlich wie Big Ben. Er kommt und geht fast auf die Sekunde genau.«

Joe (angewidert): »Spießer!«

Luke: »Reine Gewohnheit. Außerdem hilft sie uns. Ich wollte, du wärst nur halb so zuverlässig, was die Zeit betrifft.«

Joe (protestiert): »Ich bin ein freier Mensch, Luke, und kein ...«

Luke (ungeduldig): »Schon gut, schon gut, Kleiner. Auch freie Menschen können pünktlich sein! Sei auf der Fahrt nach London vorsichtig, und fahr nicht zu schnell. Denk immer daran, dass schon die größten Unternehmungen an kleinen Unachtsamkeiten gescheitert sind. Zu schnelles Fahren gehört dazu.«

Joe (aufgebracht): »Wann endlich wirst du aufhören, mich wie einen Schulanfänger zu behandeln, Luke?«

Luke: »Wenn du erwachsen bist, mein Kleiner!«

(Auflegen des Hörers)

Es gibt Menschen, die aufkommende Gefahren förmlich riechen, die einen sechsten Sinn haben für Bedrohungen und Bedrohlichkeiten jeder Art. Die zum Beispiel schon früh beim Aufstehen wissen, dass ihnen die Post einen unangenehmen Brief bringen wird.

Albert Markham gehörte, um der Wahrheit die Ehre zu geben, nicht zu dieser Sorte von Feinnervigen und Übersensiblen. Wenn ihn trotzdem seit Tagen ein Gefühl der Beklemmung umfangen hielt, so lag das in erster Linie an einer gewissen Beobachtung.

Und obwohl er sich immer wieder einzureden versuchte, dass es ein Zufall sein könnte, verließ ihn dieses Gefühl nicht.

Es beeinträchtigte ihn während seiner Arbeit.

Es machte ihn nervös und reizbar. Und sah er sonst vielleicht drei- bis viermal aus dem Fenster seines Büros, so geschah dies in den letzten Tagen dreißigmal oder noch öfter.

Albert Markham war Briefmarkenhändler. Und zwar einer, der mit kompletten Sammlungen handelte.

In seinem mit allen elektronischen Raffinessen gesicherten Büro Ecke Alton Street und Salworth Street waren sieben Mitarbeiter beschäftigt. Jeder von ihnen konnte für sich in Anspruch nehmen, ein Experte auf dem Gebiet der Philatelie zu sein.

An einem späten Vormittag nun, es war 11 Uhr 10, fasste Mr Markham nach langem Zögern einen für ihn ungewöhnlichen Entschluss. Blass, aber unbeirrt griff er zum Telefon …

(Wählen/Rufzeichen über Verzerrer)

Mädchenstimme: (Verzerrer); »Johnson & Johnson!«

Markham: »Hier spricht Markham. Würden Sie mich bitte mit Mr Clifton verbinden?

Mädchenstimme: »Einen Augenblick, bitte!«

– – –

Clifton: (Verzerrer); »Ja, bitte?«

Markham: »Spreche ich mit Mr Clifton?«

Clifton: »Das tun Sie!«

Markham: »Ich bin Albert Markham, Mr Clifton. Vielleicht erinnern Sie sich noch an mich. Wir unterhielten uns neulich auf der Geburtstagsparty von Sir Archibald Attenhath längere Zeit über Warenhausdiebe.«

Clifton: »Natürlich erinnere ich mich, Mr Markham. Sie betreiben einen Briefmarkenhandel in Holborn.

Markham (erleichtert): »Stimmt.«

Clifton: »Sie klingen bedrückt. Kann ich Ihnen helfen?«

Markham: »Das ist sehr freundlich von Ihnen. Ich habe wirklich ein Anliegen …«

Clifton: »Dann raus mit der Sprache, Mr Markham.«

Markham: »Ich wäre Ihnen aufrichtig dankbar, wenn Sie mir einen Tipp geben könnten. Ich weiß nämlich nicht genau, wie ich mich verhalten soll. Eine Zeit lang habe ich mit dem Gedanken gespielt, die Polizei einzuschalten, aber dann kamen mir wieder Bedenken. Vielleicht sehe ich auch nur Gespenster und geheimnisse etwas in ganz alltägliche Ereignisse hinein. Es wäre mir schon eine Erleichterung, wenn ich mit Ihnen darüber sprechen könnte.«

Clifton: »Bitte reden Sie nur frei von der Leber weg. Was beunruhigt Sie?«

Markham: »Ich glaube, seit einigen Tagen geheimnisvolle Schatten zu sehen.

Clifton: »Sie wollen damit sagen, dass man Sie verfolgt. Seit wann genau?«

Markham: »Seit vorigen Donnerstag sehe ich immer wieder einen grauen Lieferwagen hinter mir herfahren. Und nun bilde ich mir ein, dass er mich verfolgt.«

Clifton: »Ein Fahrzeug mit Londoner Kennzeichen?«

Markham: »Ja, ganz recht.«

Clifton: »Mit nur einem Fahrer?«

Markham: »Ich habe nie einen zweiten Mann gesehen.«

Clifton: »Handelt es sich bei dem Fahrer immer um dieselbe Person?«

Markham: »Keine Ahnung, Mr Clifton. Der Fahrer trägt ständig eine tief ins Gesicht gezogene Mütze und eine ziemlich große Sonnenbrille, dies auch bei Regen. Natürlich könnte das alles Zufall sein, aber wie soll ich das herausfinden?«

Clifton: »Steigt dieser Verfolger nie aus?«

Markham: »Nie!«

Clifton: »Er fährt Ihnen also nur hinterher!«

Markham: »Ja. Gibt es dafür eine Erklärung?«

Clifton: »Es könnte sein, dass er damit Ihren genauen Tagesablauf ermitteln möchte. Um welche Art von Lieferwagen handelt es sich? Offen oder geschlossen?«

Markham: »Geschlossen, Farbe, wie gesagt, grau!«

Clifton: »Mit oder ohne Firmenbeschriftung?«

Markham: »Ohne jeglichen Hinweis.«

Clifton: »Können Sie mir die Nummer nennen?«

Markham (verlegen): »Tut mir leid, Mr Clifton. Ich habe nur festgestellt, dass es sich um ein Londoner Kennzeichen handelt. Aber das kann ich ja nachholen. Er steht auch jetzt wieder unten in der Salworth Street. Ich könnte hinuntergehen und die Nummer notieren.«

Clifton: »Beobachtet er Sie wirklich, ist anzunehmen, dass der Wagen gestohlen und die Nummer gefälscht ist. Ich möchte Ihnen einen anderen Vorschlag machen, Mr Markham. Wann verlassen Sie das nächste Mal Ihre Firma?«

Markham: »Ich fahre wie üblich um halb zwei zum Lunch.«

Clifton: »Und wohin?«

Markham: »In mein Haus nach Hampstead. Seit dem Tode meiner Frau führt mir meine Schwester den Haushalt.«

Clifton: »Okay, dann fahren Sie diesmal einen Umweg über Johnson & Johnson. Ich stehe mit meinem Wagen in der Einfahrt des KLM-Hauses. Blinken Sie bitte kurz auf, damit ich Bescheid weiß. Welchen Wagentyp fahren Sie?«

Markham: »Ich fahre einen silbergrauen Bentley.«

Clifton: »Okay, ich werde Ihnen und Ihrem Schatten nach Hampstead folgen.«

Markham (aufatmend): »Ich bin Ihnen sehr dankbar, Mr Clifton, und ich fühle mich schon wesentlich erleichtert. Ich werde pünktlich hier wegfahren und etwa zwanzig Minuten später bei Ihnen sein.«
(Musikakzent/gedämpfter Straßenverkehr)
– Szene darüber –
Luke: »Verdammt, Joe, kannst du nicht mal still sitzen?!«
Joe: »Nein, das kann ich nicht. So kurz vor einem Coup bin ich immer nervös, das müsstest du doch wissen.«
Luke: »Jammerlappen!«
Joe: »Kann nicht jeder so ein kalter Hund sein wie du. Dir sind ja sämtliche Gefühle abhanden gekommen.«
Luke: »13 Uhr 15. Wir haben noch Zeit.«
Joe: »Und was machen wir, wenn er nicht um halb zwei kommt? Spielen wir weiter wartende Glaser?«
Luke: »Das ist keine Frage zum Nachdenken, Kleiner. Wenn ihn inzwischen kein Herzschlag ereilt hat, wird er kommen. (höhnisch) Pünktlich wie immer.«
Joe: »Sag mal, Luke, hast du auch schon mal daran gedacht, dass er unsere Beschattung bemerkt haben könnte?«
Luke: »Leute wie Markham sind so mit sich beschäftigt, dass sie von ihrer Umwelt selten etwas sehen oder hören.«
Joe (seufzt): »Hoffentlich hast du recht.«
Luke: »Bist du schon mal schlecht bei meinen Unternehmungen gefahren, Joe?«
Joe: »Nein, aber ...«
Luke: »Dann mach dir gefälligst auch diesmal keine Sorgen und überlass die Strategie mir, deinem großen Bruder.«
Joe: »Großer Bruder, wenn ich das schon höre. Wegen einem schäbigen Jahr. (bissig) Ich möchte nur wissen,

was du tust, wenn uns die Polizei wirklich mal schnappt ...«

(Schlagen an Scheibe)

Luke (freundlich): »Was gibt's, Mister?«

Stimme: »Könnten Sie freundlicherweise mal einen Meter vorfahren, damit ich aus der Parklücke rauskomme?«

Luke: »Aber selbstverständlich!«

Stimme: »Vielen Dank!«

(Anlassen/Fahren/Abstellen)

Luke: »Was ist los, Joe, du bist ja bleich wie ein Pfund Frischkäse?«

Joe (schluckt): »Ich weiß nicht, Luke, ob dieser Beruf auf Dauer das Richtige für mich ist. Eben ist mir das Herz vor Schreck in die Kniekehle gerutscht. Ich dachte schon, das sei die Polizei ...«

Luke: »Hehehe, dazu müsste die Polizei Hellseher beschäftigen. Glaubst du, dass ein so smarter Hellseher mit einem miesen Polizeigehalt zufrieden wäre?«

– – –

»He, ob du das denkst?«

Joe: »Nein ...«

Luke: »Na also, wozu dann Sorgen machen. Hol die Handschuhe aus dem Fach ...«

(Geräusch)

Joe: »Hoffentlich schwitze ich nicht so sehr an den Fingern, das macht mich immer unsicher.«

Luke: »Und vergiss nicht – solange wir an dem Fall basteln, bleiben die Handschuhe an den Händen, und wenn du noch so sehr schwitzt. Alles okay?«

Joe: »Alles okay, Luke!«

Luke: »Dann also los!«

(Türen auf/Straßenverkehr hoch/langsam ausblenden)

Um 13 Uhr 19 verließen zwei Männer in blauen Arbeitsmänteln den hellgrauen Lieferwagen. Sie öffneten die Ladefläche, und jeder entnahm ihr eine quadratische Glasscheibe von zirka einem drei viertel Meter Durchmesser. Sie überquerten die Salworth Street und strebten der Tiefgarage unter dem Markham-Haus zu ...

Um 13 Uhr 25 zog Albert Markham seinen Mantel an, nahm den Hut aus dem Schrank, nickte Sekunden später seinen Mitarbeitern zu und verließ die Büroräume der Albert-Markham-Gesellschaft.

Er betrat den Lift und drückte auf die Taste U2. Es handelte sich dabei um das zweite Untergeschoss der Tiefgarage, in der sich die Stellplätze seiner Firma befanden.

Albert Markham dachte an den Straßenverkehr und hoffte, dass ihn kein Stau oder gar ein Unfall daran hindern würde, verabredungsgemäß am Treffpunkt zu sein.

Er dachte auch an den grauen Lieferwagen, und Zorn und Abscheu erfüllten ihn. Seine Hand fuhr in die Tasche, zog die Autoschlüssel heraus und dann ... dann erstarrte er. Seine Augen weiteten sich vor Entsetzen, als die beiden Männer mit den über die Köpfe gezogenen Strumpfmasken auf ihn zutraten.

Luke (leise): »Nimm die Schlüssel, Kleiner.«

Markham (erstickt): »Bitte nehmen Sie die Pistole weg. Sie können alles Geld haben, was ich bei mir trage. Viel ist es nicht ... Aber ich kann Ihnen auch einen Scheck geben ...«

Luke (zischt leise): »Halten Sie endlich die Klappe, Mister! Tun Sie, was ich Ihnen sage, und ich verspreche Ihnen, dass Sie mit heiler Haut davonkommen. Los, legen Sie sich in den Kofferraum!«

Markham: »In ... in ... in den Kofferraum ... um Gottes willen, was haben Sie mit mir vor?«

Luke (scharf): »In den Kofferraum, habe ich gesagt. Ein bisschen fix, wenn ich bitten darf, Mister.« (Ganz kurzer Musikakzent)

Um 13 Uhr 31 ließ Luke Porter den Motor des silbergrauen Bentley an und rollte langsam über die mit gelben Pfeilen markierte Route nach oben. Vorbei an Mrs Abigail Southly, einer Immobilienmaklerin aus dem sechsten Stock, die erstaunt dem ihr bekannten Wagen mit den ihr unbekannten Männern nachsah.

Um 13 Uhr 34 passierte der Bentley die Ausfahrt. In der Tiefgarage blieben zwei blaue Arbeitsmäntel sowie zwei quadratische Glasscheiben zurück.

Um 13 Uhr 36 erreichten sie die Alvis Road.

Um 14 Uhr 10 glaubte Perry Clifton sicher zu sein, dass Mr Markham etwas dazwischengekommen war.

Er beobachtete noch weitere zehn Minuten die Straße, dann betrat er die Pförtnerloge in der Einfahrt des KLM-Hauses.

Clifton: »Hallo, Tom, können Sie mal für mich telefonieren?«

Tom: »Aber natürlich ...« (neugierig) »Gibt's was Besonderes auf der Straße?«

Clifton: »Ich warte auf einen silbergrauen Bentley.«

Tom: »Dann behalten Sie die Straße im Auge, Perry, ich wähle inzwischen die Nummer.«

Clifton: »Vielen Dank, aber ich weiß sie nicht auswendig. Wenn Sie bitte mal ins Telefonbuch sehen würden. Markham, Albert, Briefmarkenhändler.«

(Blättern)

Tom: »L... L... L... hm ... Made... Mabert ... hm ... Hier, Markham, Salworth Street ...«

Clifton: »Das ist er!«

Tom: »Dann wollen wir mal ...« (wählt Nummer)

Clifton (darüber): »Fragen Sie, ob Mr Markham bereits sein Büro verlassen hat, und wenn ja, wann!«

Tom: »Ja, hier spricht Tom Lindsay vom KLM-Haus. Mein Auftraggeber, Mr Clifton, hätte gern gewusst, ob Mr Markham sein Büro bereits verlassen hat.«

– – –

»Aha, und wann?«

– – –

»Vielen Dank!« (Auflegen)

»Also, Ihr Mr Markham ist wie immer pünktlich kurz vor 13 Uhr 30 weggegangen.«

Clifton: »Hm, dann scheint er doch in einen Stau geraten zu sein. Besten Dank, Tom!«

Tom: »Keine Ursache!«

(Musikakzent/überblenden in Garagentorschließen)

Luke: »So, Mr Markham, aussteigen, die Fahrt ist zu Ende. Ich hoffe, Sie haben bequem gelegen, oder sollte ich sagen: Sie sind bequem gereist, hehehe ...«

Markham (verständnislos): »Aber ... das ist ja meine Garage, wie kommen Sie hierher ...«

Luke: »Hehehe, ganz einfach, mit Ihrem Auto!«

Markham (beunruhigt): »Wollen Sie mir nicht endlich sagen, was das alles zu bedeuten hat?«

Joe (aufgebracht): »Mann, tun Sie so dumm, oder sind Sie es wirklich? Ist doch ganz einfach: Wir möchten ein klein bisschen von Ihrem Reichtum abhaben.«

Luke: »Gehen Sie vor, Mister. Und tun Sie nichts Falsches. Wir sind, was das anbetrifft, sehr empfindlich.«

Markham (holt tief Luft): »Die Leute im Haus wer...«

Luke (unterbricht): »Geben Sie sich keine Mühe, wir wissen, dass es außer Ihrer Schwester keine Leute im Haus gibt. Den größten Fehler, den Sie machen könnten, wäre, uns für Anfänger zu halten, kapiert? Gehen wir!«

(Ganz kurzer Musikakzent)

Esther (tonlos): »Albert ...«

Markham (leise): »Tut mir leid, Esther, ich konnte nichts dagegen tun, sie sind bewaffnet.«

Luke: »Ganz recht. Trotzdem brauchen Sie keine Angst haben, Mylady, wir sind anständige Gangster.

Joe (kichert): »So ist es.«

Luke: »Zwei Stühle, Kleiner ...« (Geräusche) »Bitte, nehmen Sie Platz.«

Esther: »Sie wollen uns fesseln?«

Luke: »Nur ein wenig!«

Esther: »Ich werde schreien!«

Luke (freundlich): »Aber bitte, Mylady, wenn es Ihnen Erleichterung verschafft, dann schreien Sie. Aber nicht zu laut, sonst müssten wir Ihnen leider den Mund zukleben.«

Markham: »Ist die Fesselei wirklich notwendig?«

Luke: »Wir gehen ungern Risiken ein, Sir.« (Ironisch) »Sie erlauben, dass ich mir Ihren Schlüsselbund ausleihe.«

Markham (zähneknirschend): »Wir werden alles tun, damit man Sie fasst!«

Luke: »Das ist Ihr gutes Recht, Sir. Würde ich an Ihrer Stelle auch tun.«

Joe (sich aufrichtend): »So, ich bin fertig.«

Luke: »Hast du den Strick über den Heizkörper geführt?«

Joe: »Habe ich ... Was ist nun, kleben wir ihnen die Lautsprecher zu oder nicht?«

Markham (schnell): »Wir schreien nicht!«

Luke: »Okay, was ein rechter Gentleman ist, der hält sein Wort!«

Joe (überrascht): »Du willst ihm trauen?«

Luke: »Wenn nicht ihm, wem soll ich dann noch trauen, Kleiner? Komm, machen wir uns auf die Suche nach Wertbeständigem.«

(Musikakzent)

Tom (überrascht): »Hallo, Perry. Warten Sie noch immer auf Ihren Briefmarkenhändler?«

Clifton: »Ja, allerdings bin ich jetzt überzeugt, dass es kein Stau sein kann, der ihn aufgehalten hat. Haben Sie noch die Nummer von seiner Firma, Tom?«

Tom: »Hier, ich hatte sie auf den Zeitungsrand geschrieben.« (Abreißen) »Sie können den Apparat dort im Regal benutzen, ich gebe Ihnen ein Amt.«

Clifton: »Vielen Dank, Tom ...«

(abnehmen/wählen/Rufzeichen)

Stockidge (Verzerrer): »Hier Briefmarken-Markham!«

Clifton: »Guten Tag, Miss, ich hatte vorhin schon einmal anrufen lassen ... Eine Frage noch: Sind Sie genauestens über Kommen und Gehen von Mr Markham informiert?«

Stockidge (hochnäsig): »Aber selbstverständlich, ich bin Amely Stockidge, seine Sekretärin.«

Clifton: »Okay, dann sind Sie ja die beste Quelle.«

Stockidge (beunruhigt): »Moment mal, Sir, ist Mr Markham etwas zugestoßen?«

Clifton: »Ich bin leider noch nicht in der Lage, diese Frage richtig zu beantworten. Alles, was ich bisher weiß, ist, dass ich mit ihm verabredet war und dass er bis jetzt nicht erschienen ist. Sie haben auch nichts von ihm gehört?«

Stockidge: »Nein, ich dachte, er sei wie üblich in seine Wohnung nach Hampstead gefahren.

Clifton: »Hören Sie, Miss Stockidge, können Sie von der Stelle aus, an der Sie sich jetzt befinden, hinunter in die Salworth Street sehen?«

Stockidge: »Nein, mein Fenster geht zur Alton Road hinaus.« (verwirrt) »Aber bitte, ich verstehe kein Wort, wer sind Sie überhaupt?«

Clifton: »Ich bin Detektiv. Bitte behalten Sie das für sich und stellen Sie mir jetzt keine unnötigen Fragen. Mr Markham wird Ihnen später sicher alles erklären. Ist es möglich, dass Sie dieses Gespräch in Markhams Zimmer umlegen und sich von dort aus wieder melden?«

Stockidge: »Ja, das ist möglich!«

Clifton: »Bitte, dann tun Sie es!«

– – –

Stockidge: »Hallo ...«

Clifton: »Ja?«

Stockidge: »Ich bin jetzt in Mr Markhams Büro.«

Clifton: »Können Sie, ohne den Hörer abzulegen, jetzt hinunter in die Salworth Street blicken?«

Stockidge: »Ja, Sir!«

Clifton: »Sehen Sie dort einen hellgrauen Lieferwagen parken?«

Stockidge: »Einen hellgrauen Lieferwagen ...«
Clifton: »Er hat keinerlei Firmenbezeichnung. Es handelt sich um ein geschlossenes Fahrzeug.«
Stockidge: » ... Lieferwagen ... Ja, ein solcher Wagen steht da. Direkt vor dem Sportgeschäft.«
Clifton: »Okay, sagen Sie mir jetzt bitte noch die Privatnummer von Mr Markham.«
Stockidge: »Hampstead 9-1-7-1-4-6!«
Clifton: »Vielen Dank, Miss Stockidge, Sie haben mir sehr geholfen.«
(auflegen/abnehmen/ 917146 wählen/Rufzeichen/Wiederholung/auflegen/dreimal die 9 wählen)
Stimme (Verzerrer): »Scotland Yard, bitte, welche Abteilung wünschen Sie?«
Clifton: »Verbinden Sie mich bitte mit Inspektor Skiffer.«
Stimme: »Einen Augenblick!«
Skiffer (Verzerrer): »Skiffer!«
Clifton: »Scotty, hier spricht Perry. Ich komme ohne alle Umschweife zur Sache: Würdest du bitte veranlassen, dass die Polizeistation in Hampstead sofort einen Streifenwagen zum Haus des Briefmarkenhändlers Albert Markham schickt!«
Skiffer: »Adresse?«
Clifton: »Die weiß ich nicht. Da Markham jedoch ein überdurchschnittlich guter Steuerzahler ist, nehme ich an, dass man ihn kennt.«
Skiffer: »Hast du einen besonderen Verdacht, Perry?«
Clifton: »Markham rief mich heute an und ließ mich wissen, dass er sich verfolgt glaubt. Dass er nicht sofort die Polizei einschaltete, lag daran, dass er wohl noch ein paar Zweifel an der Richtigkeit seiner Beobachtungen hegte.«
Skiffer: »Was hat er dir über seine Verfolger erzählt?«

Clifton: »Sie benutzten bisher einen grauen Lieferwagen, der augenblicklich in der Salworth Street gegenüber seiner Firma vor einem Sportgeschäft steht. Markham und ich verabredeten uns vor dem KLM-Haus. Er wollte um 13 Uhr 30 sein Büro verlassen, und es war abgemacht, dass ich ihm und seinem Schatten folgen sollte.«

Skiffer: »Und er ist nicht gekommen?«

Clifton: »Nein. Ich fürchte, ihm ist etwas zugestoßen, denn auch in seinem Haus meldet sich niemand.«

Skiffer: »Du glaubst also, dass er in seinem eigenen Wagen entführt wurde.«

Clifton: »Genau so sieht es aus, Scotty.«

Skiffer: »In Ordnung, ich werde Hampstead verständigen und auch dafür sorgen, dass man sich des Lieferwagens in der Salworth Street annimmt. Was planst du denn in der Sache?«

Clifton: »Ich mache mich jetzt auf den Weg zu seinem Haus. Bis später, Scotty.«

(Auflegen)

Tom (beeindruckt): »Ist wohl ein verdammt dicker Hund, Perry, was?«

Clifton (ernst): »Sieht so aus. Ich darf ja davon ausgehen, dass Sie über das, was Sie eben gehört haben, zu niemandem sprechen, Tom!«

Tom: »Kein Wort! Verraten Sie mir später, wie die Sache ausgegangen ist?«

Clifton: »Mache ich! Versprochen!«

(Musikakzent/langsame Schritte)

Joe (drohend und enttäuscht): »He, Mr Markham, wo haben Sie Ihr Geld versteckt?«

Markham: »Ich pflege mein Geld nicht zu verstecken.«
Joe: »In Ihrem Tresor befanden sich außer einigen mistigen Briefmarken ganze 2.600 Pfund.«

– – –

(schreit wütend) »Verdammt noch mal, wenn ich schon mein empfindsames Fell riskiere, dann will ich doch nicht mit einem Taschengeld abgespeist werden. Also?«

Markham: »Tut mir leid, mehr habe ich nicht im Haus.«
Joe: »Ersparen Sie sich und uns unnötige Zeitverschwendung. Wir haben keine Lust, bei Ihnen ein verlängertes Wochenende zu verbringen. Raus mit der Sprache!«
Esther (entrüstet): »Schreien Sie uns gefälligst nicht so an, Sie unverschämter Mensch!«
Joe (wütend): »Ich schreie, so lange ich Lust dazu habe, Madam!«
Luke (näher kommend): »Was gibt's denn? Was hat der Krach zu bedeuten?«
Joe: »Seine Lordschaft will mir weismachen, dass er nicht mehr als 2.600 Pfund im Haus hat. Ich glaube, wir sollten ihn ein bisschen durch den Wolf drehen.«
Markham: »Ich habe nie Bargeld im Hause!«
Joe: »Dann werden wir also doch von Ihrem Angebot Gebrauch machen, Väterchen!«
Markham (schluckt): »Von welchem Angebot?«
Joe: »Sie werden uns einen Scheck ausschreiben. Sagen wir, über 10.000 Pfund ... oder noch besser, über 15.000!«
Markham: »So viel Geld besitze ich nicht! Mein Bargeld steckt in der Firma.«
Joe: »Aber Sie werden doch Kredit haben, Väterchen Lordschaft!«

Luke (ironisch): »Laut Kontoauszug, Sir, verfügen Sie über ein Guthaben von 112.000 Pfund.

Joe (jubelnd): »Was, so ein reicher Knabe ist unser Gönner.«

Markham (heiser): »Es handelt sich um Fremdkapital.«

Joe: »Aber das ist uns doch völlig egal, Eure Lordschaft. Außerdem werden wir Sie nicht arm machen. Wir geben uns mit 50.000 zufrieden ...«

Luke: »He, Kleiner, was soll das?«

Joe (hantiert): »Ich will ihn losbinden, damit er uns einen hübschen Scheck ausstellen kann.«

Luke (heftig): »Lass das und gebrauch deinen Kopf, verdammt noch mal!«

Joe: »Was hast du dagegen einzuwenden?«

Luke: »Die Sache mit dem Scheck hat wenig Sinn. Die Bank würde bei einer so großen Summe zurückrufen, also müsste einer von uns hier bleiben und aufpassen, damit der Gentleman auch die richtigen Antworten gibt. So viel Zeit haben wir nicht. Sehen wir uns lieber noch mal nach dem Schmuck der Lady um.«

(Musikakzent)

Esther (entsetzt): »Mein Gott, Albert, sie haben meinen ganzen Schmuck gefunden.«

Luke (zufrieden): »Keine schlechte Idee, Mylady, die Schmuckstücke samt Schatulle in einer Schachtel unter Hüten aufzubewahren. Um ein Haar hätten wir den Schatz übersehen.«

Esther (erstickt): »Bitte, es handelt sich um unersetzbare Erbstücke.«

Luke: »Verraten Sie mir, warum Sie die Klunker in einer Hutschachtel aufbewahren, wenn es im Haus einen Tresor gibt, Mylady!«

Esther: »Das geht Sie überhaupt nichts an!«

Luke: »Eines verspreche ich Ihnen: Wir werden die Stücke nicht verschleudern!«

Joe: »Wir werden sagen, dass es sich um kostbare Erbstücke handelt!«

Luke: »Wir werden herausholen, was geht ... Was meinst du, wie viel das sein wird?«

Joe: »Wenn wir uns Zeit lassen und nichts überstürzen – 10.000 Pfund könnten dabei herausspringen.«

Esther (entrüstet): »Der Schmuck ist mindestens das sechsfache wert!«

Luke: »Das mag schon sein, Mylady, nur zahlen Hehler wesentlich schlechter als ehrliche und anständige Käufer! Ja, Mylady, Sir ... nun ist es an der Zeit, Abschied zu nehmen ...«

Markham: »Ich hoffe, dass Sie nicht weit kommen!«

Luke (seufzt): »Ja, ja, so hofft eben jeder was anderes. Ich zum Beispiel hoffe, dass Sie nichts dagegen haben, wenn wir uns noch einmal Ihren schicken Bentley ausleihen.«

Joe: »Wir werden ihn schonend behandeln! ...«

Luke: » ... und irgendwo in Groß-London abstellen.«

Joe: »Vielleicht in Kensington ...«

Luke: » ... oder in Chelsea. Den Schlüssel schicken wir Ihnen mit der Post zu. Mylady, Sir, wir wünschen weiterhin gute Geschäfte!«

Esther (entsetzt): »Was wollen Sie ...«

Luke: »Nur ein klein wenig die Lautsprecher zukleben. Einen minimalen Vorsprung brauchen wir schließlich ...«

(Musikakzent)

Markham: »Sie kommen leider zu spät, Inspektor.«

Esther (tonlos): »Sie sind schon vor fünf Minuten weg ... mit meinem ganzen Schmuck.«

Markham: »Und 2.600 Pfund in bar. Außerdem haben sie meinen Wagen mitgenommen.«

Inspektor: »Wir kamen, so schnell wir konnten. Um was für einen Wagen handelt es sich, Mr Markham?«

Markham: »Einen silbergrauen Bentley.«

Inspektor: »Das Kennzeichen?«

Markham: »ACL-7130.«

Inspektor: »Einen Augenblick, bitte ...«

(Schritte/Fensteröffnen)

(ruft) »He, Charly, gib mal eine Fahndung durch. Die Täter sind mit einem silbergrauen Bentley, polizeiliches Kennzeichen ACL-7130 unterwegs! Alles verstanden? – Okay!« (Fenster zu) »Schmuck und Geld haben sie also mitgenommen ...«

Markham: »Ja, und Briefmarken im Wert von über 100.000 Pfund haben sie liegen gelassen.«

Inspektor: »Sind Fotos von den einzelnen Schmuckstücken vorhanden?«

Markham: »Ja, Inspektor.«

Inspektor: »Was können Sie über die Täter sagen?«

Markham: »Nicht viel. Sie hatten beide dunkle Haare, von den Gesichtern war wenig zu erkennen.«

Inspektor: »Masken?«

Esther: »Ja, aus Strümpfen. Solche, von denen das ganze Gesicht breitgedrückt wird.«

Markham: »Und ihre Handschuhe haben sie zu keinem Zeitpunkt ausgezogen! Das waren echte Profis, Inspektor. Die waren kalt wie Hundeschnauzen ...«

Esther (vorwurfsvoll): »Aber Albert ...«

Markham: »Na ja, das ist so eine Redewendung.«

Inspektor: »Wie steht's mit Namen? Haben sie sich gegenseitig mit irgendwelchen Namen angeredet?«

Markham: »Nein. Der eine nannte den anderen nur Kleiner.«

Esther: »Dabei war der gar nicht kleiner ... Dafür war er viel unhöflicher.«

Markham: »Ich glaube eher, dass er das Gefühl hatte, sich bewähren zu müssen.«

Inspektor: »Sehr gut beobachtet, das ist ja schon eine ganze Menge. Jetzt überlegen Sie mal, wie ihre Bekleidung aussah.«

Esther: »Der ›Kleine‹ trug eine dunkelbraune Kordkombination und der andere eine blaue Jacke und hellgraue Hosen.«

Markham: »Es war so eine Art Blazer. Was mir besonders aufgefallen ist, waren seine schwarzen, geflochtenen Schuhe.«

(Musikakzent)

Skiffer: »Hallo, Perry ...«

Clifton: »Tut mir leid, Scott, dass es etwas später geworden ist. Aber gleich hinter Hampstead war ein Unfall.«

Skiffer: »Inspektor Artling sagte mir gerade am Telefon, dass sie kaum verwertbare Spuren gefunden haben.«

Clifton: »Ja, dabei haben die Brüder im wahrsten Sinne des Wortes das ganze Haus auf den Kopf gestellt. Schon was über den Bentley und den Lieferwagen gehört?«

Skiffer: »Den Lieferwagen hat die Spurensicherung in der Mache, von dem Bentley fehlt noch jede Spur.«

Clifton: »Angeblich wollten sie ...«

(Telefonklingeln)

Skiffer: »Entschuldige ...« (nimmt Hörer ab) »Skiffer!«
– – –
»Okay, vielen Dank!«
(Auflegen)
Clifton: »Warum grinst du wie ein bemaltes Pferd?«
Skiffer: »Vergiss nicht, dass du mit einem Beamten der Queen sprichst! Eben sagte ich doch noch, dass von dem Bentley jede Spur fehlt, und schon stimmt das nicht mehr. Es wird dich umwerfen, wenn ich dir sage, wo man ihn entdeckt hat.«
Clifton: »Hoffentlich nicht in der Themse.«
Skiffer: »Nein, vor dem Bahnhof Hampstead.«
Clifton: »Ein kluger Schachzug.«
Skiffer: »Es scheint sich in der Tat um ausgekochte Profis zu handeln. Wie steht's mit den Fotos von den Schmuckstücken?«
Clifton (hantiert): »Hier! Inspektor Artling bittet dich, ihn anzurufen, wenn die Kopien fertig sind. Er schickt dann einen Mann zum Abholen.«
Skiffer: »Wahrscheinlich werden sie die Steine herausbrechen. Ein Jammer ist's.«
Clifton: »Du sagst es! Also, Scotty, halt mich auf dem Laufenden.«
Skiffer: »Mach ich! Schon als Gegenleistung für deinen Botendienst.«
Clifton (lachend): »Okay! Du weißt ja, dass du mich Tag und Nacht anrufen kannst!«

Es war kurz nach ein Uhr nachts.

Perry Clifton lag im Bett, blätterte in der Zeitung und hörte das Nachtprogramm der BBC, die bis zwei Uhr Oldies aus dem »frühen Rockzeitalter« übertrug.

Er versuchte gerade ein Kriminalrätsel auf der vorletzten Seite zu lösen, als das Telefon klingelte.

Er meldete sich.

Scott Skiffers Stimme drang an sein Ohr.

Skiffer (müde): »Du klingst ja beneidenswert munter.«

Clifton: »Etwas, das man von dir nicht gerade behaupten kann. Wie kommt es, dass du noch im Dienst bist ... Oder rufst du mich aus dem Bett an?«

Skiffer: »Bis drei bin ich dabei. Morzinsky ist plötzlich krank geworden. Keefer und ich teilen uns seine Dienststunden, bis der neue Plan aufgestellt ist. Deshalb ...« (gähnt) »deshalb klinge ich müde. Aber ich will mein Versprechen einlösen!«

Clifton: »Es gibt also Neuigkeiten.«

Skiffer: »Vor einer halben Stunde hat man die beiden schrägen Vögel aus der Markham-Geschichte geschnappt.«

Clifton: »Das ist eine fantastische Nachricht, Scotty. Was ist mit dem Schmuck?«

Skiffer: »Schmuck und Geld konnten vollständig sichergestellt werden. Bei den beiden handelt es sich um ein Brüderpärchen. Luke und Joe Porter. Luke, der ältere, war wohl gerade dabei, seinen Bruder anzulernen.«

Clifton: »Habt ihr Markham schon verständigt?«

Skiffer: »Nein, ich dachte, dass du dich darum reißen würdest, ihm diese Neuigkeit mitzuteilen. Musst ja nicht verraten, dass du sie von mir hast. Erzähl die Story vom Vögelchen, das sie dir zugezwitschert hat.«

Clifton: »Du bist wirklich ein echter Freund, Scotty. Ich werde dich in meinen Memoiren lobend erwähnen.

Nun sag mir nur noch, wie ihr den beiden auf die Schliche gekommen seid?!«

Skiffer: »Wir fanden Fingerabdrücke von Luke Porter.«

Clifton: »Ich denke, die haben immer Handschuhe getragen?«

Skiffer: »Sie haben Handschuhe getragen in Markhams Bentley, und sie haben Handschuhe getragen im Haus. Aber ...«

Clifton: »Der Lieferwagen!«

Skiffer: »Stimmt. Die Armaturen waren voll von Luke Porters Abdrücken.«

Clifton: »Auf der einen Seite so gerissen, und dann ...«

Skiffer: »Wo blieben wir, wenn die Gegenseite keine Fehler machen würden, Perry. So, jetzt muss ich mir einen starken Tee aufgießen, sonst schlafe ich doch noch ein. Bis zum nächsten Mal, Perry!«

Clifton: »Bis Sonntag, Scott!«

Skiffer (ahnungslos): »Wieso bis Sonntag? Was ist am Sonntag?«

Clifton: »Ich lade dich zum Essen ein!«

Skiffer (fröhlich): »Danke ... Dann werde ich bis dahin fasten, damit ich auch recht viel essen kann!« (gähnt) »Gute Nacht, Privater!«

Clifton: »Gute Nacht, Beamter!«

(Auflegen – Schlussmusik)

Das Millionending

Gay Axford, der Obergauner, hatte gerufen, und seine kriminellen Getreuen hatten ihre Verstecke in London verlassen und waren zu ihm geeilt hinaus nach Brentwood.

Hier residierte Gay Axford unter dem Namen George L. Langrave in einem kleinen, aber eleganten Landhaus als reicher Privatier, den das Heimweh angeblich aus Australien wieder zurück auf die Britischen Inseln getrieben hatte.

Selbst der Polizeichef von Brentwood gehörte neben dem Bürgermeister und zwei Professoren zu seinen ständigen Schachpartnern.

Sie ahnten nicht, dass sie mit einem der gesuchtesten Supergauner Londons spielten.

Jetzt saß Axford seinen Komplizen vieler gemeinsamer Raubzüge gegenüber und paffte zufrieden und genüsslich eine lange dünne Virginia.

Jeden der drei Besucher konnte man auf seinem Gebiet als Spezialisten betrachten.

David Stone, zum Beispiel, war ein exzellenter Mechaniker und Autoexperte, der sich sogar in der Elektronik überdurchschnittlich gut auskannte.

Nick Tompson beherrschte dagegen die Kunst des Taschendiebstahls so perfekt, dass er in jedem Varieté die Attraktion hätte sein können.

Winston Nettleham rundete das Quartett ab. Er war ein Fälscher der Extraklasse und ein Genie im Organisieren.

»Wir werden ein Millionending drehen, von dem die Londoner noch in zehn Jahren schwärmen werden«, eröffnete Gay Axford seinen Besuchern.

Dann wandte er sich an Tompson:

»Nick, ich brauche einen Zieher, der mindestens so gut ist wie du, aber in London nicht bekannt ist.« Tompson schabte sich einen Augenblick lang nachdenklich am Kinn, dann leuchteten seine Augen auf, und er erwiderte:

»Pieter Lather in Southampton!«

»Kannst du ihn heute noch erreichen?«

Tompson nickte. »Telefonisch, aber erst nach Mitternacht. Wir haben August, für Lather Hochsaison, da arbeitet er immer bis in die Nacht hinein. Was soll er tun, was ich *nicht* kann?«

»Er soll in der Stammkneipe der Detektive eine Brieftasche mit echten Yardpapieren ziehen. Bei dir ist das Risiko zu groß, dass dich jemand erkennt.«

»Hm«, brummte Tompson. Genau genommen hatte er es gar nicht gern, wenn ihm einer im Revier herumpfuschte, mochte er noch so begabt und tüchtig und dazu noch sein Freund sein.

»Ich könnte doch so was anfertigen«, warf Nettleham, der Fälscher, ein.

Gay Axford winkte ab.

»Ich brauche diesmal was ganz Echtes, Wins. Du kriegst noch genug Arbeit, wenn du mich in die Papiere hineinmanipulieren musst.«

Und dann erklärte Axford den staunenden Genossen sein Vorhaben.

Opfer jenes ausgeklügelten Planes und Gaunerstückchens sollte »Blackneil, Harlow & Söhne« werden, eines der teuersten und exklusivsten Gold- und Juweliergeschäfte im Londoner Westen. Spezialität: kostbarer alter Schmuck.

Allein in der Werkstatt arbeiteten ein Dutzend Goldschmiede an immer neuen Kreationen.

»Blacknell, Harlow & Söhne« leistete sich sogar – neben einer der raffiniertesten elektronischen Sicherungsanlagen – den Luxus eines eigenen Detektivs, der diskret und unsichtbar die insgesamt sechs Verkaufsräume per Monitor überwachte. Auf einen Knopfdruck von ihm schlossen sich im ganzen Haus schwere Eisengitter und machten »Blacknell, Harlow & Söhne« nicht nur zu einer schier uneinnehmbaren Festung, sondern auch zu einer Falle, aus der es kein Entrinnen mehr gab.

Am 22. August traf Pieter Lather in London ein. Am 24. August gelang es ihm, nach einem kleinen Zusammenstoß Detektivinspektor Randolph Parker, Abteilung Rauschgift, Brieftasche und Dienstausweis zu entwenden.

Am 26. August hatte Winston Nettleham das Bild von Mr Parker gegen das von Gay Axford – durch Schnauzbart und Brille verändert – ausgetauscht.

Am 28. August trafen sie sich noch einmal in Brentwood zu einer letzten Lagebesprechung, bei der alle Einzelheiten des Planes auswendig gelernt werden mussten.

Am Schluss dieser Zusammenkunft mahnte Axford: »Unser aller Sicherheit hängt unter anderem von drei

Dingen ab: keine Fingerabdrücke, keine Namen nennen und alle abgemachten Zeiten genau einhalten ...«

Keiner der vielen Angestellten von »Blacknell, Harlow & Söhne« schenkte dem dunkelblauen Jaguar vor der Schaufensterfront besondere Aufmerksamkeit. Man war den Anblick teurer und teuerster Wagen gewöhnt.

Sie konnten nicht wissen, dass das PS-starke Gefährt seit sechs Uhr früh hier geparkt war, und das nur zu einem Zweck.

Um 10 Uhr 10 betrat ein Gentleman mit buschigem Schnauzbart und Brille die eleganten Geschäftsräume.

Miss Cortridge schwebte auf ihn zu und hauchte:

»Bitte, Sir, in welche Verkaufsabteilung darf ich Sie begleiten?«

»Versuchen Sie bitte, sich nichts anmerken zu lassen. Ich bin Inspektor Parker von Scotland Yard und möchte umgehend Mr Blacknell sprechen.«

Miss Cortridge war ihr Geld wert: Statt Schreck oder Verblüffung zeigte sie ein strahlendes Lächeln.

»Sir Henry ist verreist, darf ich Sie zu Mr Harlow führen, Inspektor?«

»Bitte!«

Sie waren allein zwischen einem Vermögen von Möbeln.

Timothy Harlow jun. studierte mit hochgezogenen Augenbrauen die Legitimation.

»Scotland Yard?«

»Mr Harlow, ich möchte Ihnen etwas erklären, aber es würde die Angelegenheit beträchtlich vereinfachen, wenn Ihr Hausdetektiv diesem Gespräch beiwohnen könnte.«

Timothy Harlow, sichtlich stark beunruhigt, wuchtete seine zweieinhalb Zentner aus der Sesselspezialanfertigung und schritt mit einem »Bitte!« zur Tür.

»Gehen wir in den Kontrollraum zu Mr Checkfield!«

Morris Checkfield, ein sehniger Graukopf von etwa fünfzig Jahren, saß vor seinen Monitorgeräten und einem Pult mit unzähligen Knöpfen und Kontrolllampen.

»Mr Checkfield, das ist Detektivinspektor Parker von Scotland Yard, er möchte uns etwas mitteilen.«

Checkfield warf einen raschen Blick auf den Dienstausweis und hielt dem Inspektor die Hand hin.

Axford alias Parker deutete auf den Telefonapparat: »Würden Sie bitte, bevor ich Ihnen Einzelheiten gebe, eine Verbindung zum Yard herstellen, Mr Checkfield!«

Der Hausdetektiv nickte.

Als sich die Vermittlung der Polizeizentrale meldete, sagte er in den Hörer: »Einen Augenblick, ich übergebe ...«

»Ja, wir sind jetzt an Ort und Stelle«, meldete sich der falsche Inspektor. »Sollten irgendwelche neuen Informationen kommen, erreichen Sie mich hier im Büro!« Er lauschte noch zehn Sekunden in den Hörer, sagte anschließend »Okay!« und legte auf.

Zu Harlow und Checkfield gewandt fuhr er fort:

»Blacknell, Harlow & Söhne wird Punkt elf Uhr von der Diamantenbande überfallen werden. So lautet die Information eines V-Mannes. Wir sind seit Monaten auf der Spur dieser Leute. Heute wollen wir sie auf frischer Tat ertappen.«

»Wissen Sie schon Einzelheiten, Inspektor? Anzahl, Aufmachung und so weiter?«, fragte Checkfield kühl und sachlich, während Harlow, grau im Gesicht, schwankend nach einem Stuhl tastete.

»Wir kennen keinerlei Einzelheiten außer der Uhrzeit. Aber ich möchte Sie beruhigen: Der gesamte Gebäudekomplex ist bereits seit einer halben Stunde von mehreren Beamten umstellt. Sobald die Bande die Verkaufsräume betritt, werden sämtliche Zufahrtsstraßen gesperrt. In dem Augenblick, wo die Gangster das Geschäft verlassen, greifen wir zu.«

»Warum sperren wir sie nicht einfach mit dem Gitter ein?«, wollte Checkfield wissen.

Der Inspektor tat entrüstet: »Wollen Sie es auf Ihre Verantwortung nehmen, dass die drei Männer hier mit ihren Maschinenpistolen in Panik geraten?«

»Um Gottes willen, nur das nicht«, rief Harlow und walkte sich die Hände, »das wäre eine Katastrophe!«

Der falsche Inspektor fuhr fort: »Unsere Methode bringt für alle Beteiligten die geringste Gefahr. Es wäre übrigens sinnvoll und würde uns helfen, wenn Sie zwei der drei Eingänge kurz vor elf Uhr verschließen würden.«

»Ich werde es sofort veranlassen!«, stimmte Checkfield zu. Energisch griff er nach dem Haustelefon.

»Und was soll *ich* tun?«, fragte Harlow.

»Bitte machen Sie ein unschuldiges und vor allen Dingen freundlicheres Gesicht, und führen Sie mich zwanglos durch alle Verkaufsräume.«

10 Uhr 21.

Checkfield hielt das Telefon in der Hand und wählte. Auf dem Monitor sah er Harlow und den Inspektor auftauchen.

Aus der schwarzen Muschel tönte es: »Scotland Yard, welche Abteilung wünschen Sie?«

»Hier spricht Checkfield, ich hätte gern Inspektor Parker gesprochen.«

»Moment, bitte!«

Diesmal eine andere Stimme: »Allerton!«

»Könnte ich bitte Inspektor Parker sprechen?«

»Der Inspektor befindet sich im Außendienst!«

»Könnten Sie mir sagen, wo er ist?«

Fast unfreundlich kam es zurück: »Nein, das kann ich nicht. Rufen Sie bitte später noch einmal an.«

Checkfield legte auf, wählte neu.

Als sich Perry Clifton meldete, atmete er erleichtert auf. Sie kannten sich seit vielen Jahren.

»Hallo, Perry, bei uns tut sich was. Wir sollen überfallen werden. Kennst du einen Inspektor Parker beim Yard?«

Perry Clifton hatte den Namen schon gehört und wollte Einzelheiten wissen. »Was beunruhigt dich so?«

»Eigentlich sind es drei Dinge«, sagte Checkfield und zählte sie auf. Als er wenig später jedoch die Stimme des Inspektors vernahm, legte er, ohne sich zu verabschieden, auf.

Da trat Parker ein. Das war das letzte Geräusch, das Checkfield für längere Zeit hörte.

Als er wieder zu sich kam, fühlte er ein Pflaster über dem Mund. Seine Hände waren hinter der Lehne des Drehsessels gefesselt. Und er vermutete, dass sich sein Chef Harlow in einer ähnlichen Lage befand. Der Hörer des Telefons baumelte an der Schnur herunter.

Die Uhr über den Monitoren zeigte 10 Uhr 59 an. Und dann kam er sich plötzlich wie im Kino vor. Die Kameraaugen hatten den falschen Inspektor und noch drei vermummte Burschen mit Maschinenpistolen in den Händen erfasst. Gespenstisch anzusehen, huschten sie über die verschiedenen Bildschirme. Doch das war noch nicht alles: Wie von Zauberhand inszeniert, wimmelte es plötzlich auf allen Monitoren von Polizisten.

Als er sogar Perry Clifton erkannte, wusste Checkfield, dass dieser auf seine Befürchtungen hin sofort reagiert hatte, und ein wunderbares Gefühl der Erleichterung erfüllte ihn. Es war gut zu wissen, dass nicht nur er über die drei Unebenheiten gestolpert war.

Und als später, bei der sogenannten Siegesfeier, der noch immer völlig aufgelöste Mr Harlow zu Clifton und Checkfield trat und fragte: »Was waren das denn für drei Fehler, über die Sie gestolpert sind, Mr Clifton?«, da deutete dieser auf Checkfield.

»Nicht *ich* bin über die Fehler gestolpert, sondern Ihr tüchtiger Detektiv!«

Und bereitwillig erklärte Checkfield, was ihn stutzig gemacht hatte: »Zuerst störten mich die Handschuhe. Wer trägt schon mitten im August bei praller Sonne und freundlicher Wärme Handschuhe sogar im Haus?«

»Hm, das hätte mir eigentlich auch auffallen müssen«, brummte Harlow.

»Sie sind ja kein Detektiv, Sir!«, beschwichtigte Perry Clifton.

Checkfield fuhr fort: »Dann machte mich stutzig, dass er bei dem Gespräch mit Scotland Yard weder seinen Namen nannte noch etwas über seinen Standort sagte. Na ja, und dann, als ich ihn nach Einzelheiten fragte, wusste er angeblich keine. Später, als die Sprache auf das Gitter kam, Sie erinnern sich doch noch Sir?« Harlow nickte. »Da redete er plötzlich von drei Mann und Maschinenpistolen.«

»Tüchtig, Respekt, Mr Checkfield!«, sagte der schwergewichtige Mr Harlow. Und Perry Clifton meinte augenzwinkernd : »Das hört sich direkt nach Gehaltsaufbesserung an ...«

»Ich werde die Sache ernsthaft mit meinem Partner besprechen. Ich finde auch, dass Sie eine Prämie verdient haben!«

Und so endete das Abenteuer für die einen schmerzlich – nämlich mit sieben Jahren hinter Gittern – und für den anderen erfreulich: Checkfield konnte eine saftige Prämie einstecken. Mr Harlow hatte tatsächlich Wort gehalten ...

Der Tag, an dem Perry Clifton zu spät kam ...

Dieser Tag war ein Dienstag.

Perry Clifton dachte an nichts Böses, als er den Telefonhörer abnahm.

»Clifton, sind Sie es?«, schnarrte es ihm entgegen, noch bevor er sich melden konnte.

»Mit Scharfsinn erraten!«, erwiderte der Detektiv.

»Hier ist McMappelday. Ich mache ja sonst keine gemeinsame Sache mit Schnüfflern, bei Ihnen ist's was anderes. Sie haben doch einen Schnüffelfreund namens Remter?«

»Stimmt!«

»Sie sollten dem Typ einen Tipp geben. Zwei gefährliche Stinktiere haben seine Spur aufgenommen.«

»Können Sie mir nicht ein paar ... He, Mappsy ...« Es war umsonst. McMappelday, in gewissen Kreisen »Mappsy« genannt, hatte schon aufgelegt. Trotzdem war Perry Clifton dem Taschendieb und Gelegenheitsräuber dankbar für den Hinweis. Und er handelte sofort. zwanzig Sekunden später hatte er Remters Nummer herausgesucht und ließ die Wählscheibe surren. ... neun ... zehn ... elf Mal hörte er es in Kensington klingeln, vergeblich. Entweder spielte Remter wieder einmal den Schwerhörigen oder er war nicht zu Hause.

Perry Clifton warf den Hörer auf die Gabel zurück, sprang auf und verließ sein Büro. Auf dem Weg in die

Garage sagte er noch seinem Vertreter Hank Murphy Bescheid. Vier Minuten später saß er bereits in seinem Wagen und fuhr in Richtung Kensington ...

Robert Remter drückte sich zwei lange Streifen Rasiercreme ins Gesicht, schäumte sie mit dem nassen Pinsel über Kinn und Wangen auf und setzte sich vor das breite Fensterbrett.

Die beiden Fensterflügel waren weit geöffnet. Nachdem er den Spiegel aufgestellt hatte, zog er den Revolver aus dem Schulterhalfter und legte ihn auf die linke Seite des Fensterbrettes. Dorthin, wo bereits seine Brille mit dem eingebauten Hörgerät lag.

Robert Remter zählte zu den gerissensten und gefürchtetsten Privatdetektiven von London. Und nicht wenige Ganoven in der Millionenstadt an der Themse würden ihn lieber tot als lebendig sehen. Dabei hörte Remter schwer. Oder präziser ausgedrückt: Ohne Hörgerät war er taub wie eine Maus unter Wasser.

Es war kurz nach elf Uhr. Remter begann gerade mit der linken Wange. Er ahnte nichts von der Bedrohung, die da in Riesenschritten auf ihn zukam.

Weil der Fahrstuhl zur Zeit außer Betrieb war, mussten David Buster und Mortimer Joulich die einundneunzig Stufen zum dritten Oberstock zu Fuß zurücklegen. Ein Vorgang, der besonders dem dicken Buster zu schaffen machte. Er schnaufte keuchend, legte auf jedem Treppenabsatz eine Pause ein und fluchte leise in sich hinein.

Sie wussten, dass der Detektiv zu Hause war und dass ihrem Ziel, diesem »verdammten Schnüffler« eine Lektion zu erteilen, nichts im Wege stand.

Während Mortimer geräuschlos die Tür öffnete, zog sein Komplize eine großkalibrige Pistole unter dem

Mantel hervor. Und sie frohlockten innerlich bei dem scheinbar friedlichen Bild, das sich ihren Augen bot: Die Tür zum Wohnzimmer stand offen, Remter kehrte ihnen den Rücken zu und rasierte sich.

Auch die Brille mit dem Hörgerät entdeckten sie sofort. »Die Kanaille kann uns nicht hören, er hat seine Ohren aufs Fensterbrett gelegt«, sagte Mortimer. Beide lachten höhnisch, und David Buster erwiderte: »Ich wette einen fetten Ochsen gegen eine asthmatische Feldmaus, dass er nach dem, was ihm jetzt passiert, seine Hörbrille sogar mit in die Badewanne nehmen wird!« Wieder lachten beide, während Remter nach wie vor ungerührt seinem Bart zu Leibe ging.

»Ich war noch nie so versessen darauf, mit so einem wie dem abzurechnen!«, sagte Buster, und Mortimer fügte hinzu: »Ich habe dem armen Greg versprochen, dass wir ihn uns so vornehmen wie seinerzeit den verräterischen Poolman.«

»Poolman habe ich letzte Woche gesehen. Er geht noch immer am Stock!«

»Alles andere wäre ja auch ...« Mortimer hielt mitten im Satz inne. Beide lauschten ins Treppenhaus, wo es offensichtlich jemand ungeheuer eilig hatte, nach oben zu kommen.

»Los, bringen wir es hinter uns!«, schnaufte der dicke Buster. Er brachte seinen Revolver in Anschlag, doch zum Zielen sollte er nicht mehr kommen.

Der Detektiv schien förmlich zu explodieren. Innerhalb einer Sekunde hatte er das Rasiermesser fallen gelassen, die Pistole ergriffen und mit einem artistischen Seitwärtssprung seine Position verändert.

Noch bevor die beiden Banditen begriffen hatten, was geschehen war, schnappten ein Paar Handschellen zu.

Sie verbanden die Linke von Buster mit der Rechten von Mortimer. Und der Schrecken und dic Überraschung wurden vollkommen, als sie plötzlich hinter ihrem Rücken noch einen zweiten Mann mit einem Schießeisen auftauchen sahen.

Schnaufend winkte Perry Clifton seinem Freund Robert zu. »Tut mir leid, dass ich zu spät gekommen bin, Rob!«

»Ich habe keine Ahnung, was du eben gesagt hast. Warte, ich will nur meine Brille aufsetzen.«

Er tat es. Und noch etwas tat er, bevor er sich wieder Perry Clifton und den beiden gefesselten Männern zuwandte: Er telefonierte mit der Polizei und verlangte einen Streifenwagen »für eine Handvoll Ungeziefer.«

»Was führt dich zu mir, Perry?«

»Du wirst es nicht glauben, Rob, ich hatte eigentlich vor, dein Leben zu retten.«

»Heb dir das fürs nächste Mal auf ... Nun guck sie dir an, diese Mehlwürmer. Dick, feist und doof: David Buster, weniger feist, dafür noch dümmer: Mortimer Joulich. Dass man in einem Rasierspiegel alles sieht, was hinter einem vorgeht, davon haben diese Napfsülzen ebenso wenig gehört wie von einem Durchzug, der entsteht, wenn Fenster und Tür offen stehen. Was darf ich dir anbieten, Perry?«

»Wie wär's mit einem Topf Tee? Den habe ich nämlich stehen lassen, bevor ich dir meine überflüssige Hilfe anbieten wollte.«

»Okay, gib auf die beiden Galgenvögel acht, ich setzte inzwischen Wasser auf ...«

»Ich glaube, das ist das erste Mal, dass ich zu spät gekommen bin«, murmelte Perry Clifton, doch Robert Remter hörte ihn nicht. Er hatte nämlich seine Brille schon wieder auf dem Fensterbrett deponiert ...

Ein Sonntag mit Folgen

Eigentlich sollte es für Perry Clifton, für Dicki und dessen Schulfreund Ronnie Hastings ein richtig schöner Sonntag werden. Sozusagen eine Nachfeier von Dickis Geburtstag am vergangenen Dienstag. Und Perry Clifton hatte einen Plan zurechtgeschneidert, der so recht nach dem Geschmack der beiden Dreizehnjährigen war.

Und so sah dieser Plan aus: Abfahrt in London um sieben Uhr. In Richtung Maidenhead sollte es gehen. Drei Meilen nördlich davon lag Cookham, und nur einen Katzensprung von Cookham entfernt floss die Themse.

Hier kannte der Detektiv ein herrliches Fleckchen, an dem man angeln konnte und das sich geradezu anbot, mit dem Schlauchboot herumzuschippern. Außerdem gab es ganz in der Nähe eine Farm, auf der Mini-Esel gezüchtet wurden, wo man aber auch auf ganz normalen Mulis reiten konnte. Für das Essen im Freien sollten ein Grill und ein Paket Würstchen mitgenommen werden.

Gegen acht Uhr abends wollten sie dann wieder zurück sein. Alles in allem ein Plan, den eigentlich nur ein Wolkenbruch hätte vereiteln können.

Dass dann dieser Sonntag so ganz anders, wesentlich aufregender, verlief, lag einzig und allein an jenem Geschenk, das Perry Clifton seinem jungen Freund Dicki Miller zum Geburtstag überreicht hatte: an einem Fernglas.

Bis 10 Uhr 15 verlief auch alles wie geplant. Nach einer fröhlichen und ausgelassenen Fahrt waren sie an jenem Fleck Themseufer angelangt, von dem Perry Clifton den Jungen vorgeschwärmt hatte. Die Sonne strahlte dazu, als sei sie dafür bezahlt worden, und von einem Wolkenbruch war weit und breit nichts zu sehen.

Jetzt, wie gesagt, war es 10 Uhr 15.

Während Perry Clifton mit einer Angelrute auf einem riesigen Stein saß und darauf wartete, dass sich ein Fisch für den Wurm am Haken interessierte, und Ronnie stampfend den Blasebalg trat, um das Schlauchboot schwimmfähig zu machen, hatte Dicki oben auf der Uferböschung einen drei Meter hohen Steinhaufen erklommen, um mit seinem Fernglas die Themse nach »feindlichen Anglern« abzusuchen.

Und er fand sie.

Sieben Männer zählte er, die auf einer kleinen, in die Themse hineinragenden Landzunge saßen oder standen. Ob sie allerdings alle mit Angelzeug ausgerüstet waren, konnte er nicht erkennen. Nur eines machte er mit Sicherheit aus: Im Augenblick waren diese sieben Männer weniger an einem erfolgreichen Fischzug interessiert sondern viel mehr an einer kreisenden Flasche. »Prost!«, sagte Dicki leise und schwenkte sein Glas langsam weiter nach rechts. Er entdeckte einen durch Weidenbäume vom Flussufer getrennten Parkplatz mit fünf oder sechs Wagen, und ... was er dann sah, ließ ihm den Atem stocken.

Er setzte das Glas ab und versuchte, sich mit bloßem Auge die Bestätigung dessen zu holen, was ihm das Glas so nah herangerückt hatte. Nein, das klappte nicht ... Da, jetzt hantierte er schon am zweiten herum ...

»Mr Clifton, schnell!!!«, schrie Dicki und zeigte in besagte Richtung.

Perry Clifton fiel vor Schreck fast die Angelrute aus der Hand. Auch Ronnie sah erschrocken nach oben.

Den Wettlauf auf den Steinhaufen gewann Ronnie mit einem Meter Vorsprung.

»Da fährt er weg, in dem roten Fiat!«, schrie Dicki aufgeregt. »Er hat mich bestimmt gehört, er hat nämlich zu mir hergesehen.«

»Was ist denn passiert?«, wollte Perry wissen.

»Mensch, so was ...« Dicki konnte sich noch immer nicht beruhigen. »Er hatte ein Londoner Kennzeichen, Mr Clifton. Vorn das XL habe ich genau erkannt, und die Zahlen begannen mit drei-eins-zwei.«

»Willst du uns nicht endlich mal sagen, was du überhaupt gesehen hast?«

»Ich habe gesehen, wie einer aus den Kofferräumen von zwei anderen Autos Sachen herausgenommen und in seinen eigenen gelegt hat!«

»Ein Autoknacker!«, sagte Ronnie.

»Okay«, entschied Perry Clifton rasch. »Ihr bleibt hier, und ich fahre nach Cookham, rufe die Polizei in Maidenhead an und gebe die Autonummer durch. Vielleicht kann sich eine Polizeistreife auf die Spur des Fiat setzen. Anschließend sprechen wir mal mit den Männern dort. Ich schätze, dass ihnen die Wagen gehören ...«

Als man am Montag Frank Nutley zu Detektiv Ellis im 14. Polizeirevier ins Zimmer schob, war es kurz nach 18 Uhr.

»Bitte, nehmen Sie Platz«, sagte der kleine Detektiv mit den blitzenden Brillengläsern.

»Ich stehe lieber!«, fauchte Nutley. »Und ich möchte jetzt endlich wissen, was man mir vorwirft! Mit welchem Recht man mich wie einen hierher schleppt, der die Bank von England überfallen hat.«

»Sie sind von Beruf Kellner, Mr Nutley?« Ellis' Stimme war sanft, fast freundschaftlich. »Wo arbeiten Sie?«

Nutley sah den Detektiv mit seinen hervorstehenden Augen böse an. Und während er sich die dünnen, strähnigen Haare hinter die Ohren schob, antwortete er ebenso mürrisch wie giftig: »Im Augenblick bin ich stellungslos.«

»Aha ...«

»Was heißt das ›Aha‹?«

»Sie haben keine Ahnung, warum wir Sie vorgeladen haben?«

»Nicht die leiseste Ahnung. Außerdem hat man mich nicht vorgeladen, man hat mich hergeschleppt!«

»Tut mir aufrichtig leid, Mr Nutley«, erwiderte Ellis. Seine Miene strafte seine freundlichen Worte Lügen. »Sie stehen in Verdacht, am gestrigen Sonntag gewaltsam mehrere Fahrzeuge ausgeraubt zu haben. Unter anderem wurden dabei eine wertvolle Schmalfilmkamera, ein großes Transistorradio sowie eine Herrenjacke samt gutgefüllter Brieftasche entwendet.«

Nutley starrte den Detektiv fassungslos an.

»Das soll ich getan haben?« Sein knochiger Zeigefinger richtete sich auf Ellis. »Ich werde sie wegen Verleumdung anzeigen, Mister.«

Ellis nickte ungerührt. »Fahren wir fort ...«

Nutley unterbrach ihn: »Jawohl«, schnaubte er wütend, »fahren wir mal fort! Ich kann es nämlich gar nicht gewesen sein, ich habe nämlich gar kein Auto. Mein Wagen wurde gestern gestohlen.«

»Ach, gestern gestohlen. Interessant.«

»Für Sie vielleicht, nicht für mich! Ich habe bei Ihren Kollegen in Kensington Anzeige erstattet.«

»Das ist mir neu. Aber erzählen Sie mir mal die Geschichte von dem Diebstahl.«

»In Kensington war es. Ich war im Kino, und zwar in der Matinee-Vorstellung von neun bis elf. Daraus ersehen Sie, dass ich gar nicht für Ihren Fall in Betracht kommen kann!«

»Sie sind also gestern Vormittag von Bromley nach Kensington gefahren, um eine Kinovorstellung zu besuchen. Als Sie aus dem Kino kamen, war Ihr Wagen gestohlen.«

»So ist es!«

»Sie wollen damit den Beweis erbringen, dass Sie gar nicht in Cookham gewesen sein können.«

Nutley riss die Augen auf. »Was sollte ich in Cookham, Mister?«

»Stehlen, Mr Nutley!«, antwortete Ellis kühl, dann lehnte er sich zurück und folgerte:

»Es könnte zum Beispiel so gewesen sein: Sie fuhren nach Cookham, räumten die Autos aus und stellten dabei fest, dass sie aus der Ferne beobachtet wurden. Also musste Ihnen was einfallen. Sie fuhren nach London zurück, ließen Ihren Wagen irgendwo stehen, gingen vor das Kino und meldeten anschließend Ihren Wagen als gestohlen. Na, was halten Sie von dieser Version, Mr Nutley?«

»Nichts, Mister. Absolut nichts!«

»Vielleicht haben Sie recht.« Ellis erhob sich.

»Mal sehen, was Ihre Fingerabdrücke bringen«, sagte er und zeigte auf eine Tür zu seiner Rechten. »Darf ich bitten!«

»Meinetwegen! Aber anschließend bin ich für Sie Vergangenheit!«, zischte Nutley.

Im Zimmer, das Inspektor Ellis und Frank Nutley jetzt betraten, saßen, außer einem uniformierten Beamten, Perry Clifton und – Dicki Miller.

Betont uninteressiert sahen die beiden Letztgenannten auf die Eintretenden. Trotzdem stockte Frank Nutley mitten im Schritt. Er fasste Ellis am Arm und zeigte mit der anderen Hand auf Dicki.

»Hören Sie, Mister, Sie werden doch hoffentlich einem fantasiebegabten Burschen nicht mehr glauben als einem Erwachsenen?!«

Ellis sah Dicki Miller an.

»Hallo, Dicki. Erkennst du ihn wieder?«

Dicki musterte Nutley lange und eindringlich. Schließlich schüttelte er den Kopf und erwiderte wahrheitsgemäß:

»Nein, Sir.«

»Er ist es also nicht gewesen?« Ellis schien mehr als überrascht.

»Er könnte es gewesen sein, aber ich kann nicht behaupten, dass ich ihn wiedererkenne.«

»Liegt's an der Kleidung?«, warf Perry Clifton ein und erntete dafür einen zornigen Blick Nutleys.

»In Cookham trug er eine Mütze und eine Sonnenbrille.«

»Da haben Sie's!«, triumphierte Nutley. »Ich glaube, Sie haben nichts dagegen, wenn ich jetzt in die Zivilisation zurückkehre.«

»Stopp!«, rief Inspektor Ellis mit schneidender Stimme. »Wenn Sie auch nur noch einen Schritt weitergehen, werte ich das als Widerstand gegen die Staatsgewalt.« Und zu Dicki gewandt: »Ich weiß bereits, dass er der gesuchte Automarder ist. Du brauchst dich also nicht darüber ärgern, dass du ihn nicht identifizieren konntest!«

Frank Nutley war plötzlich blass. Unsicher trat er auf Ellis zu. »Was soll das heißen, Inspektor? Wie kommen Sie dazu, in aller Öffentlichkeit eine solche Behauptung aufzustellen?«

»Das will ich Ihnen gern verraten. Anschließend dürfen Sie dann Ihren Anwalt anrufen. Erstens: Noch hatte ich keinen Ton davon gesagt, dass es sich bei dem Täter um einen motorisierten Mann handelte, da bringen Sie für Ihr Auto bereits ein Alibi. Von wegen gestohlen und so weiter. Dazu kam, dass Sie sogar genau über die Tatzeit informiert waren. Wenn Sie nicht an Ort und Stelle waren, Mr Nutley, wie können Sie dann wissen, dass es sich bei dem Augenzeugen um einen Jungen handelt?«

Nutley ließ den Kopf hängen, und leise bat er:

»Okay, ich möchte jetzt gern meinen Anwalt anrufen.«

»Bitte, ich habe nichts dagegen ...«

Auf dem Heimweg fragte Perry Clifton seinen Freund Dicki: »Was hältst du davon, Detektiv, wenn wir am kommenden Sonntag unseren Ausflug von gestern wiederholen?«

Dicki lachte über das ganze sommersprossige Gesicht, als er zurückgab: »Die ganze Zeit schon habe ich mir überlegt, ob ich Ihnen die gleiche Frage stellen soll ...«

Die Wette

Es ging auf 18 Uhr zu, und Perry Clifton war schon ganz auf Feiertag eingestellt, als das Telefon zu klingeln begann.

Es war Sir Adam Walker, Präsident und Direktor von Johnson & Johnson und damit Perrys oberster Boss. Seine Stimme klang aufgeräumt, als er sagte:

»Ich habe heute Abend einige Freunde zu Gast. Darunter auch Tony Maxwell, und der hat es sich in den Kopf gesetzt, Sie kennenzulernen. Haben Sie Lust, meiner Gesellschaft das Vergnügen Ihrer Anwesenheit zu machen?«

Perry Clifton musste unwillkürlich lachen.

»Aber gern, Sir Adam«, erwiderte er. »Es wird mir eine Ehre und ein noch größeres Vergnügen sein, Ihrem Freund, Mister Maxwell, zu zeigen, was ich für ein sympathischer Bursche bin.«

Nun lachte auch Walker. Bevor er auflegte, nannte er 20 Uhr als Beginn der kleinen Festlichkeit.

Es war nicht das erste Mal, dass er seinen tüchtigen Detektiv, dem er außerdem sehr zugetan war, zu sich einlud.

Zweiundzwanzig Personen labten sich an kaltem Fleisch und diversen Salaten. Dazu wurden Wein und verschiedene Sorten Tee angeboten.

Tony Ch. Maxwell war ein Bär von einem Mann. Doch unter einem struppigen weißen Haarschopf lag ein dunkles, freundliches Augenpaar. Perry Clifton schätzte ihn auf sechzig Jahre. Und Maxwell kam gleich zur Sache:

»Adam Walker hat mir wahre Wunderdinge von Ihnen erzählt, Mr Clifton. Und jetzt möchte ich, verdammt noch mal, prüfen, ob Sie so tüchtig sind wie meine Nancie. Einverstanden? Übrigens, Nancie ist meine klügere Hälfte.«

»Bitte, prüfen Sie, Sir!«, erwiderte Perry Clifton lächelnd.

Maxwell zwinkerte ihn an. »Ich bin ein alter Wetter. Ich möchte eine Kiste ›Monzeler Kätzchen‹ setzen, dass *Sie* die falsche Antwort geben!«

»Okay, ich setze dagegen. Nur ... was ist ein ›Monzeler Kätzchen‹?«

Maxwell lachte zuerst schallend, dann erklärte er: »Das ist der beste Moselwein, den ich kenne. Und jetzt los! Es ist vor einem Jahr passiert. Nancie und ich waren mit einem anderen Ehepaar im Theater. Habe ich Ihnen schon gesagt, dass wir in Edinburgh leben?«

»Nein, Sir!«

»Dann wissen Sie es jetzt. Also, wir kamen aus dem Theater, und ich setzte Nancie vor unserem Haus ab und fuhr anschließend das befreundete Ehepaar ins Hotel. Obwohl unsere Kinder längst aus dem Haus sind, hat Nancie die Angewohnheit beibehalten, ganz leise zu sein, wenn wir spät nach Hause kommen. Also war sie auch diesmal leise. Sie machte in der Diele Licht und hörte es im gleichen Augenblick im Obergeschoss rumoren. Sie dachte, es sei Polly, unsere Katze, und ging nach oben. Als sie die Tür zum Salon öffnete und gleichzeitig das Licht einschaltete, stand sie einem Einbrecher gegenüber. Der hatte Nerven wie Drahtseile. Er ergriff mit der linken Hand eine Porzellanvase und drohte Nancie mit einer Verbeugung höflich, aber bestimmt: ›Tut mir leid, Mylady, aber sollten Sie jetzt schreien, muss ich Ihnen zu meinem größten Bedauern diese Vase auf die Locken hauen.‹

Natürlich schrie Nancie nicht, denn sie war wie gelähmt vor Schreck und Angst. Der spindeldürre Dieb aber öffnete die Balkontür und verschwand wie ein Schlangenmensch über die Brüstung.

Später kam die Polizei und nahm ein Protokoll auf. Leider konnte Nancie wenig sagen, denn der Mann hatte in einem Overall gesteckt, eine schwarze Strumpfmaske und lange Stulpenhandschuhe getragen. Er nahm dreiundvierzig Goldmünzen, drei Armbänder und zwei Dutzend Ringe von Nancie mit. Erfolg der polizeilichen Suchaktion war gleich null. Tja ...«

Tony Ch. Maxwell stieß Perry Clifton grinsend seinen Zeigefinger gegen die Brust.

»Jetzt kommt's. Ein Dreivierteljahr nach diesem Ereignis waren wir zusammen mit Verwandten auf einem Rummelplatz in Yelltown, das ist hundert Meilen südlich von Edinburgh. Aus einer Laune heraus wollte Nancie unbedingt eine Zaubervorstellung besuchen, also zogen wir allesamt in das Zelt.

Der sogenannte Zauberer, ein schmalbrüstiger Jüngling, machte seine Sache ganz ordentlich. Vor allem verstand er es, seine Darbietungen mit Witz und Charme anzukündigen. Nach zehn Minuten hielt sich meine Nancie plötzlich ihren Strohhut vors Gesicht, stand auf und verließ das Zelt. Was soll ich Ihnen sagen – als ich ihr später nachging, war sie gerade dabei, die Polizei zu benachrichtigen. Sie hatte doch tatsächlich in dem Zauberer den Übeltäter mit der Vase wiedererkannt. Und nun geht's um die Kiste Wein, Mr Clifton.« Maxwell grinste. »Woran, glauben Sie, hat Nancie den Gauner wiedererkannt? Vergessen Sie nicht, dass er seinerzeit maskiert gewesen war ... Na??«

Perry Clifton lächelte zurück.

»Wären Sie sehr enttäuscht, wenn ich es wüsste?«

»Hm, ich weiß nicht ...« Maxwell tat nachdenklich, dann schüttelte er energisch den Kopf. »Nein, ich glaube nicht, dass Sie es wissen. Es ist so einfach, dass bis jetzt jeder daran vorbeigestolpert ist.«

Perry Clifton griff in die Tasche. Er reichte Maxwell eine Visitenkarte.

»Brauche ich die?«, fragte der Weißhaarige.

»Ich glaube schon. Woher sollen Sie sonst wissen, wohin die Kiste Wein zu schicken ist.«

»Oh, Sie sind aber verflixt siegessicher, Mr Clifton.«

»Trommelwirbel ... Und nun: Lady Nancie Maxwell erkannte den Dieb wieder an – der Stimme!«

Maxwell lachte und wuchtete Perry Clifton eine seiner Pranken auf die Schulter. »Ich schätze, die Kiste Wein bekommt einen würdigen Besitzer ...«

Mister Hamiltons Traum vom Reichtum

Kriminalhörspiel

Personen: Erzähler
Perry Clifton
Hank Murphy
John Mander
Lionel Hamilton
Arnie Poldrick
Ben
Mann
Polizist
Mulligan
Miss Linda Field
Peggy Brown

(Radiomusik/darüber Blättern in Zeitung und im Hintergrund Straßengeräusche)

Arnie (lacht meckernd): »He, Ben, soll ich dir den neuesten Handschellenwitz erzählen. Steht hier in der Zeitung.«

Ben: »Lass mich mit deinen verdammten Zellenwitzen in Ruhe.«

Arnie: »Aber der hier ist wirklich gut ...« (Kichert) »Pass auf: ›Ich bin ein Spaßvogel, Herr Inspektor‹, sagte der eben in das Gefängnis von Mexico City eingelieferte Taschendieb Rodriges Emanzo. ›Wenn ich im Kittchen bin, möchte ich jeden Tag mindestens einen neuen Witz serviert kriegen, sonst fliege ich einfach davon.‹ ›In Ordnung‹, erwiderte der Gefängnisdirektor« (buchstabiert) »Ot-illo-ril-lo! So ein blöder Name ... ›Bei uns gibt's jeden Tag drei neue Witze: das Frühstück, das Mittagessen und das Abendessen!‹ Hahahaha, gut, was?«

Ben: »Ich schüttle mich aus vor Lachen!«

Arnie: »Du hast eben keinen Humor!«

(Schritte/Fenster zu/Radiomusik aus) »He, was soll denn das nun schon wieder? Du hast Launen wie ein alter Gaul, Ben ...«

Ben: »Hör zu, Arnie, wir machen hier Schluss und verduften.«

Arnie (verständnislos): »Verduften? Aber warum denn, Ben? Wir haben's doch gut hier ...«

Ben (wütend): »Ich habe es satt, hier herumzusitzen und zu warten, bis es dem Chef einfällt, uns anzurufen, weil wir ein neues Ding drehen sollen. Mir stinkt es hier, auf Abruf herumzusitzen, auf das Telefon zu starren, Radio zu hören, auf die Straße zu glotzen oder mir deine dämlichen Gefängniswitze vorlesen zu lassen. Ich will mich endlich wieder so bewegen, wie es mir gefällt! Ich will nicht länger in einem nach alten Möbeln stinkenden Lager hocken und mein Geld zählen. Kapiert, Arnie?«

Arnie: »Kein Wort. Wir haben mit diesem Chef doch wirklich eine Menge Kies gemacht.«

Ben: »Kannst *du* den Kies ausgeben, Arnie? Kann *ich* ihn ausgeben? Nein! Und warum nicht? Weil wir hier hocken und warten müssen, bis der Boss ein neues Ding ausbaldowert hat.«

Arnie: »Aber so war es doch vereinbart ...«

Ben: »Aber doch nicht für alle Ewigkeit.« (entschlossen) »Ich mach dir einen Vorschlag: noch ein Ding und dann ab durch den Schornstein. Wir verduften für einige Zeit. Eventuell nach Schottland.«

Arnie: »Und was machen wir in Schottland?«

Ben: »Wir gehen angeln, sehen uns die Gegend an – und wir machen mal einen Richtigen drauf. Ich sag dir, Arnie, ich kenne Stellen in Schottland, die sind so schön, viel schöner als das Innere eines Tresors. Berge, Schafe, Seen, Flüsse und herrliche Wiesen ...«

Arnie: »Du mit deinem Naturfimmel ... Da hätt ich ja gleich Schafzüchter werden können ... Berge, Schafe, Seen, Flüsse und herrliche Wiesen ...!! Ich bin mehr für die Stadt!«

Ben (mitleidig): »Bist schon ein armer Teufel, Arnie!«

Arnie: »Und warum?«

Ben: »Weil du so gar keine Ansprüche ans Leben stellst. Du wirst zeit deines Lebens ein kleiner Gauner bleiben, dem die anderen sagen, was er zu tun hat.«

Arnie: »Und du? Bist du was Besseres?«

Ben: »Sicher nichts Besseres, nur was anderes. Und vielleicht schaffe ich es sogar mal, kein Gauner mehr zu sein.«

Arnie (beunruhigt): »Ich weiß nicht, Ben, mit dir ist doch irgendwas los? Bist du krank?«

Ben: »Nein, es ist doch ganz einfach. Ich habe keine Lust mehr, ewig vor der Polizei davonzulaufen.«

Arnie: »Na, willst du dich vielleicht kriegen lassen?«

Ben (seufzt): »Also, wie konnte ich mich nur je mit dir zusammentun. Du kapierst überhaupt nichts ...«

Arnie (zögernd): »Okay, Alter, einverstanden! Gehen wir nach dem nächsten Coup nach Schottland!«

Ben (lockend): »Du könntest dir zum Beispiel einen kleinen Tabakladen kaufen ...«

Arnie: »Einen Tabakladen? Nicht schlecht. Und du?«

Ben: »Ich würde Schafe züchten. Du magst doch Schafkäse, oder?«

Arnie: »Hör auf. Ich kann Schafkäse nicht ausstehen. Aber'n Tabakladen, hehe, ›Arnie Poldrick, Tabakwaren‹, klingt nicht schlecht, was?«

Ben: »Klingt gut ...«

(Telefonklingeln)

»Das klingt weniger gut.«

Arnie: »Na, geh schon ran, das ist doch der Boss!« (Schritte/Abheben)

Ben: »Ja?«

– – –

»Ja, Arnie ist auch hier!«

– – –

»Okay, ich höre ...«

– – –

»Heute Nacht!«

– – –

»Alles verstanden! Ab wann steht der Lieferwagen davor?«

»Okay!«

– – –

(als habe er sich verhört) »5.000 Pfund? Für jeden??«

– – –

»Das geht in Ordnung. Wir treffen uns dann morgen um zehn Uhr hier!«

(Auflegen)

Arnie (schluckt/aufgeregt): »Was hast du da von 5.000 Pfund gesagt, Ben? War das ein Witz?«

Ben: »Nicht mal ein Gefängniswitz, Arnie.«

Arnie: »Verdammt, 5.000 Pfund ... Das meiste, was ich bis jetzt mit einem faulen Job auf einmal verdient habe, waren 600 ...« (gedehnt) »5.000 Pfund ...«

Ben: »Die 5.000 zusammen mit dem, was du schon hast, ergeben einen schicken kleinen Tabakladen, Arnie. Mit einem Schaufenster und einer dicken Zigarre aus Blech an einer Kette über dem Eingang ...«

Arnie: »Teufel, Ben ... vielleicht tu ich es wirklich.«

Ben: »Komm, zieh dich an, wir gehen uns den Tatort ansehen. Eines weiß ich übrigens genau: Es wird der letzte sein!«

Arnie: »Nun sag doch schon, um was es geht!«

Ben: »Ich erzähl's dir unterwegs ...«

(Kurzer Musikakzent)

Arnie (leise): »Welche, Ben?«

Ben (ebenso): »Die beiden dort vorn rechts ...«

Arnie: »Ob die schwer sind?«

Ben: »Zu zweit kein Problem. Ich hoffe nur, dass sie nicht zu kompliziert verankert sind.«

Arnie: »Und wie schaffen wir sie raus? Durchs Fenster?«

Ben: »Nein, durch die kleine Tür an der Ostseite. Dort steht der Lieferwagen ...«

Arnie: »Hoffentlich kriege ich keinen Ärger mit dem lieben Gott, Ben ...«

Ben: »Wenn wir Glück haben, schläft der um diese Zeit!« (Musikakzent)

Es war Mittwoch.

Perry Clifton überlegte gerade, ob er auf seinen Vertreter Hank Murphy warten oder schon zum Lunch gehen sollte.

Hank hatte sich freigenommen, um sich, wie er es ausdrückte, »auf die Schnelle einen hackenden Zahn ziehen zu lassen«. Eine halbe Stunde wollte er dafür opfern. Jetzt war er schon über zweieinhalb Stunden weg.

Gerade als Perry Clifton entschlossen war, sich und Hank Murphy noch eine Viertelstunde zuzubilligen, wurde er aller weiteren Überlegungen enthoben.

Clifton: »Hallo, Hank, ich wollte dich schon polizeilich suchen lassen ...« (ekelt sich) »Mann, du bringst ja einen fürchterlichen Gestank mit.«

Hank: »Das ist der Duft aller Zahnarztpraxen. Er macht einem schon im Wartezimmer so zu schaffen, dass man um mindestens zehn Zentimeter schrumpft.«

Clifton (lachend): »Deshalb kommst du mir also so klein vor.«

Hank: »Dass es so lange gedauert hat, lag einfach daran, dass der Doktor ein Reparaturfanatiker ist.«

Clifton: »Und auf was bezieht sich diese Leidenschaft?«

Hank: »Oh, ganz einfach, auf die Zähne. Statt den Quälgeist einfach rauszuholen, hat er mir einen Vortrag gehalten.« (imitiert durch die Nase) »Mein lieber Mr Murphy, falls Sie es noch nicht wissen sollten, nach den zweiten Zähnen wächst nichts mehr nach.

Nicht einmal Unkraut, höhöhöhö. Was bleibt, ist ein Loch, ein schäbiger Krater. Wir werden dcm Rechnung tragen und kein Loch graben, sondern das Mäusezähnchen reparieren, höhöhöhö! Ja, und das tat er dann auch.«

Clifton: »Hat's weh getan?«

Hank: »Ungeheuerlich. Der Doktor behauptete, und dabei grinste er auch noch fröhlich, dass der Reparaturschmerz den reinen Ziehschmerz um das Zwölffache übertrumpfe. Und diesen Schmerz habe man gefälligst auszuhalten. Übrigens bestätigte er mir hinterher, dass ich ein Held gewesen sei. Dabei lief mir der Angstschweiß bis in die Schuhe ... Ach ja, hier ... Während der Zeit im Wartezimmer habe ich was im ›First Observer‹ gelesen ...«

Clifton: »Im ›First Observer‹? Ich denke, du bist auf die ›Times‹ eingeschworen?«

Hank: »Ein Gentleman, der vor mir an der Reihe war, hat ihn liegen gelassen. Hast du bei dieser Zeitung nicht Freunde?«

Clifton: »Ja, ich bin mit dem Chef- und dem Lokalredakteur befreundet. Warum, gibt's was Besonderes?«

Hank: »Soll ich vorlesen?«

Clifton: »Nur mit ordentlicher Betonung.«

Hank: »Ich werde mir Mühe geben ... Erinnerst du dich noch an vorgestern? Wir haben uns über den Kirchenraub in Birmingham aufgeregt.«

Clifton: »Ja, nun sag nur, dass man die Gauner inzwischen gefasst hat.«

Hank: »Ganz im Gegenteil. Hier ...« (Zeitungsrascheln/ liest) »In der Nacht vom Dienstag zum Mittwoch stahlen unbekannte Täter aus der St.-Patrick-Kirche zwei Heiligenfiguren aus dem 14. Jahrhundert.

Es handelt sich dabei um Kunstwerke von unschätzbarem Wert.
Die Diebe wurden von einer alten Frau dabei beobachtet, wie sie kurz nach zwei Uhr die Kirche durch eine Tür an der nur schwach beleuchteten Ostseite verließen und in einem bereitstehenden Lieferauto davonfuhren. Die alte Frau, die unter Schlaflosigkeit leidet, selbst kein Telefon besitzt und sich scheute, ihre Nachbarn zu wecken, lief im Hausmantel zur Telefonzelle Marvel-Ecke-Dollin-Street und verständigte die Polizei. Durch ein Versehen jedoch blieb die Meldung einige Zeit liegen, sodass Inspektor Mulligan und seine Beamten erst zwei Stunden nach dem Anruf bei der St.-Patrick-Kirche eintrafen. Eine bedauerliche Nachlässigkeit, über die an anderer Stelle noch zu berichten sein wird. Wie wir aus gut unterrichteter Quelle erfahren haben, fehlt von den Dieben bis zur Stunde noch jede Spur. Da es sich bei den geraubten Figuren um unverkäufliche Stücke handelt, vermutet die Polizei, dass der Raub im Auftrag eines privaten Sammlers erfolgt ist.
Die Polizei bittet die Bevölkerung, bei der Aufklärung des Falles mitzuarbeiten und alle verdächtigen Wahrnehmungen sofort der nächsten Polizeistation zu melden. – Na, was sagst du jetzt?«

Clifton: »Man sollte die Burschen, wenn man sie hat, drei Tage lang an den Ohren aufhängen.«

Hank: »Willst du ins Mittelalter zurückkehren, Perry? Von dieser Seite kenn ich dich gar nicht.«

Clifton: »War ja auch nur bildlich gesprochen. Armer Mulligan, er muss die Schlamperei mit der Meldung wieder ausbaden. Ich hör ihn direkt mit den Zähnen knirschen.«

Hank: »Hast recht. Der gute, alte Mulligan scheint in einer regelrechten Pechsträhne zu stecken. Vor vier Wochen klaut man ihm vor der Nase einen Streifenwagen weg und jetzt das ...«

Clifton: »Drücken wir ihm die Daumen, dass er die Halunken erwischt.«

(Musikakzent)

Polizist: »Polizeistation 23!«

Mann (Verzerrer): »Bei Ihnen gibt's doch einen Inspektor Mulligan, der die Kirchensache bearbeitet, oder?«

Polizist: »Haben Sie eine Beobachtung zu melden?«

Mann (erbost): »Hören Sie, es stinkt mir gewaltig, wenn man mir eine Frage mit einer Gegenfrage beantwortet.«

Polizist: »Ich verbinde Sie mit Detektiv Ronsdale, der nimmt Ihre Wahrnehmung auf.«

Mann: »He, Mister, ich will keinen einfachen Soldaten, ich will den General, okay?«

Polizist: »Aber Detektiv Ronsdale ist eigens dafür abgestellt, dass er alle ankommenden ...«

Mann: »Stopp, Mister! Ich habe keine Lust, das schöne Wetter in einer stinkigen Telefonzelle zu verbringen. Entweder auf der Stelle den Inspektor, oder ich vergesse alles und geh mit meiner Angel die Fische ärgern. Also, was ist jetzt, Mister?«

Polizist: »Einen Augenblick, bitte, ich will sehen, ob der Inspektor in seinem Büro ist ...«

(Schritte/Tür)

»Inspektor, da ist ein Anrufer mit einer Beobachtung zum Raub der Figuren.«

Mulligan: »Dann verbinden Sie ihn doch mit Ronsdale!«

Polizist: »Er will nur mit Ihnen sprechen. Und wenn das nicht geht, will er alles vergessen und zum Angeln gehen.«

Mulligan: »Okay, legen Sie den Spaßvogel auf meinen Apparat.«

Polizist: »Sofort!«

(Tür zu/Pause/Summton)

Mulligan: »Hier Detektivinspektor Mulligan!«

Mann (Verzerrer): »Sind Sie wirklich der Inspektor!«

Mulligan: »Hören Sie, Mister, ich habe keine Zeit für Gesellschaftsspiele. Wenn Sie also was zu melden haben, dann tun Sie es bitte!«

Mann: »Sie sind wohl ein ganz Scharfer, was? Es könnte allerdings sein, dass ich etwas beobachtet habe, was zu dem Raub in der St.-Patrick-Kirche passt.«

Mulligan: »Interessant. Das haben heute schon über zweihundert Leute gedacht.«

Mann: »Natürlich könnte sich meine Beobachtung auch als harmlos herausstellen, das wird nicht bestritten, trotzdem!«

Mulligan (seufzt): »Trotzdem ... nun lassen Sie schon hören!«

Mann: »Bevor ich Wasserfall spiele, hätte ich gern gewusst, ob eine Belohnung ausgesetzt ist.«

Mulligan: »Offiziell nicht.«

Mann: »Und inoffiziell?«

Mulligan: »Ich könnte mir vorstellen, dass die Behörden einen Hinweis, der zur Wiederbeschaffung führt, entsprechend honorieren.«

Mann (lacht): »Sehr vage, was?«

Mulligan: »Etwas anderes kann ich Ihnen leider nicht sagen.«

Mann: »Okay, riskieren wir es mal. Für den Fall, dass ich mich irre, werde ich meinen Namen vorläufig für mich behalten. Sollte meine Information allerdings cinc heiße Spur sein, werde ich mich bei Ihnen melden, einverstanden?«

Mulligan: »Sie haben mich neugierig gemacht.«

Mann: »Ich habe heute Nacht bei Freunden in Stepney ein kleines Spielchen gespielt. Nichts Großes, nur ein bisschen Poker und Ähnliches. Mein Wagen stand in der Gerson Street. Gegen drei kam ich dorthin zurück. Ich stieg ein und wollte mir vor dem Abfahren noch eine Zigarette anbrennen, als ein Lieferwagen aus der Sheldon Lane in die Gerson Street einbog und vor einem Lagerhaus hielt. Einer stieg aus und öffnete das Tor, dann fuhr der Wagen hinein, und das Tor wurde wieder geschlossen ... Tja, ich meine, wenn das früh um neun gewesen wäre, oder nachmittags um vier, wäre mir das gar nicht aufgefallen. Aber wie viele Lieferwagen fahren schon früh um drei in ein Möbellager?«

Mulligan: »Vielen Dank, Mr Unbekannt. Wir werden der Sache nachgehen. Und nun wünsche ich Ihnen, dass die Fische beißen!«

Mann: »Das will ich hoffen!«

(Auflegen)

Zur gleichen Zeit passierte ein kleiner, hagerer Mann mit Schirm und Melone die Eingangstür des ›First Observer‹.

Er sah sich ein wenig nervös in der Empfangshalle um und steuerte dann auf den Schalter mit dem Schild ›First-Observer-Information‹ zu, an dem im Augenblick Miss Linda Field Dienst tat.

Hamilton (räuspert sich): »Sie gehören zum Observer, Miss?«

Miss: »Ja, Sir. Haben Sie einen besonderen Wunsch? Wenn Sie zur Anzeigenabteilung möchten, dann ...«

Hamilton: »Nein, nein ... Ich möchte gern den Chefredakteur, Mr Pride, sprechen.«

Miss: »In welcher Angelegenheit, Sir?«

Hamilton: »In ... das ...« (streng) »das ist nichts für Sie!«

Miss: »Oh ...«

Hamilton: »Das ist streng vertraulich. Darüber kann ich nur mit dem Chefredakteur sprechen!«

Miss: »Bitte, einen Augenblick ...«

(Telefon abheben/zwei Zahlen wählen)

»Hallo, Peggy, hier ist ein Gentleman, der unbedingt den Chef sprechen möchte.« (betont) »In einer streng vertraulichen Angelegenheit ... Ja, Moment ...« (zu Hamilton) »Bitte, Sir, wen darf ich melden?«

Hamilton: »Lionel Hamilton, Miss!«

Miss: »Es handelt sich um einen Mr Lionel Hamilton, Peggy!

– – –

Okay!«

(Auflegen)

»Bitte, Sir, benutzen Sie den Aufzug. Fahren Sie bis zur sechsten Etage. Wenn Sie aus dem Aufzug treten, wenden Sie sich bitte nach rechts. Es ist die dritte Tür. Miss Brown wird Sie dort erwarten.«

Hamilton: »Vielen Dank, Miss ... Miss Field!«

Und so fuhr der kleine, hagere Mr Hamilton mit Schirm und Melone in den sechsten Stock, wo ihm schon von Weitem die bindfadendünne, stets lustige Peggy Brown lebhaft zuwinkte.

Sie tat so strahlend, dass sich Mr Hamilton unsicher umsah – vielleicht meinte sie gar nicht ihn. Doch hinter ihm war weit und breit niemand.

So holte er tief Luft und marschierte auf die wartende Miss Brown zu.

Hamilton: »Sie sind sicher Miss Brown, Miss?«

Peggy: »Klar. Und Sie sind Mr Hamilton, der beim Chef unbedingt ein Geheimnis loswerden will, habe ich recht?«

Hamilton (räuspert sich): »Ich darf doch um den notwendigen Ernst bitten, Miss Brown!«

Peggy (zackig): »Okay, Sir! Darf ich Sie bitten, mir zu folgen!«

Hamilton: »Bitte!«

(einige Türen, auf und zu/Schritte)

Peggy: »So, da wären wir, Sir. Bitte nehmen Sie Platz, ich sage inzwischen Bescheid, dass Sie da sind!« (flüstert) »Ich sag's ganz geheimnisvoll!« (kichert)

(Musikakzent)

Mander: »Guten Tag, Mr Hamilton, bitte, behalten Sie Platz. Mein Name ist Mander, John Mander!«

Hamilton (unwirsch): »Aber ich wollte den Chefredakteur sprechen, und der heißt laut Ihrer eigenen Zeitung Pride!« (hartnäckig) »Ich kann nur mit jemandem sprechen, der voll entscheidungsfähig ist!«

Mander: »Lassen Sie sich erklären, dass ich ...«

Hamilton (störrisch): »Ich will mit Mr Pride reden!«

Mander: »Mr Pride ist außer Haus, Mr Hamilton. Ich bin Lokalredakteur und der stellvertretende Chefredakteur.«

Hamilton: »Und Sie können tatsächlich auch selbst entscheiden?«

Mander: »Kann ich, wenn es sein muss. Und ich kann auch gewisse Dinge für mich behalten, wenn es sein muss. Zum Beispiel Ihr Geheimnis. Also, nun lassen Sie schon die Katze aus dem Sack.«

Hamilton: »Sie haben heute einen Bericht über den Raub der Figuren aus der St.-Patrick-Kirche gebracht.«

Mander: »Stimmt. Ich höchstpersönlich habe ihn geschrieben. Haben Sie was daran auszusetzen?«

Hamilton: »Machen wir es kurz, Mr Mander. Ich bin im Besitz der beiden Heiligenfiguren!«

Mander (verwirrt): »Sie? ... Sie ... Sie haben die Heiligen, also ... also ich muss schon sagen ...«

Hamilton: »Ich möchte die Figuren gern verkaufen oder – wenn Sie wollen – gegen Lösegeld eintauschen.«

Mander (schluckt): »Reden Sie weiter.«

Hamilton: »Natürlich könnten Sie mich jetzt der Polizei übergeben, aber das Einzige, was dabei herauskäme, wäre: Man würde mich einsperren.«

Mander: »Na, das wäre immerhin schon eine ganze Menge.«

Hamilton: »Ich bin nicht zum Scherzen gekommen.«

Mander: »Und ich verhehle nicht, dass ich solche Art von Eigentumsverschiebung verabscheue. Haben Sie vielleicht auch das Ding in Birmingham gedreht?«

Hamilton: »Mit Birmingham habe ich nichts zu tun ... äh, wo war ich stehen geblieben?«

Mander: »Beim Einsperren!«

Hamilton: »Ganz recht. Also, man könnte mich einsperren, aber die Figuren blieben verschwunden. Sie sind nämlich gut versteckt. Sehr gut sogar. Ich schätze den Wert der beiden Heiligen auf eine halbe Million Pfund. Setzen Sie in Ihre Zeitung, dass ich mich mit 50.000 Pfund zufrieden gebe. Aber ich möchte grundsätzlich nur mit Ihnen verhandeln.«

Mander: »Man wird Sie jagen, bis Ihnen die Puste ausgeht, Mr Hamilton, oder wie Sie sonst heißen mögen. Und Sie kennen ja das alte Sprichwort vom Hasen, dessen Tod die vielen Hunde sind.«

Hamilton: »Das ist meine Sache, nicht die Ihre. 50.000, keinen Penny mehr und keinen weniger. Und alles in kleinen Scheinen.«

Mander: »Hm, wenn ich es mir überlege, eine verdammt gute Geschichte, diese Geschichte ... Aber woher soll ich wissen, ob Sie auch wirklich der Dieb sind?«

Hamilton (empört): »Ich bin nicht der Dieb, Mr Mander. Wofür halten Sie mich? Ich bin ein Gentleman!«

Mander: »Was soll das nun wieder?«

Hamilton: »Ich habe die Figuren stehlen lassen. Ich bin der Auftraggeber und jetzige Besitzer. Meine Männer, Black und Miller, das sind natürlich falsche Namen, haben sich gestern nach einer Führung in die Kirche einschließen lassen, um die Heiligen in aller Ruhe abmontieren zu können. Ich selbst bin seit genau 1 Uhr 30 heute Nacht im Besitz der wunderschönen Figuren. Und wenn es mit den 50.000 nicht klappt, werde ich auch weiterhin der Besitzer bleiben.«

Mander: »Haben Sie etwas Zeit, Mr Hamilton?«

Hamilton: »Zeit wofür?«

Mander: »Eine solch sensationelle Sache möchte ich doch besser mit Mr Pride besprechen. Ich rufe ihn an, er verhandelt gerade in einem Hotel mit einem wichtigen Romanautor, und wenn alles klappt, kann er in einer halben Stunde hier sein.«

Hamilton (unschlüssig): »Hm ... eine halbe Stunde ... und zu keinem ein Wort?«

Mander: »Zu keinem ein Wort!«

Hamilton: »Okay, eine halbe Stunde!«

Mander: »Möchten Sie inzwischen einen Whisky trinken?«
Hamilton: »Nein, danke, ein Orangensaft mit einem Schuss Zitrone wäre mir lieber!«
Mander: »Können Sie haben. Bis gleich, Mr Hamilton!«
(Musikakzent/Telefonklingeln)

Clifton (in Eile): »Ja, Clifton!«
Mander (Verzerrer): »Hier spricht John Mander. Ich bin froh, dass ich dich noch erwische, Perry.«
Clifton: »Ich war schon mit einem Fuß unterwegs zum Essen. Seit wann hast du hellseherische Fähigkeiten?«
Mander: »Wie kommst du darauf?«
Clifton: »Vor wenigen Minuten haben Hank Murphy und ich über euren Patrick-Artikel diskutiert.«
Mander: »Und da sage noch jemand, Zufälle seien Zufall. Genau die Ursache des Kirchenartikels ist der Grund meines Anrufs. Halt dich fest, alter Detektiv, der Dieb sitzt bei uns in der Redaktion und trinkt Orangensaft mit Zitrone.«
Clifton: »Ist das einer deiner makabren Scherze, John?«
Mander: »Nein. Er verlangt 50.000 Pfund und die Vermittlerdienste des ›First Observer‹.«
Clifton: »So ein kaltschnäuziger Halunke.«
Mander: »Dabei sieht er aus wie ein kleiner magenkranker Bankbeamter. Ich bin in einer verdammten Klemme, Perry.«
Clifton: »Was sagt denn Jack?«
Mander: »Das ist es ja, der ist für vierzehn Tage in Paris. Auf der einen Seite weiß ich nicht, ob ich den Mann für voll nehmen kann, andererseits will ich Mulligan nicht anrufen. Ich habe keine Lust, mich am Ende vielleicht gar noch zu blamieren.«

Clifton: »Mit anderen Worten, du bist dir nicht sicher, ob dieser Mann die Heiligenfiguren hat oder nur ein trübes Süppchen kochen will.«

Mander: »So ist es. Und da ich über keinerlei kriminalistische Fähigkeiten verfüge, wollte ich dich bitten, auf dem schnellsten Weg hierher zu kommen.«

Clifton: »Aber wie soll ich dir helfen?«

Mander: »Ich habe diesem Hamilton gesagt, dass Jack in einem Hotel mit einem Autor verhandelt und dass ich versuchen werde, ihn telefonisch zu erreichen und in die Redaktion zu holen.«

Clifton: »Verstehe, ich soll Jack Prides Rolle spielen und dem Figurenräuber auf den Zahn fühlen.«

Mander: »Genauso habe ich es mir gedacht.«

Clifton: »Ausgerechnet heute, wo es in unserer Kantine gebackene Leber gibt.«

Mander: »Ich spendiere dir hinterher das dickste Steak, das in London aufzutreiben ist.«

Clifton: »Okay, ich bin schon unterwegs!«

(Musikakzent)

Hamilton: »Nun, was hat Mr Pride gesagt?«

Mander: »Er ist bereits unterwegs.«

Hamilton: »Haben Sie erwähnt, um was es sich handelt?«

Mander: »Aber nein, ich habe nur vier Wörter sagen müssen, und er hatte schon Hut und Mantel in der Hand.«

Hamilton (misstrauisch): »Vier Wörter? Welche vier Wörter?«

Mander: »Heißes Eisen im Büro.«

(Musikakzent)

Mander: »Mr Hamilton – das ist Mr Pride! Jack, das ist Mr Hamilton.«

Clifton: »Hallo ... Also, John, wo brennt's? Ich hätte übrigens nie gedacht, dass ich die Strecke vom Hotel hierher in zwanzig Minuten schaffen würde.«

Mander: »Es handelt sich um eine äußerst ungewöhnliche Angelegenheit, Jack.

Mr Hamilton ist im Besitz der beiden Heiligenfiguren, die heute Nacht in St. Patrick gestohlen wurden.«

Clifton (spielt den Fassungslosen): »Was denn, was denn ... *Sie* haben die Figuren?«

Hamilton: »So ist es. 50.000 Pfund, nicht mehr und nicht weniger.«

Clifton: »Sie sind also einer der Diebe ... Nicht zu fassen.«

Mander (ironisch): »Irrtum, Jack. Mr Hamilton ist ein Gentleman, er ist nur der Auftraggeber und jetzige Besitzer der Heiligen.«

Hamilton: »Ja, seit heute Nacht 1 Uhr 30 befinden sie sich in meinem Besitz und sind gut versteckt.«

Clifton: »Und jetzt wollen Sie sozusagen mit Hilfe des Observer 50.000 Pfund kassieren.«

Hamilton: »Ich erwähnte es bereits. Keinen Penny weniger.«

Clifton: »Ich muss schon sagen, eine höchst unmoralische Art und Weise, um zu Geld zu kommen, Mr Hamilton. Ich finde das sehr verwerflich. Auf der anderen Seite ...«

Hamilton: »Auf der anderen Seite??? Eines sage ich Ihnen gleich, Mr Pride, wenn sie mich anzeigen, bleiben die Figuren für immer verschwunden.«

Mander: »Was natürlich eine Sünde wäre, was Jack?«

Clifton: »Ich nehme den Faden wieder auf: Auf der anderen Seite würde eine so spektakuläre Aktion viel Wind machen.«

Mander (ahnungsvoll): »Du meinst ...?«

Hamilton (ungeduldig): »Sie brauchen ja nur in die Zeitung zu setzen, dass Sie ...«

Clifton: »Bitte, Mr Hamilton, stören Sie meine Überlegungen nicht!«

Hamilton (störrisch): »Meine Zeit wird knapp ... Ich sitze jetzt hier schon eine Ewigkeit herum. Wenn Sie nicht wollen, gehe ich eben zu einer anderen Zeitung.« (lauernd) »Was überlegen Sie denn?«

Clifton: »Das will ich Ihnen verraten: Ich überlege, ob wir das Geschäft nicht selbst machen sollten. So was steht einer Zeitung immer gut zu Gesicht ...«

Mander: »Ja, ich sehe schon die Schlagzeile: ›First Observer‹ kauft Heilige für St. Patrick zurück.«

Hamilton: »Sie meinen, Sie würden mir das Geld geben?«

Clifton: »Sie vermuten richtig! Wir werden Ihnen geben, was Ihnen zusteht. Nur ...«

Hamilton: »Nur was?«

Clifton: »Woher sollen wir wissen, ob Sie die Figuren auch wirklich haben?«

Hamilton: »Sie sind versteckt!« (leise) »Neunundzwanzig Meter unter der Erde! Unauffindbar!«

Clifton: »Wie interessant. Nur hilft uns das nichts. Zuerst die Figuren, dann das Geld!«

Hamilton: »Niemals!«

Clifton: »Gut, dann machen Sie einen anderen Vorschlag.«

Hamilton: »Sie geben mir das Geld, und ich führe einen von Ihnen zu den Heiligen.«

Clifton: »Okay, Mr Hamilton. Lassen Sie mich Ihren Vorschlag mit Mr Mander besprechen. Und zwar unter vier Augen, wenn Sie erlauben. Es dauert nicht lange!«

Hamilton: »Ich warte auch nicht mehr lange!«

(Musikakzent)

Hamilton: »Na, wie haben Sie sich entschieden?«

Clifton: »Sehr weise, Mr Hamilton. Und ich wiederholt, Sie bekommen, was Ihnen zusteht. Ich habe eben mit Inspektor Mulligan telefoniert. Er wird Ihnen dann sagen, was und wie viel es ist.«

Hamilton (beunruhigt): »Mulligan?? Welcher Mulligan?«

Clifton: »Den Detektivinspektor Mulligan! Er schickt jemanden her, um Sie zu holen.«

Hamilton (springt auf): »Sie haben mich verpfiffen?! Oh, nun kriegen Sie die Figuren nie mehr zu Gesicht.«

Clifton: »Inspektor Mulligan meint, Dummheit allein sei nicht strafbar, aber die Vortäuschung einer Straftat sei es. Na ja, er muss es ja wissen. Und noch etwas hat er mir gesagt.«

Hamilton (zischt): »Interessiert mich nicht! Das interessiert mich absolut nicht!!«

Clifton: »Vor einer halben Stunde hat man nämlich den Auftraggeber, die beiden Diebe und die Statuen in einem Möbellager in Stepney erwischt. *Über* der Erde, Mr Hamilton. Doch darüber hinaus möchte ich Sie auch noch wissen lassen, dass Sie selbst bereits kundtaten, dass das Diebesgut gar nicht in Ihrem Besitz sein konnte ...«

Hamilton: »Ich??«

Clifton: »Ganz recht. Wie sagten Sie doch – die Heiligenfiguren seien seit 1 Uhr 30 in Ihren Händen ... Das aber, lieber Mr Hamilton, war gar nicht möglich. Sie wurden nämlich erst nach 2 Uhr aus der Kirche weggetragen. Sie hätten den Artikel in der Zeitung besser lesen sollen. Was sagen Sie nun?«

Hamilton (kleinlaut): »Jetzt würde ich doch gern einen Whisky nehmen ... wenn ich noch einen kriege ...«

Mander: »Natürlich kriegen Sie den. Betrachten Sie ihn als Honorar für die Geschichte, die ich nun wieder schreiben kann ...«

Ein Meisterschuss

Marjorie Warbury, die äußerlich eher einer Kosmetikberaterin glich als einer Geldverleiherin, kam sofort zur Sache:

»Ich bin Ihnen wirklich sehr dankbar, Mr Clifton, dass Sie Ihren Feierabend für mich geopfert haben.«

»Schon gut«, der Detektiv lächelte, »so groß ist das Opfer gar nicht. Also, wie steht's mit den Schwierigkeiten?«

Marjorie Warbury zog eine Schublade auf und entnahm ihr einen Umschlag.

»Bitte, sehen Sie sich das an.« Sie hielt Perry Clifton eine Fotografie in Postkartenformat entgegen, und er erkannte darauf Mrs Warbury, wie sie gerade einem Mann, der ihm ebenfalls bekannt vorkam, ein Bündel Geld überreichte. Ebenso erkennbar war, dass sich diese Szene hier in diesem Raum abgespielt haben musste. Perry Clifton drehte die Vergrößerung um und las den Text auf einem angeklebten Zettel:

»Wie viel ist Ihnen dieser Meisterschuss wert?«, hieß es da. Und weiter: »Ich lasse Ihnen gern ein paar Tage Zeit zum Überlegen.«

»Wann haben Sie das bekommen?«, fragte der Detektiv.

»Heute Abend steckte das Bild im Briefkasten. Eine Veröffentlichung dieses Fotos in einer gewissen Presse würde die Karriere dieses Mannes vernichten. Wer wählt schon einen Abgeordneten, der sich Geld von einer Geldverleiherin borgt.«

»Das Foto wurde von oben nach unten gemacht!«, stellte Clifton mit einem Blick fest.

»Ja. Es gibt für diese Position nur eine Möglichkeit: das Obergeschoss schräg gegenüber.« Sie deutete zur anderen Straßenseite hinüber auf das hellgrau getünchte Appartementhaus, dessen Fassade im Licht der tief stehenden Sonne heller wirkte, als sie in Wirklichkeit war.

»Zwei Appartements kommen in Frage«, fuhr Mrs Warbury fort, »ich habe es genau ausgerechnet. In dem einen wohnt ein Musiker namens Leigh, in dem anderen Bert McLennie, ein Versicherungsvertreter.«

»Mrs Warbury, wann haben Sie diesem Mann hier auf dem Foto das Geld ausgehändigt?«

»Vorgestern, am Mittwochvormittag, es war kurz nach neun Uhr.«

»Und was wollen Sie tun, wenn ich herausfinde, wer das Foto geschossen hat?«

»Ich stelle ihn vor die Wahl: Anzeige bei der Polizei oder Herausgabe des Negativs und sämtlicher Abzüge.«

»Okay«, sagte Perry Clifton, »das ist eine brauchbare Alternative. Ich habe das Gefühl, dass sich der Bursche sehr sicher fühlt.«

Perry Clifton blieb bei Mrs Warbury, bis in beiden Wohnungen Licht brannte. Dann überquerte er die Straße und fuhr in die vierte Etage.

Als er den Fahrstuhl verließ, drang Klavierspiel an sein Ohr. »Der ist ja Musiker«, fiel ihm ein, und er beschloss, die akustische Wahrnehmung als Fingerzeig dafür zu werten, auf welche Klingel er zuerst drücken sollte.

Das Klavierspiel verstummte, Schritte näherten sich der Wohnungstür. Und dann sah Perry Clifton in ein bartbewachsenes Gesicht. Ein Augenpaar musterte ihn, ohne dabei sonderliches Interesse zu zeigen.

Early Leigh mochte so zwischen fünfundzwanzig und dreißig Jahre alt sein, trug die Haare schulterlang und steckte in einem kaftanähnlichen Gewand.

»Ja?«, fragte er.

»Mein Name ist Clifton, würden sie mir erlauben, Ihnen ein paar Fragen zu stellen, Mr Leigh?«

»Sie arbeiten für ein demoskopisches Institut? Ich habe nichts dagegen, dass Befragungen durchgeführt werden, solange Sie andere fragen. Guten Abend, Mister.«

»Ich habe nichts mit Demoskopie zu tun. Ich bin Detektiv.«

Das flüchtige Interesse in Leighs Augen verlosch sofort wieder.

»Und wenn ich keine Lust habe, Ihre Fragen zu beantworten, was dann?«

Perry Clifton lächelte freundlich. »Warum sollten Sie ein unhöflicher Mensch sein, Mr Leigh. Dazu spielen Sie viel zu gut Klavier.«

Der Musiker schüttelte den Kopf. »Sie haben vielleicht eine ulkige Masche. Na los, kommen Sie herein, Detektiv.«

»Danke!«

Den Mittelpunkt des Zimmers, in das Leigh seinen Besucher führte, bildete ein Flügel. Alles andere Drumherum konnte man als eine Mischung von Theatergarderobe, Zeitungskiosk, Platten- und Buchladen bezeichnen. Sämtliche Wände waren mit Postern von Solisten und Popgruppen dekoriert.

Die Bank vor dem Flügel war die einzige Sitzgelegenheit im Raum. Leigh nahm sie ein.

Leise präludierend ließ er seine Finger über die Tasten gleiten. »Also, was wollen Sie von mir wissen, Mr Detektiv?«

Perry Clifton lehnte sich gegen das Instrument.

»Fotografieren Sie?«

»Auch das!«, nickte Leigh bar jeder Überraschung.

»Gut?«

»Leidlich. Oder besser: leidlich gut.«

»Besitzen Sie ein Teleobjektiv?«

»Auch das.«

Clifton zog die Fotografie aus der Tasche, hielt sie jedoch so, dass das Gesicht Edward Gladstones, des Geldempfängers, verdeckt blieb.

»Bitte, kennen Sie die Lady auf diesem Bild hier?«

Leighs Hände produzierten einige Dissonanzen. Und mit herabgezogenen Mundwinkeln erkundigte er sich in verächtlichem Tonfall:

»Lady? Sie haben sich wohl versprochen? Seit wann nennt man eine Geldhyäne Lady? Sie ist ein Aasgeier, der sich an armen Teufeln mit Wucherzinsen vergeht.«

»Kennen Sie Mrs Warbury näher, Mr Leigh?«

»Wieso, sehe ich so aus?«

»Nun, irgendwas muss Ihnen doch das Recht geben, so über sie zu urteilen.«

»Sie ist eine Geldverleiherin. Oder nicht? Sie nimmt Wucherzinsen, oder nicht?«

Cliftons Stimme blieb ruhig, als er dem Musiker zu erklären versuchte, dass nicht alle Menschen gleich seien. »Sie begehen den Fehler, alle Geldverleiher über einen Kamm zu scheren, Mr Leigh. Und nichts ist verwerflicher als leichtfertige Verallgemeinerung. Ich darf Ihnen versichern, dass Mrs Warbury mit ihrem Geld mehr armen Teufeln *geholfen* als weniger arme geschädigt hat.«

Leigh zuckte unbeeindruckt mit den Schultern. »Meinetwegen, auch gut. Dann tut's mir leid, wenn ich mich vergriffen habe. Sagen Sie, sind Sie Detektiv bei der Heilsarmee?«

»Hat die Detektive?«

»Keine Ahnung.«

»Gut, erlauben Sie mir, dass ich, da ich das auch nicht weiß, zur Sache komme: Dieses Foto wurde gestern geschossen. Und zwar von einem Fenster aus, das entweder zu Ihrer oder zu Mr McLennies Wohnung gehört.«

»Oooo, jetzt geht mir ein Licht auf.«

»Wirklich?«

»Jemand versucht mit Hilfe dieses Bildes, Mrs … Warbury heißt sie, nicht?« Clifton nickte. »… also, zu erpressen. Stimmt's?«

»Haargenau.«

»Wer ist die zweite Figur auf dem Bild?«

»Das könnten Sie wissen, Mr Leigh.«

»Ja, aber nur dann, wenn ich es gemacht hätte. Warum wenden Sie sich nicht an Mr McLennie? Ach nein, das tun Sie nicht. Der ist Ihnen zu seriös, was?«

»Woher wollen Sie wissen, dass ich noch nicht mit ihm gesprochen habe?«

»Hm …« Leigh zögerte, nahm die Hände von den Tasten und sah Clifton forschend an. »Haben Sie?«

»Nein.«

»Da haben Sie's. Also wollen Sie, dass die Sache an mir hängen bleibt. Meinetwegen, aber eines sage ich Ihnen schon jetzt: Das Schlimmste steht Ihnen noch bevor.«

»Und was wäre das?«

»Mir die Urheberschaft an dem Bild nachzuweisen. Sind Sie eigentlich ein privater oder ein offizieller Detektiv?«

»Im Augenblick ist alles noch privat, Mr Leigh. Und damit werde ich Sie zunächst vom Gegenteil überzeugen.«

»Von welchem Gegenteil?«

»Dass ich mich nur mit Ihnen beschäftige.«

»Fein«, sagte Leigh und lachte leise. »Dafür dürfen Sie sich auch was wünschen, ich meine eine Melodie, die ich für Sie spiele.«

»Das ist ein Angebot?«

»Das ist ein Angebot!«

»Dann darf ich um ein Stück Musik aus der Peer-Gynt-Suite bitten!«

»Okay. Sie sind also ein sensibler Romantiker.«

»Manchmal.«

Early Leigh spielte wirklich hervorragend Klavier, und Perry Clifton musste sich, während er den Klängen von Anitras Tanz lauschte, wirklich Mühe geben, den langhaarigen Musiker nicht schon voreilig von der Liste der Verdächtigen zu streichen …

Als McLennie die Tür öffnete, drang der Geruch von Eiern und Speck an Perry Cliftons Nase. Er schien den Versicherungsvertreter beim Essen erwischt zu haben.

»Tut mir leid, wenn ich Sie störe, Mr McLennie. Sie sind gerade beim Essen.«

»Nicht mehr«, sagte McLennie grinsend und zeigte mit dem Finger auf seinen Hals, »da rutscht er hin, der letzte Bissen. Was kann ich für Sie tun?«

Clifton grinste zurück. »Versicherungsfachleute sind wohl rund um die Uhr im Einsatz?«

»Sie haben recht. Nur so kann Rauch aus dem Schornstein aufsteigen.«

»Mein Name ist Clifton, und ich hätte Sie gern um ein paar Auskünfte gebeten.«

»Bitte, treten Sie ein, Mr Clifton. Ich darf vorausgehen. Hat Sie jemand empfohlen?«

»Eine befreundete Dame hat mir von Ihnen erzählt«, antwortete Clifton und umging mit dieser Erklärung die pure Wahrheit. Er schätzte McLennie auf etwa vierzig Jahre, wobei ihn sein dünnes blondes Haar und der Bauchansatz älter erscheinen ließen.

Sie betraten ein Wohnzimmer, in dem ein Fernsehapparat lief und noch das Geschirr auf dem Couchtisch stand. McLennie betätigte die TV-Fernbedienung und sammelte das Geschirr ein. »Bitte, nehmen Sie Platz, ich bin gleich wieder da.«

Der Detektiv setzte sich in einen Sessel.

Als McLennie ins Zimmer zurückkam, trug er eine dicke Mappe unter dem Arm. Er legte sie fast feierlich auf den Tisch, bevor er sich selbst ächzend niederließ. »Ich glaube, ich habe zu viel gegessen«, stöhnte er entschuldigend, dann sah er seinen Besucher munter an und sagte:

»So, jetzt brauchen Sie mir nur noch die Versicherungsart zu sagen, über die ich Ihnen Auskunft geben soll. Hier ist alles drin. Vom Ölschaden bis zum Hundebiss.«

»Ich glaube, hier liegt ein kleines Missverständnis vor, Mr McLennie. Die Auskünfte, die ich von Ihnen möchte, haben nichts mit Ihrer Versicherung zu tun.«

»Nicht???« Es klang maßlos enttäuscht. Und sein Ärger darüber, Clifton hereingebeten zu haben, war nicht zu übersehen. Misstrauisch erkundigte er sich:

»Was wollen Sie dann?«

»Ich bin Detektiv.«

»Sie sind Detektiv? Von der Polizei?«

»Nicht von der Polizei. Ich hoffe jedoch, das wird Sie nicht hindern, mir ein paar Fragen zu beantworten.«

»Bitte, fragen Sie. Es wird ja nicht so lange dauern ...«, gab McLennie mürrisch zurück.

»Fotografieren Sie, Mr McLennie?«

»Und ob!« Der Versicherungsmann strahlte plötzlich und begann wieder sichtlich aufzuleben. »Fotografieren ist mein größtes Hobby. Ich entwickle und vergrößere sogar selbst.«

»Aha. Besitzen Sie auch ein Teleobjektiv?«

»Eines?« McLennie schlug sich amüsiert auf die Knie. »Sie scheinen nichts vom Fotografieren zu verstehen. Wer ein Hobby so ernsthaft betreibt, der hat nicht nur *ein* Teleobjektiv. *Ich* habe vier! War eine ziemliche Investition, das können Sie mir glauben.« Er stutzte. »Warum interessiert Sie das eigentlich?«

Wieder fischte Perry Clifton die Fotografie aus der Tasche, und wieder hielt er sie so wie vorhin bei Early Leigh.

»Könnte es sein, dass diese Vergrößerung von Ihnen stammt?«

McLennie streckte seine Hand aus. »Lassen Sie sehen!«

»Ich möchte sie ungern aus der Hand geben. Die Lady werden Sie auch so erkennen.«

»Moment, da muss ich meine Brille aufsetzen.«

Er tat es. »Na, das ist doch Mrs Warbury von gegenüber. Warum sollte ich sie fotografieren? So schön ist sie nun wieder auch nicht.«

»Diese Aufnahme wurde entweder von *Ihrem* oder dem Schlafzimmerfenster Ihres Nachbarn aus gemacht.«

»Aber wozu, Mr Christon?«

»Clifton!«

»Wozu, Mr Clifton? Und mit welcher Berechtigung stellen Sie mir solche Fragen?«

»Das lässt sich leicht beantworten. Das Foto entstand ausschließlich zum Zweck einer Erpressung. Und was die Berechtigung anbetrifft: Mrs Warbury hat mich um Nachforschungen in dieser Angelegenheit gebeten.«

McLennie schüttelte den Kopf.

»Ich soll Mrs Warbury erpressen wollen? Das ist doch lächerlich!«

»Sie oder Ihr Nachbar, Mr Leigh.«

»Leigh ist Musiker. Sie glauben doch nicht, dass der sich auf so was einlassen würde. Der doch nicht!«

»Wer dann?«

»Woher soll ich das wissen? Haben Sie auch schon mal die Möglichkeit erwogen, dass sich vorgestern irgendein Fremder Zugang zu unseren Wohnungen verschafft haben könnte? Und das nur, um zu fotografieren?«

»Nein, bis jetzt habe ich nur an Sie und Leigh gedacht. Und ich dachte, wenn der Musiker ausscheidet, bleiben nur noch Sie übrig.«

»Aber das ist doch absurd, Mr Clifton. Es interessiert mich doch absolut nicht, ob die Warbury einem Mr Baxter, einer Mrs Fletcher oder, wie hier, einem Mr Gladstone Geld leiht. Haben Sie schon mit Mr Leigh gesprochen?«

»Ja, habe ich.«

»Und was meint der?«

»Er behauptet, nichts damit zu tun zu haben.«

»Klar. Ebenso wie ich. Da werden Sie sich eben nach einem anderen Täter umsehen müssen.«

»Ich werde mit Mrs Warbury darüber sprechen ...«

Marjorie Warbury sah Perry Clifton groß und ein wenig ängstlich an, als er wieder vor ihr stand.

»War es schlimm?«

»Aber gar nicht.«

»Und?«

»Nun ja. Wir wissen jetzt, wer das Foto gemacht hat.«

»Und was hält er von dem Vorschlag Bilder oder Polizei?«

»Oh, diesen Vorschlag habe ich gar nicht gemacht. Ich wollte Ihnen nicht vorgreifen.«

Mrs Warbury hob abwehrend die Hände. »Nein, nein, das würde mich viel zu sehr aufregen. Bitte nehmen Sie mir das noch ab. Wer ist es überhaupt?«

»Das werden Sie gleich erfahren. Wo ist das Telefonbuch?«

»Bemühen Sie sich nicht, ich habe die beiden Telefonnummern schon herausgesucht.«

Sie reichte Perry Clifton einen Zettel.

Bereits nach dem zweiten Klingelzeichen wurde der Hörer abgenommen.

»Ja, hier spricht Perry Clifton. Nach Rücksprache mit Mrs Warbury habe ich folgenden Vorschlag zu machen, Mr McLennie. Sic haben genau zehn Minuten Zeit, das oder die Negative, falls Sie mehrere Aufnahmen gemacht haben, sowie alle Vergrößerungen in einen Umschlag zu stecken und in Mrs Warburys Briefkasten zu werfen …« Clifton lauschte einen Augenblick, dann erwiderte er kühl: »Das kann ich Ihnen sagen, denn Sie irren, Mr McLennie. Es gibt gar keinen Zweifel an Ihrer Urheberschaft. Wären Sie nicht der Fotograf dieses Meisterschusses, hätten Sie weder wissen dürfen, wer der Mann neben Mrs Warbury war, noch wann die Aufnahme gemacht wurde. Also, in zehn Minuten –

oder Mrs Warbury verständigt eine Minute nach Ablauf dieser Zeit die Polizei.«

Clifton legte auf. Marjorie trat auf ihn zu. Blass und ein wenig überrascht sagte sie: »Ich habe, wenn ich ehrlich sein soll, auf den Musiker getippt.«

Clifton lächelte. »Und somit steht es, was die Vorurteile anbetrifft, eins zu eins. Leigh hielt Sie auch für eine nicht gerade besonders geglückte Ausgabe der Gesellschaft.«

»Oh ...«

»Ich habe versucht, ihn vom Gegenteil zu überzeugen.«

»Ist Ihnen das gelungen?«

»Laden Sie ihn zum Essen ein, und fragen Sie ihn selbst!«

»Würde er denn kommen?«

»Nehmen wir es mal an ...«

»Und was ist mit McLennie? Kommt der auch?«

»Ich zweifle nicht daran. Und es werden bis dahin bestimmt keine zehn Minuten vergehen.«

Perry Clifton sollte recht behalten. Bereits nach sieben Minuten trat McLennie aus dem Haus und überquerte, mit einem Umschlag in der Hand, die Straße. Dabei warf er keinen Blick nach oben ...

Taschenspielereien

Perry Clifton saß an seinem Schreibtisch und legte gerade den Telefonhörer auf, als es klopfte.

»Herein!«

Eine junge Frau trat ein. An ihrem hellblauen Mantel und dem Namensschild auf der linken Brustseite erkannte Clifton, dass sie zum Verkaufspersonal des Kaufhauses Johnson & Johnson gehörte. Sie schien bemüht, sich ihre offensichtliche Aufregung nicht anmerken zu lassen. »Ich bin Mrs Cobbelan von der Hemdenabteilung!«, sagte sie und sah Perry Clifton beunruhigt an. »Wissen Sie, ich dachte, dass es das Beste sei, wenn ich gleich zu Ihnen gehe. Andere könnten vielleicht was Falsches denken.«

»Und was könnte Ihrer Meinung nach falsch sein?«

Sie nickte. »Ich habe doch im Untergeschoss wie alle anderen einen kleinen Schrank. Als ich mir vorhin ein paar Papiertaschentücher aus meiner Tasche holen wollte, steht etwas im Schrank, was mir nicht gehört.«

Perry Clifton sah überrascht auf.

»Und was ist das?«, erkundigte er sich.

»Ein länglicher Karton und darauf zwei nagelneue Krokodillederhandtaschen. Sogar die Preisschilder hängen dran.«

»War Ihr Schrank abgeschlossen?«

»Ja. Jemand muss einen zweiten Schlüssel haben. Am Schloss war nämlich keine Beschädigung zu sehen.«

»Und was enthält der Karton?«

Mrs Cobbelan zuckte mit den Schultern. »Ich habe die Schranktür sofort wieder zugemacht und bin zu Ihnen gekommen. Ich habe keine Ahnung.«

Perry Clifton griff zum Telefon und wählte die Nummer 98. Es war die Haustelefonnummer von Mike Shadow, dem Chef der Lederwarenabteilung. Kaum hatte er seinen Namen genannt, sprudelte Shadow erregt los:

»Hallo, Mr Clifton, ich wollte Sie gerade anrufen, das muss Gedankenübertragung sein. Da ist was passiert. Auf dem Weg vom Lager zu uns sind aus dem Lastenaufzug zwei Krokotaschen und ein Karton mit einem Dutzend Kroko-Brieftaschen gestohlen worden. Verkaufswert über siebenhundert Pfund. Und was das Schlimme dabei ist, der Dieb muss zum Personal gehören.«

»Ich habe bereits einen Tipp bekommen, Mr Shadow. Sie hören von mir, sobald ich mehr weiß.«

Clifton nickte Mrs Cobbelan zu.

»Kommen Sie, fahren wir hinunter.«

Schweigend fuhren sie in das Untergeschoss, und ebenso wortlos ging Anne Cobbelan zum Umkleideraum voraus. An der Tür hielt sie Perry Clifton zurück und sagte: »Am besten ist es, wenn Sie hier warten. Würden Sie mir Ihren Schlüssel anvertrauen?« Sie nickte bereitwillig und reichte Clifton den Schlüssel. »Nummer 104 habe ich. Es ist der vorletzte Schrank in der dritten Reihe.«

Der riesige Raum beherbergte mindestens zweihundert schmale Eisenschränke, die durchweg mit einem kleinen Vorhängeschloss gesichert waren.

Perry Clifton öffnete das der Nummer 104.

Ein Mantel mit Pelzbesatz, eine Mütze aus dem gleichen Stoff, ein Schirm und eine Handtasche hingen darin.

Unten auf dem Boden jedoch stand ein dunkelblauer Karton, auf dem zwei Krokodillederhandtaschen standen. Wunderschöne, teure Stücke.

Perry Clifton sah auch in den Karton und zählte sechs Brieftaschen. Sechs fehlten.

Er klemmte sich Karton und Taschen unter den Arm und ging wieder in den Vorraum, wo Mrs Cobbelan auf ihn wartete.

»Kennen Sie Mr Shadow?«, fragte er.

Die Frau aus der Hemdenabteilung schluckte und schüttelte den Kopf. Leise fragte sie: »Hat er die sechs Brieftaschen genommen?«

»Shadow ist der Chef der Lederwarenabteilung, Mrs Cobbelan. Kommen Sie, er wird sich freuen, Sie kennenzulernen.«

Shadow winkte ihnen schon von Weitem zu.

»Sie sind ja ein Genie«, rief er freudig aus, als Perry Clifton Karton und Taschen auf den Tresen stellte. Er öffnete den Karton, und seine Mundwinkel rutschten erschrocken nach unten. »Da fehlen ja sechs Taschen. Du lieber Himmel, Mr Clifton, da fehlen sechs Brieftaschen.«

Clifton wandte sich an Anne Cobbelan. »Nun, was sagen wir Mr Shadow jetzt, Mrs Cobbelan?«

»Wie meinen Sie das?«

»Was hat die Lady mit der Sache zu tun?«

»Oh«, warf Clifton leichthin ein, »nichts besonders Feines. Sie ist nur die Diebin!«

Durch die Frau aus der Hemdenabteilung ging ein Ruck, und in ihren Augen blitzte es böse auf, während Shadow um Fassung bemüht war.

»Wieso ich?«, zischte Mrs Cobbelan Clifton an. »Wie kommen Sie zu einer solchen Anschuldigung?«

»Sagten Sie mir vorhin nicht, Sie hätten nicht in den Karton hineingesehen?«

Sie nickte.

»Woher konnten Sie dann wissen, dass sechs Brieftaschen fehlten?«

Anne Cobbelan schwieg. »Sagen Sie uns, wo Sie sie versteckt haben, und Sie kommen mit einer fristlosen Entlassung davon. Andernfalls erstatten wir Anzeige, und für Sie beginnt eine äußerst ungemütliche Zeit!«

Wortlos führte Mrs Cobbelan Perry Clifton und Mike Shadow in die Umkleidehalle zurück. Im leeren, zur Zeit unbenutzten Nachbarschrank lagen sie. Fix und fertig zum Mitnehmen bereit. Und wie es sich gehörte: In einer Tragetasche des Hauses ...

Der Einfall, der ein Reinfall war ...

Als John Melvin Pockers, Direktor der Detektivschule »Argus« in Little Covenbridge, das Klassenzimmer betrat, wussten die zweiundzwanzig Schüler sofort, dass sich etwas Besonderes ereignet haben musste.

War es schon selten, dass Mr Pockers einmal lachte, so grenzte es schon fast an ein Wunder, dass er pfeifend ins Klassenzimmer kam.

»Halloway, verteilen Sie bitte Aufgabenzettel!«, dröhnte sein gewaltiger Bass fröhlich.

Als das geschehen war, zog er einen Umschlag aus der Tasche und hielt ihn hoch.

»Unser Freund Perry Clifton hat aus London geschrieben. Er lässt euch alle recht herzlich grüßen und möchte gern wissen, ob ihr seit seinem letzten Besuch hier bei uns Fortschritte gemacht habt. Um das festzustellen, hat er mir einen Text beigelegt. Ich lese ihn euch vor, und wehe euch, wenn ihr mir Schande macht! Ich verlange, dass die richtige Lösung hundertprozentig!!! gefunden wird! Ist das klar?«

Die zweiundzwanzig künftigen Kriminalisten nickten eifrig.

Es war keiner unter ihnen, der sich vor Perry Clifton blamieren wollte.

John Melvin Pockers räusperte sich die letzten Unebenheiten von den gewaltigen Stimmbändern und begann zu lesen:

»Olav Nordaston hatte eine Leidenschaft: Kaufhauseinbrüche. Das heißt, bei ihm waren es mehr Ausbrüche, denn in der Regel ließ er sich bei Ladenschluss einschließen, wartete die Geisterstunde ab und verschwand dann, reichbeladen, in der Nacht. Doch sein System klappte nicht immer, denn bereits viermal war man ihm auf die Schliche gekommen, und viermal musste er dafür im Gefängnis von Oslo einsitzen.

So überlegte Olav, der unglücklicherweise alles andere als ein Kirchenlicht war, wie er es diesmal besser machen könnte. Und dann hatte er einen genialen Einfall. Er zog seinen ›guten Blauen‹ mit den Nadelstreifen an und fuhr hinüber zur anderen Seite des Fjordes. Dorthin, wo die großen Hotels standen und wo mithin auch die vielen Fremden herumspazierten. Als es sechs schlug, hatte er es geschafft. Eilig strebte er heimwärts, wo er seine Beute ausgiebig betrachtete. Es handelte sich um einen Pass, dessen Eigentümer ein Däne namens Ake Kristofson war. Nach dem Eintrag neununddreißig Jahre alt und in Sonderburg zu Hause. Zufrieden steckte Olav das Mitbringsel in die durchsichtige Plastikhülle zurück und rieb sich die Hände. Nicht er war der Kaufhausdieb, sondern ein Däne. Gleich morgen würde er sich ans Werk machen.

Einen Tag später!

Es war kurz nach 22 Uhr, als Olav aus seinem Versteck hervorkroch und den Weg in die Schmuckabteilung einschlug. Und er kicherte, weil er daran dachte, wie der Nachtwächter eben singend direkt vor seiner Nase vorbeimarschiert war. Jetzt hockte er sicher wieder unten in der Portierloge und trank Grog. Olav klebte Leukoplaststreifen über die Glasvitrinen, bevor er sie zertrümmerte. So machte es fast keinen Lärm. Er zog die

Handschuhe aus und holte einen kostbaren Ring nach dem anderen aus den Vitrinen. Zehn Stück steckte er sich an die Finger, achtundsiebzig weitere wanderten in die Taschen. Nachdem er auch noch vierundzwanzig goldene Uhren verstaut hatte, kam seine große Stunde: Er zog die Plastikhülle mit dem Pass aus der Tasche und ließ ihn zu Boden fallen. Dann streifte er sich seine Handschuhe über und machte sich auf den Rückzug.

Wohlbehalten landete er gegen zwei Uhr morgens wieder in seinem kleinen Häuschen am Rande der Stadt. Noch nie war er so glücklich und zufrieden eingeschlafen. Sein letzter Gedanke galt einem Dänen namens Ake Kristofson. Armer, alter Ake ...

Dem Erwachen dagegen ging lautes Poltern an seiner Tür voraus. Und als Olav schlaftrunken öffnete und vor ihm der höhnisch grinsende Inspektor Büllgren stand, wusste er, dass er doch wieder irgendwas falsch gemacht hatte ...«

John Melvin Pockers ließ sein Manuskript sinken und sah seine Zöglinge an. Und seine Stimme dröhnte zufrieden: »In genau vier Minuten lasse ich die Aufgabenzettel wieder einsammeln. Schreibt drauf, welchen Fehler dieser Trottel von Olav begangen hat!«

Und der schwergewichtige Pockers strahlte über alle gerundeten Backen, als er zweiundzwanzigmal die richtige Lösung auf zweiundzwanzig Zetteln vorfand: Der Fehler waren die Fingerabdrücke auf der Passhülle.

»Hundert Prozent!«, rief er. »Das bedeutet, dass ich für jeden eine doppelte Portion Eis spendiere!«

Das Hallo soll man – Ohrenzeugen berichteten es – bis nach Little Covenbridges Nachbarort Grand Covenbridge gehört haben ...

Krimirätsel Nr. 1

Die Grillparty

Im Erdgeschoss des fast neuen Gebäudes befanden sich das Lager und die Verkaufshalle.

Im Obergeschoss lagen die Wohn- und Büroräume des Ledergroßhändlers Dave Bullright.

Das Geschehnis, von dem hier die Rede sein soll, ereignete sich am vergangenen Freitag, einem hellen, freundlichen Tag.

Es war später Nachmittag.

Im ganzen Haus hielten sich nur noch Dave Bullright und der achtundfünfzigjährige Buchhalter Richard Webster auf. Während Letzterer an einer plötzlich gewünschten Aufstellung der Lagerabgänge im Monat Mai arbeitete, saß Bullright vor seinem Schreibtisch und rieb sich, leise stöhnend, die Augen.

Seine Augen bereiteten ihm große Sorgen, die Seherei wurde immer schlechter. So brauchte er jetzt schon zwei Brillen von extremer Stärke, wollte er nicht fast blind durch die Gegend laufen.

Um 18 Uhr 10 erhob er sich und ging in seine Wohnung am Ende des Ganges, um sich umzukleiden.

Frau und Tochter weilten augenblicklich zum Seeluftschnuppern in Brighton, und so war er gezwungen, sich um alles selbst zu kümmern. Besondere Kümmernis bereitete ihm die Küchenarbeit. Deshalb aß er meist auswärts. An diesem Abend allerdings konnte er im

Hause bleiben. Sein Nachbar, Sir Adam Walker, Präsident und leitender Direktor des Warenhauses Johnson & Johnson, hatte ihn zu einer Grillparty eingeladen.

Dave Bullright entschied sich für einen hellen Leinenanzug. Als er ausgehfertig zu Webster ins Büro trat, war es genau 18 Uhr 50.

Der Buchhalter war so in seine Arbeit vertieft, dass er erschrocken zusammenfuhr, als er plötzlich eine Hand auf der Schulter fühlte.

»Na, Mr Webster, wie kommen Sie voran?«

»Ganz gut, Sir. Ich schätze, dass ich es in etwa einer Stunde geschafft habe.«

»Tut mir ehrlich leid, dass ich Sie noch um diese Arbeit bitten musste, aber ich benötige morgen dringend die Zahlen für eine Kalkulation.«

»Das ist nicht weiter schlimm, Sir«, erwiderte Webster und fügte seufzend hinzu: »Wenn unsere liebe Miss Coclon nicht eine so künstlerische Handschrift hätte, würde ich es in der Hälfte der Zeit schaffen. Aber ihre Lieferscheine zu entziffern kostet eine Menge Zeit. Bei ihr sieht eine Zahl wie die andere aus.«

»Ich werde mich erkenntlich zeigen, Mr Webster. Nehmen Sie sich für die Überstunden irgendeinen Nachmittag in der nächsten Woche frei.«

Richard Webster sah freudig überrascht auf. Solche Großzügigkeit war recht ungewöhnlich bei seinem Boss, der sonst eher geizig als freigiebig war.

»Vielen Dank, Sir.«

»Ich hoffe, sie haben Ihrer Frau Bescheid gesagt, dass es später wird.«

»Ja, das habe ich. Aber im Augenblick vermisst sie mich ohnehin nicht. Unsere beiden Enkel sind zu Besuch, und die halten sie ganz schön in Atem.«

Bullright lächelte freundlich und legte Webster einen Schlüsselbund auf den Schreibtisch. »Ich bin zu einer Grillparty drüben bei den Walkers eingeladen. Bitte seien Sie so freundlich und übernehmen Sie das Abschließen, Mr Webster.«

»Sie können sich auf mich verlassen, Sir. Und ich wünsche Ihnen viel Vergnügen.«

»Danke!«

Sie schüttelten sich die Hände. Während sich Webster erneut an die Addition der Zahlenkolonnen machte, schlenderte Dave Bullright gemächlich zu dem etwa zweihundert Meter entfernten Haus der Walkers ...

Vierzig Gäste hatte Sir Adam Walker zu seiner Garten-Grillparty geladen. Und es schien einer jener nie voraussehbaren Zufälle zu sein, dass ausgerechnet an diesem Abend auch Walkers Hausdetektiv Perry Clifton zu den Gästen zählte.

Perry Clifton setzte sich gerade mit einem Stück gegrillten Truthahn auseinander, als man ihm Dave Bullright vorstellte.

»Freut mich, mal einen richtigen Detektiv kennenzulernen. Ist der Truthahn zu empfehlen?«

»Er ist butterweich, Mr Bullright. Aber wenn Sie sich nicht beeilen, kriegen Sie höchstens noch die Schwanzfeder!«

»Dann entschuldigen Sie mich bitte, ich hab's eilig!« Er lachte und tippelte davon in Richtung Grill, wo Mrs Walker gerade ein paar Hammelkoteletts bereitlegte.

Gegen 21 Uhr standen sie sich noch einmal gegenüber. Und Perry Clifton, der mit tiefem Bedauern beobachtet hatte, wie Bullright ständig die Brillen wechselte, redete ihn auf eben dieses Problem an.

»Sagen Sie, Mr Bullright, haben Sie noch nie an Kontaktlinsen gedacht? Entschuldigen Sie, wenn ich Sie darauf so ohne Vorankündigung anspreche, aber mir ist aufgefallen, wie Sie sich mit diversen Brillen abmühen müssen.«

Bullright nickte. »Natürlich, ich war auch schon bei drei Spezialisten. Leider waren sie alle drei der gleichen negativen Meinung: Meine Augen sind für Kontaktlinsen ungeeignet.«

»Das ist bedauerlich.«

»Das kann man wohl sagen. Mit Lesebrille sehe ich kaum über meine Nase hinweg, und mit der anderen wird es schon nach zehn Metern neblig. Deshalb ist es bei mir ja auch mit dem Autofahren vorbei.«

Sie standen mitten im hell vom Vollmond beschienenen Garten, der zudem noch von einem Dutzend Gartenlampen und einigen bunten Lampions erleuchtet wurde. Bullright deutete mit seinem Glas auf eine Sitzecke neben dem Haus. Sie war höchstens zwölf Meter entfernt.

»Sehen Sie dorthin, Mr Clifton. Ich erkenne zwar, dass dort drei Leute sitzen, aber wer sie sind, was sie tragen, ob sie alt oder jung sind, das bleibt mir verborgen.« Er versuchte einen Scherz. »Sie sehen, als Detektiv wäre ich der größte Freund aller Gangster.«

23 Uhr.

Die Nacht war ungewöhnlich lau, und niemand dachte daran, ins Haus zu gehen.

Susan Walker, eben noch im Gespräch mit Madeleine Trissaut, einer in London verheirateten Französin aus Toulon, die in der King's Road eine exklusive Boutique betrieb, steuerte nun auf Dave Bullright zu, der allein an einem Gartentisch saß und die Gläser einer seiner Brillen putzte. Sie ließ sich neben ihm nieder.

»Nun, Mr Bullright, was sagen Sie zu dieser herrlichen, gar nicht englischen Nacht?«

Der Lederhändler setzte die frisch geputzten Gläser auf und lächelte seine Nachbarin an.

»Man könnte sie glatt für einen Irrtum halten oder für ein Beutestück aus Frankreich oder Italien.«

»Frankreich, Italien!«, rief Mrs Walker, »das ist das Stichwort. Ich muss Ihnen unbedingt etwas zeigen.« Sie verschwand im Haus, und als sie fünf Minuten später wieder auftauchte, wedelte sie mit einer Ansichtskarte.

»Hier, Mr Bullright, lesen Sie mal, was unsere Mary schreibt. Aus Korsika.«

Bullright murmelte ein »da muss ich die andere Brille nehmen«, zog eine Lederhülle aus der Tasche und wechselte die Sehwerkzeuge. Erst nachdem die anderen Gläser im gleichen Etui verstaut waren, begann er zu lesen. »Ach, sie ist mit zwei Freundinnen unterwegs. Ist das nicht leichtsinnig? So jung und so weit weg ...«

»Georgie und Pat sind zwei sehr resolute und aufgeweckte Mädchen. Zu dritt wird ihnen schon nichts passieren.«

Als in diesem Augenblick auf der Straße eine Fehlzündung knallte, zuckten beide erschrocken zusammen. Dave Bullright sah auf. »Das klang doch richtig wie ein Sch...« Schuss wollte er sagen, doch er sagte es nicht. Dafür sprang er mit dem Ausdruck größter Fassungslosigkeit auf und deutete zu seinem Haus hinüber. Und mit erregter Stimme rief er: »Da ... sehen Sie ... auf dem Balkon ... Da ist jemand von meinem Balkon gesprungen. Einbrecher, da sind Einbrecher in meinem Haus.«

Seine Stimme überschlug sich: »Bitte, Mrs Walker, rufen Sie die Polizei!«

Er stopfte seine Brille hastig in die Tasche und stürzte los. Zwei, drei Gäste, unter ihnen Perry Clifton, waren schon nach wenigen Metern an seiner Seite. »Sie werden Hilfe brauchen«, sagte der Detektiv.

Deutlich von unten war es sichtbar: Die Balkontür stand offen. Doch die beiden Schlösser von Haustür und Verkaufshalle waren unversehrt.

Zu viert stürmten sie die Treppen zum Oberstock hinauf. Die Zugänge zum Bürotrakt waren ordnungsgemäß verschlossen, dagegen gewährten die weit geöffneten Türen der Wohnräume schon von Weitem Blicke ins Chaos.

Offene Schränke, herausgezogene Schubladen, deren Inhalt über den Boden verstreut herumlag: Sämtliche Behältnisse standen umgestürzt da, während die Bücher nicht mehr die Regale zierten, sondern wild durcheinander auf dem Fußboden davor lagen.

Ein ähnliches Bild im Schlafzimmer, im Arbeitszimmer, im Esszimmer und im Zimmer der Tochter Agatha. Auf der Schreibtischplatte im Arbeitszimmer des Hausherrn stand eine große, massive Kassette, deren Deckel mit Gewalt aufgebrochen worden war. »Ich bin ruiniert«, stöhnte Dave Bullright verzweifelt und sank in den einzigen nicht umgeworfenen Sessel.

»Die Einbrecher müssen was ganz Bestimmtes gesucht haben«, sagte einer der mitgekommenen Gäste.

Perry Clifton kam von einem Rundgang zurück.

In seiner Stimme schwang ein eigenartiger Unterton mit, als er bemerkte: »Kein Schloss, außer dem an der

Kassette, ist beschädigt und kein Fenster zertrümmert. Das ist ungewöhnlich. Der oder die Täter müssen im Besitz von Schlüsseln gewesen sein.«

Der Lederhändler schüttelte müde den Kopf.

»Unmöglich. Außer meiner Frau, die mit Agatha in Brighton ist, und mir hatte nur noch mein Buchhalter Webster Schlüssel zu Haus und Räumen. Und Webster ist über jeden Verdacht erhaben.«

»Können Sie schon sagen, was gestohlen wurde, Mr Bullright?«

Der Gefragte wischte sich über die Augen. »Die Kassette ist leer. Sie enthielt einen Teil des Schmucks meiner Frau, für 100.000 Pfund Wertpapiere und die Bareinnahmen dieser Woche ...«

In diesem Moment hörten sie es alle: eine näher kommende Polizeisirene. Drei Minuten später betraten Detektivinspektor Mike Carpenter und zwei uniformierte Beamte vom 34. Revier das »Schlachtfeld«.

Carpenter und Clifton kannten sich gut, und nach einem ersten raschen Blick über das Tohuwabohu fragte Carpenter mit einer nicht ernst gemeinten Anzüglichkeit: »Hallo, Perry, es ist meist ein gutes Zeichen, wenn man Sie am Tatort trifft. Muss ich noch arbeiten, oder haben Sie den Fall schon gelöst?«

»Sie haben ausnahmsweise recht, Mike. Diesmal konnte ich Ihnen die Arbeit abnehmen.« Perry Clifton wandte sich Dave Bullright zu.

»Tut mir ehrlich leid, Mr Bullright, dass ich dem Inspektor die Wahrheit sagen muss ...«

Alle Farbe wich aus den Wangen des Angesprochenen. Er schluckte, wollte etwas sagen, doch schließlich schüttelte er nur kaum wahrnehmbar den Kopf und schwieg.

»Soll das heißen, dass das hier eine Inszenierung darstellt, Perry?«

Clifton nickte. »Ja. Ich bin überzeugt, dass Bullright das Durcheinander selbst angerichtet hat oder hat anrichten lassen. Geplant war hier wohl ein zwar unmoralischer, doch dafür um so lukrativerer Versicherungsbetrug ...«

Unsere Frage lautet: Woran hat Perry Clifton gemerkt, dass Dave Bullright ein falsches Spiel trieb?

Krimirätsel Nr. 2

Die Katze

Ratlos, verstört und mit verweinten Augen stand Mrs Green vor Perry Clifton, der sie in diesem Augenblick behutsam in einen Sessel drückte.

»Ich will doch nicht zur Polizei gehen«, schluchzte Mary Green in ihr blau kariertes Taschentuch und fügte rasch hinzu: »Mrs Miller, Ihre Nachbarin, hat gemeint, dass Sie mir vielleicht helfen könnten ...«

Perry Clifton nickte der Frau aufmunternd zu und forderte sie auf: »Nun erzählen Sie mir doch erst einmal, was überhaupt geschehen ist.«

»Das ist so«, begann Mrs Green unter heftigem Schlucken, »seit einem halben Jahr wohnen meine beiden Neffen John und Shelton bei mir. Das sind die Söhne meiner Schwester in Birmingham ... John arbeitet als Verkäufer bei Lockton & Fash, und Shelton ist Hilfskoch in ›Horman's Drugstore‹, in der Laxton Street ... Seit vorgestern«, hier begann Mrs Green wieder stärker zu schluchzen, »seit vorgestern ist mein ganzer Schmuck verschwunden ... Diese Schande, Mr Clifton, diese Schande ...«

Perry Clifton wartete, bis Mary Green wieder etwas ruhiger geworden war, dann fragte er:

»Wo bewahrten Sie denn Ihren Schmuck auf, Mrs Green?«

»In der Katze.«

Perry Clifton glaubte, sich verhört zu haben.

»Worin?«

»In meiner Porzellankatze. Sie steht neben meinem Bett. Mein Mann hat sie mir vor über dreißig Jahren geschenkt.«

Der Detektiv schüttelte den Kopf. »Finden Sie, dass das ein besonders guter Aufbewahrungsort ist?«

Mrs Green sah ihn verständnislos an. »Seit zwanzig Jahren bewahre ich meinen Schmuck in der Katze auf. Noch nie ist was verschwunden.« Sie schnäuzte sich lange und kräftig.

»Wer wusste von diesem Aufbewahrungsort?«

»Natürlich niemand!«

»Und Sie glauben, dass einer Ihrer beiden Neffen etwas mit dem Verschwinden zu tun hat?«

Mary Green zuckte ratlos mit den Schultern. »Wer sonst, Mr Clifton, wer sonst?«

Perry Clifton kam kurz nach 12 Uhr.

Shelton Collins war noch nicht zu Hause.

Mrs Green führte ihn zu Johns Zimmer und stellte ihn vor. Nachdem sie sich entfernt hatte, begann der Detektiv höflich:

»Ihre Tante hat Kummer ...«

John nickte und machte ein betrübtes Gesicht. Er war fünfundzwanzig Jahre alt und trug sein Haar lang. Immer wieder strich er es mit den beiden Zeigefingern zurück.

»Es scheint so. Sollen Sie ihr helfen?«

»Man hat ihren Schmuck gestohlen.«

»Ach ...« Es schien John jedoch nicht weiter zu berühren. »Davon hat sie kein Wort gesagt.«

Clifton musterte ihn aufmerksam, als er fortfuhr: »Ihre Tante glaubt, dass es einer ihrer Neffen war.«

John starrte Perry Clifton betroffen an. Dann schnipste er trotzig mit zwei Fingern und erwiderte leichthin: »Soll sie doch die Polizei holen. Bei mir finden sie kein Stück von dem Schmuck. Außerdem ziehe ich sowieso aus.«

»Weiß das Ihre Tante schon?«

»Sie wird es noch früh genug erfahren.«

Shelton Collins kam eine Viertelstunde später. Er musterte Perry Clifton misstrauisch, als dieser ihn um eine Unterredung bat.

»Man hat Ihrer Tante den gesamten Schmuck gestohlen!«, begann der Detektiv.

Shelton öffnete den Mund, warf einen raschen Blick zur Tür ... doch dann ließ er sich in einen Korbstuhl fallen.

»Und sie glaubt wirklich, dass ich ihr den Schmuck gestohlen habe?«

Perry schüttelte den Kopf. »Sie glaubt im Augenblick noch gar nichts. Sie ist restlos durcheinander. Haben Sie den Schmuck gestohlen, Mr Collins? Oder anders ausgedrückt: an sich genommen?«

»Sind Sie von der Polizei?«, fragte Shelton neugierig.

»Nein, ich ermittle sozusagen privat.«

Shelton Collins nickte: »Dann will ich Ihnen auch ganz privat etwas sagen: Ich hatte nicht die geringste Ahnung, dass sie ihren Schmuck in einer Katze aufbewahrte. Das ist das Allerneueste. Fragen Sie doch mal meinen Bruder. Vielleicht weiß der mehr ... Und noch ein Tipp, Privater: die Putzfrau! Sie kommt jeden Donnerstag und stellt die ganze Wohnung auf den Kopf ...«

»Danke!«, sagte Perry Clifton und verließ das Zimmer. Wenig später fragte er Mrs Green: »Sie haben auch eine Putzfrau?«

»Ja!«, gab sie zu. Mrs Ellory. Sie kommt jeden Donnerstag. Seit zwölf Jahren. Und noch nie hat sie gefehlt ...« Plötzlich kam ihr ein Verdacht. »Sie glauben doch nicht, dass Mrs Ellory ... nein ... das dürfen Sie nicht glauben. Niemals ...«

»Beruhigen Sie sich, Mrs Green. Wenn die Wahrheit Sie auch nicht erfreuen wird: Es war wirklich einer Ihrer Neffen. Ich glaube, er kommt gerade. Am besten, wir knöpfen ihn uns einmal gemeinsam vor. Einverstanden?«

Mrs Green nickte stumm und sah mit großen Augen zur Tür ...

Nach anfänglichem Leugnen gab der Übeltäter zu, den Schmuck entwendet zu haben. Angeblich »nur aus Spaß«.

Unsere Frage lautet: Wer entwendete den Schmuck?
John oder Shelton Collins?

Krimirätsel Nr. 3

Der Fall Poljareff

Phillis MacDonald war klein und rundlich, immer gut gelaunt, sehr schlagfertig, schwarzhaarig wie eine Zigeunerin, voller Temperament, ständig von Appetit nach ausgefallenen Spezialitäten geplagt – und sie war die Sekretärin der Detektivabteilung.

Als Perry Clifton gegen zehn Uhr gut gelaunt aus der Parfümerieabteilung zurückkam – es war ihnen endlich gelungen, eine der raffiniertesten Diebinnen (sie stahl nur allerteuerstes Parfüm) zu stellen und der Polizei zu übergeben –, hob er die Nase.

Ein ganz eigenartiger Geruch hing als unsichtbare Wolke über seinem Zimmer. War es Fisch? War es Knoblauch? Nein, Knoblauch nicht, oder doch? Er öffnete das Fenster und setzte sich an seinen Schreibtisch, um sich Notizen für seinen Bericht zu machen.

Eigentlich war er ganz stolz auf den Erfolg seiner Detektivabteilung. Abgesehen von den Kaugummi-, Strumpf- und Lockenwicklerdieben waren ihnen in diesem Monat (man schrieb den 23.) nicht weniger als neun schwere Jungs und nicht weniger schwere Damen ins Netz gegangen.

Die größte Peinlichkeit haftete dem Diebstahl mehrerer teurer Bücher an, bei dem sich die Diebin N. St. als Ehefrau eines sehr namhaften Politikers herausstellte. Wie bemerkte Hank Murphy, der sie erwischt hatte, doch so schön: »Wer Fremde bestiehlt, bestiehlt sich selbst – seinen guten Ruf.«

Perry Clifton war es nicht vergönnt, sich gedanklich weiter an seinen Erfolgen zu laben, denn das Telefon klingelte.

»Na endlich sind Sie da!«, flötete Phillis MacDonald in ratterndem Stakkato durch den Draht. »Ich war schon dreimal bei Ihnen, aber außer Ihrer Abwesenheit war niemand da!«

»Jetzt geht mir ein Licht auf, Phillis ...«

»Hauptsache, es brennt schön hell«, kicherte sie.

»Sie haben etwas in meinem Zimmer vergessen.«

»Ich?? Nicht möglich, ich hatte ja gar nichts in der Hand.«

»In der Hand nicht, aber offensichtlich etwas im Mund. Zur Zeit lasse ich es zum Fenster hinaus. Liebe Miss Phillis MacDonald, was, um alles in der Welt, haben Sie wieder gegessen?«

»Neptuns Glück!«, kam es prompt zurück.

»Habe ich es mir doch gedacht«, seufzte Perry Clifton, »irgendwas Fischernes.«

»O nein, das ist nicht *irgendwas* Fischernes, das ist was ganz Besonderes. Und zwar reibt man Matjesfilets mit Knoblauch ein, paniert sie und bäckt sie in siedendem Fett aus.«

Perry Clifton spielte den Pikierten, und mit gequetschter Stimme erwiderte er:

»Bitte reden Sie nicht so stoßweise, Ihr Neptunglück dringt sogar durchs Telefon.«

»Das kann gar nicht sein, Mr Clifton, denn inzwischen habe ich mindestens schon ein halbes Pfund Lakritze gegessen.«

Perry Clifton schüttelte sich.

»Kommen wir zur Sache, Phillis, was gibt es so Wichtiges?«

»Da hat einer für Sie angerufen. Er behauptete, Ihr Freund zu sein, und weil Sie nicht da waren, hat er mich gebeten, es Ihnen auszurichten. Kennen Sie einen ...«

Perry hörte es rascheln, wahrscheinlich suchte sie sich den Zettel mit dem Namen ... »Kennen Sie einen Mr Pockers?«

Perry Clifton reagierte sofort. Überraschung und Freude überzogen sein Gesicht. »John Melvin Pockers? Und ob ich den kenne. Das ist ein lieber alter Freund von mir. Ist er wohl zur Zeit in London?«

»Nein, er bat mich, Ihnen auszurichten, dass Sie so freundlich sein möchten, ihm eine Geschichte für seine Spezialisten zu schicken. Können Sie damit was anfangen?«

Perry Clifton lächelte.

»Sie haben natürlich keine Ahnung, wer John Melvin Pockers ist.«

»Sollte ich eine Ahnung haben?«

»Nein, aber es würde Ihnen sicher Vergnügen bereiten, ihn kennenzulernen. Allein sein Äußeres ist schon eine Reise wert.«

»Dann sieht er sicher aus wie ich. Klein und kugelrund.«

»Ganz im Gegenteil. Pockers ist ein Zweimeterriese mit mindestens zweieinhalb Zentnern Lebendgewicht. Wenn der schreit, dann hört man seine Stimme von Little Covenbridge bis Grand Covenbridge.«

»Und was tut der Riese in Little Covenbridge?«

»Er ist der Direktor der einzigen Detektivschule Englands.«

»Einer Schule für Kinder?«, fragte Phillis ungläubig.

»Ja. Eine Internatsschule mit einem äußerst strengen Auswahlmodus. Man kommt mit zehn Jahren hin und verlässt sie mit achtzehn.«

»Das sind also die Spezialisten, von denen er sprach.«

»Ja. Ich schreibe für ihn – oder für sie, ganz wie Sie wollen – gelegentlich kriminalistische Aufgaben.«

»Kapiert. Dann wünsche ich Ihnen recht viel Vergnügen beim Schreiben.«

»Danke. Ich werde die Sache heute Abend zu Hause erledigen. Würden Sie mir die Geschichte dann gegen ein Honorar von einem Dutzend gegrillten Fliegenbeinen sauber abtippen?«

Zuerst herrschte Ruhe im Draht, dann kam die Antwort, todernst: »Aber nur, wenn die Fliegenbeine von französischen Fröschen stammen.«

»Sie sind ein teures Schreibbüro, Phillis MacDonald. Einverstanden. Aber vor einem warne ich Sie schon jetzt: Eines Tages werden sich die Hinterbliebenen all der unaussprechlichen Viecher, die Sie schon verspeist haben, zusammenrotten und über Sie herfallen. Dann kann Ihnen auch die Detektivabteilung von Johnson & Johnson nicht mehr helfen ...«

»Sie machen es einem wirklich schwer, bei Appetit zu bleiben«, kicherte Phillis und legte auf.

Wie es von Perry Clifton geplant war, geschah es: Noch am gleichen Abend setzte er sich hin und schrieb die Geschichte für Pockers Zöglinge. Als Vorlage diente ihm eine kleine Zeitungsnotiz, die er, während er bei Doktor Southman auf einen Schriftsatz warten musste, in einer englischsprachigen israelischen Zeitung gelesen hatte. Er gab ihr den Titel:

Der Fall Poljareff

Jede Etage des Hochhauses umfasste vier Wohnungen – bis hinauf zur 16. Etage, von der man einen wunderbaren Ausblick über ganz Tel Aviv genießen konnte. Selbst der ameisenhafte Betrieb unten im Hafen, in dem zurzeit ungeheure Mengen Orangen verladen wurden, bot sich in aller Lebendigkeit dem Betrachter dar. »Jassiv«, »Mouhadour«, »Bodinstein«, »Genedin« lauteten die Namen der Wohnungsinhaber auf dieser 16. Etage. Als Elena Jassiv ihre Wohnungstür öffnete, um die Post aus dem Briefkasten neben der Tür zu nehmen, trat gerade ein Mann aus dem Appartement von Schmul Bodinstein, dem Pianisten und (wie ungewöhnlich!!) Tel Aviver Meister im Karate.

Der Fremde, der nicht Bodinstein war, zuckte beim unerwarteten Auftauchen der Frau zusammen und schien sekundenlang zu überlegen, wie er sich verhalten sollte. Schließlich nickte er, ohne groß aufzusehen, zu der Frau hin, tippte sich an die weit ins Gesicht gezogene Mütze, murmelte ein flüchtiges »Schalom«, nahm die zwei großen Taschen auf und hinkte hastig in Richtung Fahrstuhl davon.

Elena Jassiv, die den Mann im langen, Schmutz beschmierten Handwerkerkittel eine Weile nachdenklich mit Blicken verfolgte, wandte sich wieder ihrer Arbeit zu, und bald war der »Handwerker« aus ihrer Erinnerung verschwunden.

Die Bombe platzte am Abend.

Laut jammernd und gestikulierend stand Schmul Bodinstein im Hausgang. Diebe hatten seine Wohnung heimgesucht. Kostbarer Silberschmuck, wertvolle kleine Gemälde und ein alter Altarleuchter aus purem Gold waren verschwunden.

Der Mann, auf dessen Schreibtisch der Fall gegen 18 Uhr landete, hieß Herschel Goldkorn.

Herschel war leidenschaftlicher Schachspieler, Tiefseetaucher, Vegetarier, 198 dünne Zentimeter lang und – Polizeiinspektor. Und heute tat dieser Polizeiinspektor Spätdienst!

Bereits eine halbe Stunde später war er zur Stelle, und zur Stelle war auch Elena Jassiv.

»Sie haben den Mann also gesehen.«

»Ich hielt ihn für einen Handwerker, Herr Inspektor. Er trug einen ziemlich dreckigen Arbeitsmantel und zwei Taschen. Ich dachte mir, da sei Handwerkszeug drin.«

»Und sonst? Gibt es irgendwelche Details, die uns bei der Suche helfen könnten? Stimme? Haarfarbe?«

»Stimme, nein ...« Elena bestätigte das Nein nach kurzem Nachdenken mit energischem Kopfschütteln. »Er hat nur ›Schalom‹ gesagt, eigentlich nicht richtig gesagt, nur geflüstert. Und Haarfarbe ... ich kann nur sagen, dass sie dunkel waren. Er trug ja eine Mütze. Bis auf die Augen war sie runtergezogen. Aber gehinkt hat er.«

»Gehinkt?«

Der Inspektor schien seine »innere Kartei« nach einem hinkenden Gauner zu durchforsten. Allem Anschein nach ohne Erfolg. Doch dann bekam Elena Jassiv ihre große Erleuchtung.

»Jetzt fällt mir noch etwas ein!« Sie sah nach oben in Goldkorns empfangsbereite Augen. »Er hatte auffallend rote Backen!«

Herschel Goldkorn riss es förmlich nach unten, Elena entgegen. »Rote Backen, sagen Sie?«

Sie nickte voller Eifer und sah den Inspektor Beifall heischend an. Wer merkte sich schon so eine Kleinigkeit!

Goldkorn packte Elena vorsichtig am Arm und schüttelte sie leicht.

»Überlegen Sie gut, Frau Jassiv, sahen die Backen aus wie bei einem Trinker? Waren es so richtige Säuferbäckchen?«

Wieder nickte sie, schränkte jedoch sofort ein: »Aber betrunken war er nicht.«

Herschel Goldkorn ließ ihren Arm los, faltete kurz die Hände und reckte sie nach oben. Seine Miene sah dabei jedoch wenig fromm aus. »Ich danke Dir, Herr ... diesmal kriege ich den Halunken. Diesmal kriege ich Iwan Poljareff, auch wenn er Dir zehn Kerzen stiftet. Ich werde ihn in die Höhe werfen und *nicht* auffangen. Diesen Tag wird er sein ganzes restliches Leben in Erinnerung behalten.«

Elena Jassiv war erschrocken zurückgewichen. Goldkorn beruhigte sie. »War nicht so gemeint, Frau Jassiv. Aber hinter diesem Poljareff bin ich seit zwei Jahren her. Und nun, nun habe ich zum ersten Mal einen Augenzeugen, nämlich Sie, Frau Jassiv. Sie hören wieder von mir ...«

Schmul Bodinstein hatte sich trotz seines Jammers ein gutes Gehör bewahrt. Und er murmelte den Namen immer wieder vor sich hin: Iwan Poljareff. Kaum war die Polizei aus dem Haus, eilte er ans Telefon. Nacheinander rief er neun Nummern in Tel Aviv, Jaffa und Umgebung an. Und immer sagte er dasselbe:

»Hilf mir, Freund. Ein schrecklicher Gauner hat mir die Sicherheit meines Alters gestohlen. Such nach einem gewissen Iwan Poljareff. Und wenn du ihn gefunden hast, ruf mich. Ich möchte ihn für den Frevel bestrafen, bevor ihn die Polizei fängt!«

Eine Stunde nach diesem Gespräch waren alle Streifenwagen über die Fahndung nach Iwan Poljareff informiert. Ein Besuch in seiner Wohnung erbrachte weder besondere Erkenntnisse, noch fand man den Gesuchten. Goldkorn ließ einen seiner Leute, den Riesen, Gewichtheber und Sergeant Leo Grynspan in Poljareffs vier Wänden zurück.

22 Uhr.

Noch immer keine Spur von Poljareff, der wegen seiner roten Backen in bestimmten Kreisen auch »der Indianer« genannt wurde.

Doch dann, kurz nach 23 Uhr, begannen sich die Ereignisse zu überschlagen.

Schmul Bodinstein fuhr entsetzt zusammen, als das Telefon neben seinem Ohr zu rasseln begann. War er doch tatsächlich auf dem Sofa eingenickt.

»Ja?«, meldete er sich, und leise kam es zurück:

»Hier ist Moritz Levy. Schmul, ich habe ihn gefunden. Er sitzt in der ›Muschel‹ und trinkt teuren Sekt.«

Bodinstein war mit einem Schlag munter, munterer ging's gar nicht.

»Wo steckst du?«

»In der Telefonzelle neben der Bar.«

»Warte auf mich, Moritz, ich bin in einer Viertelstunde bei dir!«

Der Pianist warf den Hörer auf die Gabel, betrachtete sekundenlang seine langen, schmalgliedrigen Finger und murmelte: »Werd mich vorsehen.«

Er ging in die Küche, klappte den Sitz des einzigen Küchenhockers auf und angelte sich aus den dort gesammelten Werkzeugen eine grobe Holzraspel heraus.

»Der Herr möge wegsehen!«, flüsterte er und ließ die Raspel in der Innentasche seines Jacketts verschwinden.

23 Uhr 03.

Inspektor Herschel Goldkorn, der gerade mit dem Verspeisen einiger Tomaten beginnen wollte, blieb bereits der allererste Bissen buchstäblich im Halse hängen. Der Polizist Simon Salomon kam ins Zimmer gestürzt und verkündete erregt: »Der Spitzel Naftali hat angerufen. Der Poljareff sitzt in der ›Muschel‹ und säuft Sekt.«

Herschel Goldkorn schoss in die Höhe.

Um 23 Uhr 05 glaubte der Polizist Salomon, der neben Goldkorn saß, sein letztes Stündlein habe geschlagen. Des Inspektors Fuß hatte das Gaspedal des Polizeijeeps so hart auf die Bodenplatte des Wagens geknallt, dass dieser sich mit einem riesigen Vorwärtssatz und einem höhnischen Quietschen revanchierte.

23 Uhr 19.

Schmul Bodinstein sparte sich die Mühe des Abschließens und hetzte in Richtung Telefonzelle.

Moritz Levy, erster Posaunist des Städtischen Orchesters von Tel Aviv, kam ihm entgegen.

»Ist er noch da?«, rief ihm Schmul entgegen.

»Ja. Jetzt ist er zu Kaviar und Hummerschwänzen übergegangen.«

»Er verfrisst meine ganze Altersversorgung. Nun ja, ich werde ihm das Böse aus dem Gesicht feilen. Und von den Händen. Komm, zeig ihn mir, ich kenne ihn nicht ...«

Moritz ging voran.

Die »Muschel« zählte zu den teuersten und exklusivsten Nachtbars von Tel Aviv. Hier bot man nicht nur eine überragende Küche, hier gastierten auch die besten Bands von Israel und die schönsten Tänzerinnen aus Übersee.

»Ich bin's noch mal«, sagte Moritz zu dem goldbetressten Zerberus vor der Tür. Anscheinend war das

Trinkgeld hoch genug gewesen, um auch noch einem zweiten Neugierigen einen Blick in den sündigen Teil jenseits des schweren Samtvorhangs werfen zu lassen. Schmul schob seinen Kopf unten durch, Moritz einen halben Meter darüber.

»Der da neben der Säule, der sich jetzt eine Zigarre anzündet, der ist es.«

»Du meinst den, dem die blonde Frau eben das Feuerzeug ausgeblasen hat?«

»Ja. Der Portier hat mir gesagt, dass man ihn auch ›Indianer‹ nennt.«

»Ich danke dir, Moritz. Was jetzt kommt, muss ich allein tun. Auge um Auge, Zahn um ...« Zum zweiten Zahn reichte es nicht mehr, denn eine laute, dem Bodinstein bekannt vorkommende Stimme rief eisenhart und unerbittlich:

»Zur Seite da, Polizei!!«

Und dann fegten sie an ihnen vorbei. »Los, weg hier!!«, zischte der Pianist dem Posaunisten zu. »Wir sind leider zu spät gekommen ...«

Iwan Poljareff steckte in einem eleganten nachtblauen Smoking. Der Ausdruck in seinem rotwangigen Gesicht glich dem eines Piloten, der vor sich am Himmel plötzlich ein Segelschiff auftauchen sieht. Goldkorn schob die Rechte unter Poljareffs linken Arm. »Gehen wir freiwillig, oder braucht es Gewalt?« Die Gespräche an den Nebentischen waren verstummt. Gespannt wartete man auf die Entwicklung des Zwischenfalls. Der »Indianer« erhob sich, warf zwei Geldscheine auf den Tisch und strebte mit raschen Schritten dem Ausgang zu. Draußen, in der hellen Nacht, fauchte er den Inspektor an: »Zum zwanzigsten Mal das gleiche Theater. Was wollen Sie von mir? Was liegt schon wieder mal gegen mich vor?«

»Sie stehen unter Verdacht, einen Einbruch begangen zu haben. Ersparen Sie mir das Aufzählen Ihrer Rechte, oder möchten Sie den hübschen Vers hören?«

Poljareff schwieg.

»Na dann nicht.«

An dieser Stelle sei der Spitzname erwähnt, der Herschel Goldkorn anhing: »Die Nadel« wurde er oft genannt. Und das bezog sich auf das Drumherum vor, nach und während seiner Verhöre. Seine Methode, Fragen zu stellen und gewisse Dinge auszusprechen, glichen Nadelstichen, die mitunter selbst durch besonders dicke Häute drangen.

Diesmal fuhr der Polizist Salomon den Jeep, während Goldkorn und der smokingverpackte Poljareff die Hintersitze belegten.

»Wo fahren wir hin?«

»Ans Ziel!«

»Ich habe mit nichts was zu tun. Alles, was man mir vorwirft, mag es sein, was es will, ist erstunken und erlogen.«

Herschel sah Poljareff unverwandt an. Endlich wurde es diesem zu viel. Mit heiserer Stimme forderte er den Inspektor auf:

»Starren Sie gefälligst woanders hin!«

Fast heiter klang es, als der Polizeiinspektor sagte: »Irgendwie erinnern Sie mich an einen Fußball ... Mögen Sie Fußball, Poljareff?«

Der Gefragte hielt die Lippen fest geschlossen. *»Ich* liebe Fußball ... verblüffend Ihre Ähnlichkeit. Ihre ganze Art zu gehen, zu stehen, zu sitzen ist fußballähnlich ... Ich seh Sie direkt vor mir, wie Sie da vor einem Tor herumliegen, und ich ... Sagen Sie mal, Gewissen haben Sie wohl nicht für ein Agorot, hm? Einen in die Jahre gekommenen Musiker zu bestehlen.«

»Ich weiß von nichts!«, presste Poljareff mühsam hervor.

»Haben Sie gehört, Salomon, er weiß von nichts.«

»Er weiß ja nie von nichts«, gab Salomon über die Schulter zurück.

»Wo war ich gleich stehen geblieben? Stimmt, bei Ihnen vor dem Tor ... Also, da sehe ich Sie liegen ... der Tormann steht da, so mit leicht eingeknickten Knien und hypnotischen Blicken, und ich ... ich nehme einen Fünfzehnmeteranlauf .... Habe ich Ihnen eigentlich schon mal gesagt, dass mich nichts so sehr in Wut bringt wie miese kleine Gauner, die ältere, allein stehende Leute bestehlen ... nein, meine Wut ist nicht offiziell, nein, das ist mehr hier drin ... und wenn ich dann so einen langen Anlauf nehme, denke ich an solche Bälle, wie Sie einer sind ... fällt Ihnen vielleicht doch noch was zum Fall ein?

»Mir fällt ... mir fällt nichts ein!« Poljareff tupfte sich den Schweiß von der Stirn.

»Ich nehme jetzt Anlauf ... immer schneller werde ich, der Ball, ich versetze ihm einen solchen Tritt, dass er Effet bekommt und an die Torlatte knallt. Er kommt zu mir zurück ... ich erneut drauf – diesmal Pfosten. Wieder zurück, drauf ... und dann ist plötzlich die Luft raus. Da liegt er vor mir, und leise verflüchtigt sich die Luft in den Nachthimmel ... Unsinn, es ist natürlich Tag, ich hab das nur eben verwechselt ...«

»Ich möchte jetzt endlich wissen, wohin wir fahren«, würgte Poljareff hervor, während er sich den Kopf darüber zermarterte, wen der Inspektor meinte, wenn er von einem »alten« und »in die Jahre gekommenen« sprach. Der Bodinstein, bei dem er heute ... na ja, der jedenfalls, das hat er deutlich beobachtet, war noch keine vierzig Jahre ... Und dann die Drohungen mit dem Fußball ...

»Wir sind da, Inspektor!«, sagte der Polizist Salomon. »Wir sind da, Fußball. Aussteigen!!«

Iwan Poljareff stieg aus, sah sich um, als sei er zum ersten Mal in seinem Leben auf diesem Fleck. Sie standen auf einem großen Parkplatz, ringsherum eingeschossige Häuser mit Flachdächern und dazwischen ein sechzehnstöckiges Hochhaus. Die frische Luft und das befreiende Gefühl, der Enge des Wagens und der Nähe des Inspektors entronnen zu sein, belebten ihn und machten ihn vorwitzig.

»Fahrstuhl fahre ich nicht, damit Sie es wissen!«

Der Inspektor tat, als habe er nichts gehört.

»Salomon, gehen Sie vor, und holen Sie Frau Jassiv aus dem Bett!«

»Mit dem größten Vergnügen«, sagte Salomon und gähnte.

Als Goldkorn und Poljareff dem Fahrstuhl entstiegen – sie hatten seit der Ankunft auf dem Parkplatz kein Wort mehr miteinander gesprochen –, stand Elena Jassiv, in einen dicken Plüschbademantel gehüllt, vor ihrer Wohnungstür. Mudde Jassiv, Elenas Mann, Omnibusfahrer bei der Stadt, hatte den Arm um sie gelegt und schien gewillt, eventuelle Angriffe auf seine Frau abzuwehren.

Irritiert musterte Elena den Befrackten. Das sollte der Dieb von heute Vormittag sein? Rote Backen hatte er ja, aber ...«

»Bitte, Frau Jassiv, sehen Sie ihn genau an.«

Elena tat es. Nicht ohne sich vorher noch enger an Mudde zu schmiegen. Man konnte nie wissen ... »Er könnte es gewesen sein«, sagte sie endlich, und ihr Ehemann kommentierte: »Was so viel bedeutet, dass sie es nicht beeiden kann.«

»Bitte, Frau, es hängt eine Menge von Ihrer Aussage ab. Sie müssen mich wirklich ganz genau betrachten.« Elena war nicht dumm. Ja, sie war sogar mit einer gewissen Portion Pfiffigkeit ausgerüstet.

»Sagen Sie mal ›Schalom‹!«

»Schalom!«, sagte Poljareff laut und deutlich.

»Viel leiser!«

»Schalom!«

»Noch leiser!!«

»Schalom!«

»Warum quetschen Sie Ihre Stimme denn so?«, fragte Frau Jassiv, und Mudde erklärte ihr Anliegen: »Murmeln sollen Sie! Murmeln Sie mal ›Schalom‹!«

»Schalom!«, murmelte Poljareff und schluckte.

»Ja, Herr Inspektor, ich glaube doch, dass er es war!«

»Aber Sie irren, Gnädigste! Ich war nie im Leben hier. Sie können mich doch nicht aus einer Laune heraus in der Tinte sitzen lassen!«, fauchte Iwan.

»Sic haben rote Backen!«, konterte Elena.

»Was bedeutet das schon. Dafür hinke ich nicht!«

Diesmal stutzte Frau Jassiv. Peinlich, das. Er hinkte ja wirklich nicht ...

»Das stimmt, Herr Inspektor. Dieser Herr hinkt ja gar nicht ...«

Poljareff atmete auf. Er gab sich Mühe, seine Erleichterung niemanden erkennen zu lassen. Doch angesichts des strahlenden Lächelns des langen Inspektors geriet ihm das Aufatmen zur neuen Beklemmung. Trotzdem versuchte er den starken Mann zu spielen.

»Das wird mich ja hoffentlich entlasten, was? Kann ich gehen?«

Herschel Goldkorn zerschnitt mit einer heftigen Handbewegung die Luft vor sich in zwei Teile. »Ende der Märchenstunde!«, rief er. »Dass Sie auf die Finte mit dem ›alten Musiker‹ nicht hereingefallen sind, hat mich, ich geb's zu, enttäuscht. Aber Sie haben diese Enttäuschung wettgemacht. Über Gebühr erfolgreich.«

Der Inspektor wandte sich Elena zu: »Frau Jassiv, ich danke Ihnen für Ihre Hilfe, und ich darf noch einmal um Entschuldigung für die nächtliche Störung bitten.«

»War er es denn nun?«, wollte Herr Jassiv wissen.

Herschel Goldkorn nickte. »Er war's! Er hat es in doppelter Hinsicht zugegeben, der falsche Hinker! Gute Nacht!«

Als der Polizeiinspektor seinen Finger auf den Klingelknopf neben Bodinsteins Tür legte, trat der Pianist gerade aus dem Aufzug.

»Na, so eine Überraschung ...« sagte er und gab sich alle Mühe, überrascht auszusehen ...

Phillis MacDonald brachte die sauber abgetippten Manuskriptseiten und legte sie vor Perry Clifton auf den Schreibtisch.

»Ich komme mir vor wie der Pilot in Ihrer Geschichte, als er ein Schiff sieht. Ich bin ja nicht gerade dumm, aber ich habe keine Ahnung, um welche Fehler es sich handelt, die dieser Poljareff begangen haben soll.«

»Wirklich nicht?«, fragte Perry.

Sie schüttelte traurig den Kopf. »Nicht die leiseste.« Perry Clifton reichte ihr den Durchschlag. »Hier, ich räume Ihnen noch eine Frist bis morgen ein. Wenn Sie mir morgen früh sagen, welche zwei Fehler Poljareff unterlaufen sind, verdopple ich die Froschschenkel.«

Phillis strahlte. »Das gilt! Und wenn ich kein Auge zumache und die Story auswendig lerne. Bis morgen früh weiß ich's, oder ich melde mich krank!«

Sie ging und ließ ein hauchdünnes Pfefferminzwölkchen zurück.

(Nachtrag: Krank meldete sie sich nicht!)

Auch unsere Frage lautet: Welche zwei Fehler beging Iwan Poljareff?

Krimirätsel Nr. 4

Nachbarschaftshilfe

Diese Geschichte ereignete sich an einem frostklirrenden Januartag.

Es war früher Sonntagmorgen, und Perry Clifton lag noch zeitungslesend im Bett, als es stürmisch an seiner Wohnungstür zu klingeln und zu klopfen begann. Als er öffnete, stand wild gestikulierend der kleine, wohlbeleibte Mr Collins vom zweiten Stock vor ihm.

Joe Collins, der einen winzigen Briefmarkenladen in der Maddle Lane betrieb.

»Mr Clifton, Sie müssen mir helfen!«, beschwor er den Detektiv händeringend.

»Man hat mich bestohlen!«

»Bestohlen? In Ihrem Geschäft?«

»Nein, unten in meiner Wohnung. Oh, es ist entsetzlich, zwei Alben mit wertvollen Briefmarken haben sie mitgenommen, diese Schufte.«

Während er und Clifton nach unten gingen, fragte der Detektiv: »Haben Sie mir nicht mal erzählt, Sie würden die kostbaren Marken nur in Ihrem Geschäftstresor aufbewahren?«

Collins nickte eifrig. »Sonst ja. Ich habe sie nur mit nach Hause genommen, weil ich einige davon fotografieren wollte.«

Sie waren inzwischen vor der Tür des Händlers angelangt, und dieser schloss auf.

Er führte Clifton in sein Wohnzimmer, wo auf dem Tisch noch Lupe, Pinzetten und Fotoapparat lagen.

Perry Clifton sah sich überall um und forderte Collins auf, zu berichten.

»Wann und wie haben Sie es gemerkt?«, fragte er.

»Heute morgen. Es wurde gerade hell, als ich aus dem Wohnzimmer ein Geräusch hörte. Zuerst dachte ich, es sei die Katze, doch plötzlich wurde die Wohnungstür leise ins Schloss gezogen. Ich schoss aus dem Bett und rannte ins Wohnzimmer. Ich sah sofort, dass die beiden Alben verschwunden waren. 5.000 Pfund, Mr Clifton, 5.000 Pfund waren die Marken wert!«, jammerte Joe Collins.

»Hm«, machte Clifton. »Sie haben vermutlich die Diebe sofort verfolgt?«

»Ja, aber ich war so aufgeregt, dass ich fast eine Minute gebraucht habe, um die Sicherheitskette an der Wohnungstür auszuhängen. Als ich vor die Tür kam, hörte ich unten die Haustür ins Schloss fallen. Ich rannte zum Fenster ...«, er holte schnaufend Luft, »zwei ... es waren zwei. Sie stiegen in einen dunklen Morris. Mehr konnte ich nicht erkennen.«

»Und warum haben Sie nicht sofort die Polizei gerufen?«, wollte Clifton wissen.

»Ich hab' doch kein Telefon in der Wohnung ...«

Perry Clifton legte Collins die Hand auf die Schulter, und mit ernster Stimme stellte er fest:

»Falsch! Der wahre Grund ist, dass Ihre Geschichte erfunden ist. Erfunden und erlogen. Und dazu noch schlecht, Mr Collins. Nur weil ich Sie schon so lange kenne, will ich dieses Wissen für mich behalten. Betrachten Sie es als eine Art Nachbarschaftshilfe. Aber aus Ihrem versuchten Versicherungsschwindel – denn darauf sollte es ja hinauslaufen – wird nichts. Guten Morgen, Mr Collins ... Sie sollten sich was schämen!«

Unsere Frage lautet: Woran merkte Perry Clifton, dass ihm Mr Collins ein Märchen aufgetischt hatte?

Krimirätsel Nr. 5

Der vierte Mann

Hin und wieder geschah es, dass sich Mr Elgard Sullivan, der Personaldirektor von Johnson & Johnson, und Perry Clifton zusammen an einen Tisch setzten, um ein Problem ganz besonderer Art zu besprechen. Und zwar geschah dies meist, wenn Sullivan einen neuen Abteilungsleiter oder Assistenten einstellen wollte, diesen jedoch im letzten Augenblick »als vielleicht doch nicht so recht geeignet« befand.

Dann war er immer froh, wenn ihm Perry Clifton mit seinem bekannt ausgeprägten detektivischen Geruchssinn zu Hilfe kam.

So auch diesmal. Es war die Abteilung »Kunst und Kunstgewerbe«, die ihm Sorge bereitete.

Wie üblich trafen Sie sich in Sullivans sehr persönlich eingerichtetem Büro. Der Personaldirektor, wie immer wie aus dem Ei gepellt gekleidet (vom Personal »der Schöne« genannt), war ein großer Teetrinker, und so dampften auch diesmal zwei Tassen auf dem Tisch. »Es ist ein Jammer, dass Patrick Shelwood unbedingt einen Job in Südafrika annehmen will, und dazu noch in diesen unruhigen Zeiten«, sagte Elgard Sullivan und seufzte. Und Perry Clifton erwiderte lächelnd: »Noch größer wäre Ihr Unmut, hätte Shelwood einen Posten innerhalb Englands angenommen, stimmt's?«

»Stimmt!«, gab Sullivan freimütig zu. »Aber es ist wirklich schwer, für einen solch ausgefuchsten Experten einen angemessenen Ersatz zu finden. Auf unsere Anzeigen in der Fachpresse hin haben sich insgesamt vier Gentlemen beworben.«

»Das lässt doch hoffen«, warf Clifton ein.

»Zwei scheiden von vornherein aus, weil sie durch längerfristige Verträge noch an ihre bisherigen Arbeitgeber gebunden sind, und der dritte scheint mir für den verantwortungsvollen Posten noch ein wenig zu jung.«

»Dann ist es also der vierte. Was haben Sie an ihm auszusetzen?«

»Das ist es ja eben«, sagte Sullivan und sah dabei unglücklich und unzufrieden drein. »Es gibt *kein* störendes Fleckchen auf Bruce Allerts blütenweißer Weste. Seine Vergangenheit liest sich wie ... wie ... wie chemisch gereinigt. Außerdem scheint er wirklich eine Menge von Kunst zu verstehen ... Trotzdem! Hier, das sind seine Unterlagen!« Sullivan reichte Perry Clifton einen roten Schnellhefter.

Der Detektiv schlug den Deckel zurück. Ein dunkles Augenpaar musterte ihn, und er versuchte durch diese Augen auf dem Foto hindurchzusehen. Kannte er das Gesicht nicht??

War er diesem Mann nicht schon einmal begegnet?

Im Guten – im Bösen?

Oder handelte es sich nur um eine jener zufälligen Ähnlichkeiten, bei denen man gern von einem Doppelgänger spricht?

Bruce Allert hieß der Mann auf dem Bild. Ein Name, der ihm absolut nichts sagte ... Aber immer deutlicher tauchte in seiner Erinnerung das gleiche Gesicht auf. Nein, nicht ganz gleich, irgend etwas war anders ... Ja, eine Brille fehlte. Und dieser Mann, der diesem hier so verblüffend ähnlich sah, der hieß nicht Bruce Allert, dessen Name lautete Alan Brandfield. Und Alan Brandfield war vor fünf Jahren in Dublin Angeklagter in einem Fälscherprozess gewesen. Perry Clifton erinnerte sich sogar noch an das Foto in einer Dubliner Zeitung. Es zeigte Brandfield, wie er nach seinem Freispruch vor dem Gericht von einer Frau und einem Mann mit Blumen empfangen wurde.

»Was ist, Mr Clifton?«, fragte Sullivan beunruhigt.

»Kennen Sie den Mann?«

»Bestellen Sie ihn her, dann sehen wir weiter!«, erwiderte Perry Clifton ausweichend. Er wollte nicht voreilig sein. Immerhin bestand die Möglichkeit, dass hier wirklich nur eine frappierende Ähnlichkeit vorlag.

Vier Tage später war es soweit!

Diesmal dampften drei Teetassen auf dem kleinen runden Tisch. Perry Clifton saß direkt neben dem Fenster. Ihm gegenüber der sogenannte »vierte Mann«, Bruce Allert, der aus Southampton angereist war. Ganz rechts im silberfarbenen eleganten Einreiher saß Elgard Sullivan. Nachdem man einige Höflichkeiten ausgetauscht hatte (Wie war die Fahrt hierher? Ist das Wetter in Southampton auch so miserabel? Schön, dass Sie gekommen sind!), wandte sich Clifton an den Bewerber. Leichthin, ohne auffällige Betonung, sagte er:

»Es ist unglaublich, welche Spiele sich die Natur mitunter erlaubt. Sie könnten ein Zwillingsbruder sein, Mr Allert.«

Allert lachte. »Ein Zwillingsbruder? Hoffentlich von jemandem, der mir Ehre macht.«

»Das möchte ich nicht gerade behaupten. Der Mann, dem Sie so ähnlich sehen, hieß oder heißt Alan Brandfield.«

Kein Muskel bewegte sich in Allerts Gesicht. Harmlos-neugierig fragte er:

»Aus Ihrer Antwort ersehe ich, dass dieser Brandfield etwas ausgefressen hat, stimmt's?«

»Stimmt. Er stand wegen Fälschung von Kunstexpertisen in Dublin vor Gericht. Allerdings musste man ihn wegen mangelnder Beweise freisprechen.«

»Ich schwöre Ihnen, dass ich keinen Zwillingsbruder habe und auch nie einen gehabt habe.«

»Und Sie haben auch nie von diesem Fall gehört?«

»Nie!«

»Die Geschichte lief damals durch fast alle größeren Zeitungen.«

»Nun, das sollte Sie nicht wundern. Wie Sie aus meinen Papieren ersehen können, war ich vor fünf Jahren in Frankreich.«

»Stimmt!« Sullivan nickte und tippte dabei auf die Personalakte vor sich. Er schien sich äußerst unbehaglich zu fühlen. Perry Cliftons Fragen und Schilderungen kamen ihm peinlich und deplatziert vor. Schließlich ging es darum, diesen Allert *für* den Posten zu gewinnen, und nicht darum, ihm diesen zu verleiden. Allem Anschein nach dachte auch Bruce Allert so.

»Eine Frage, Mr Clifton, warum erzählen Sie mir eigentlich davon? Ist das wichtig? Sollte ich denn über diesen Fall in ... in Dublin, sagten Sie, wenn ich mich nicht irre?«

»Ja, in Dublin!«

»Warum sollte ich über diesen Fall Bescheid wissen?«

»Warum? Ganz einfach, weil Sie darin verwickelt gewesen sind.«

»Ich??«

»Ja, Sie, Mr Allert. Damals nannten Sie sich allerdings noch Alan Brandfield! Sie *sind* der Fälscher, gegen den in Dublin verhandelt wurde. Und den man freiließ, weil die Beweise nicht ausreichten!«

Der Bewerber war aufgesprungen.

Mit Zorn und so was Ähnlichem wie Kampfbereitschaft in den Augen sah er Perry Clifton an. »Sie idiotischer kleiner Fünfpennyschnüffler!«, zischte er. Dann beugte er sich plötzlich vor, riss die Personalakte an sich und stürzte zur Tür hinaus.

Elgard Sullivan, kreidebleich, vom Entsetzen über den Vorgang wohl um die Stimme gebracht, machte ein paar hilflose rudernde Armbewegungen.

»Regen Sie sich wieder ab, Mr Sullivan. Er ist es nicht wert, dass Sie mit einem Herzschlag vom Stuhl fallen und Ihren schicken Anzug zerknittern.«

Sullivan schluckte seine Hilflosigkeit hinunter und fragte leise: »Mein Gott, was hat das zu bedeuten?«

»Alles, was er Ihnen an Dokumenten für seine Bewerbung geschickt hat, ist gefälscht. Und da gefälschte Papiere ein paar Jahre verbrauchte Luft bringen, ist er geflüchtet.«

»Und Sie lassen ihn so ohne Weiteres laufen? Einen Fälscher?«

»Nicht ohne Weiteres«, Perry Clifton, der sich erhoben hatte und in diesem Moment das Rollo im Fenster zwei Mal auf- und niedersausen ließ, lächelte.

»Ist … ist das ein Zeichen?«, stammelte Sullivan. Seine Verwirrung nahm ständig zu.

»Ja. Und zwar für Inspektor Mathew. Es sagt ihm, dass der Gauner auf dem Weg nach unten ist. Sie werden dem Schnellläufer einen freundlichen Empfang bereiten.«

»Das war das kürzeste Einstellungsgespräch, das ich je geführt habe«, presste Sullivan mit belegter Stimme heraus und griff nach seiner Teetasse. Da seine Hand jedoch noch immer zitterte, stellte er sie wieder ab. »Was hat ihn verraten? Sie haben ihm doch gar keine Fangfrage gestellt ...«

Perry Clifton erklärte es ihm, und Elgard Sullivan murmelte: »Und gerade das hatte ich als Entlastung für ihn gesehen ...«

Unsere Frage lautet: Womit hat sich der Fälscher verraten?

Krimirätsel Nr. 6

Falsche Spuren

Die Nachricht vom nächtlichen Ausbruch Ed Mulligans schlug wie eine Bombe ein. Besonders gravierend war die Tatsache, dass er acht Stunden Vorsprung hatte.

Ed Mulligan war der gleiche Mann, der vor drei Jahren, zusammen mit Timothy Loban, die Hauptkasse des Warenhauses Johnson & Johnson überfallen hatte und mit 280.000 Pfund entkommen konnte. Während man Loban noch im Warenhaus überwältigte, gelang Mulligan mit dem Geld zunächst die Flucht. Perry Clifton und Hank Murphy waren ihm dicht auf den Fersen, aber am Elton Square verloren die beiden Detektive Mulligans blauen Ford für kurze Zeit aus den Augen, um zwanzig Minuten später erneut seinen Weg zu kreuzen.

Zusammen mit drei Streifenwagen hetzten sie den Dieb in einen Fabrikhof. Mulligan ergab sich – mit einem höhnischen Lachen.

Das Geld jedoch war verschwunden.

Zwei Wochen nach seinem Ausbruch erhielt Perry Clifton Besuch von Detektivinspektor Jeff Mortimer, der den Fall Mulligan bearbeitete.

»Mulligans Braut, Kitty Stocker, ist nach wie vor wie vom Erdboden verschwunden.«

»Gleich dem Geld!«

»Ja, nur mit dem Unterschied, dass es eine Spur gibt.« Perry Clifton war überrascht. »Sie haben eine Spur?«

Mortimers Lächeln wirkte eher resigniert als erfreut. »Wir haben gestern erneut eine Haussuchung in der Wohnung seines Bruders vorgenommen. Hier, was sagen Sie dazu?«

»Ein Brief?«

»Ja, von Mulligan. Leider fehlt der Umschlag.« Perry faltete das Schreiben auseinander und las:

»Berlin, 29. November

Lieber Ted! Wie Du siehst, ist es uns gelungen, von der Insel zu entkommen. Die englische Polizei kann uns mal. Sie ist auch nicht mehr das, was sie einmal war.

Berlin ist eine aufregende Stadt. Kitty und ich wohnen in einem kleinen Hotel in Spandau. Wir gelten hier als Ehepaar aus Australien. Die falschen Papiere sind erstklassig gemacht.

Das Einzige, worunter Kitty hier im Hotel leidet, ist eine Fliegenplage. Der Hotelmanager meint, das läge an einer Fleischwarenfabrik in der Nähe.

Ich glaube, dass wir bis auf Weiteres hier bleiben werden. Es ist ein verdammt gutes Gefühl, über die Straßen bummeln zu können, ohne ständig Angst vor der Polizei haben zu müssen.

Kitty hat sich gestern neu eingekleidet. Wir sind ja nur mit zwei Taschen hier angekommen. Ich werde Dich über alles Weitere auf dem Laufenden halten. Kitty bittet Dich noch, Tante Gladys ab und zu einmal einen Besuch abzustatten. Sie wird sehr einsam sein, wenn Kitty jetzt nicht mehr regelmäßig zu ihr kommt!

Es grüßen Dich – Kitty und Ed!«

»Nun, was sagen Sie dazu?«, wollte Inspektor Mortimer wissen.

»Eine absichtlich falsch gelegte Spur. Daran gibt es keinen Zweifel. Selbst wenn sie England wirklich verlassen konnten, dann sind sie ebenso wenig in Berlin, wie Prinz Philip einen Vollbart hat.«

»Sie haben recht«, nickte Mortimer, »Berlin ist wirklich ein Fehler, über den sogar ein Detektivanwärter stolpern würde. Gesetzt den Fall, sie haben es geschafft, auf welche Himmelsrichtung tippen Sie?«

»Wenn bis auf Berlin alles stimmt, dann sind sie garantiert in einem heißen Land! Frage des Jahres: in welchem?«

Unsere Frage lautet: Warum konnte der Brief niemals aus Berlin kommen?

Krimirätsel Nr. 7

Simon Rodgers' letzter Auftritt

Anfang März war Simon Rodgers nach dreimonatigem Ortswechsel wieder nach London zurückgekehrt und hatte sofort mit den Vorbereitungen für einen neuen großen Coup begonnen.

Vorbereiten hieß für ihn, Beobachtungen anstellen. Und da Rodgers nicht nur ein gerissener Gauner der Extraklasse war, sondern auch ein Meister der Verkleidung, beobachtete er in den verschiedensten Masken. Er erschien als Priester ebenso wie als bärtiger Matrose. Er schlüpfte in die Uniform eines Omnibusschaffners oder in die eines Fliegers der Royal Air Force. Er tauchte als Krankenschwester oder als Offizier der Heilsarmee auf.

Diesen überdurchschnittlichen Fähigkeiten verdankte er auch den Spitznamen »der Schauspieler«.

Am 18. Mai glaubte er, alle wichtigen Details für den großen Tag zusammengetragen zu haben.

Es war ein Montag!

Nun begann er, sich mit der nicht weniger bedeutsamen Frage auseinanderzusetzen, wer als Komplize in Frage kommen könnte.

Name für Name, Gesicht für Gesicht ließ er im Geist an sich vorüberziehen. Es waren wenige, die ihm geeignet erschienen. Zuletzt blieben nur noch drei Namen: Arnos Benglen, Joe Slattery und Stanley McKenzie.

»Stan McKenzie ...«, flüsterten seine Lippen, und er beschloss, diesem einen Besuch abzustatten. Mit Stan hatte er schon zweimal erfolgreich zusammengearbeitet.

Obwohl es bereits auf 23 Uhr zuging, freute sich McKenzie, als er Rodgers im Halbdunkel vor seiner Dachwohnung in Stepney erkannte:

»Sieh mal an, der Schauspieler!«

»Bist du allein, Stan?«

»Wie die Queen auf dem Klo, komm herein!«

Stanley McKenzie, ein drahtiger Bursche mit einem sympathischen Gesicht (nicht jedem Gauner ist anzusehen, dass er einer ist), lotste Rodgers in seine Wohnstube, in der es nicht viel anders aussah als in der eines Postbeamten oder eines Angestellten der U-Bahn.

Er schaltete den Fernsehapparat aus und stellte Rodgers mehrere Flaschen Bier hin.

Simon Rodgers kam ohne alle Umschweife zur Sache: »Stan, ich habe ein appetitliches Ding ausbaldowert und beschlossen, dich zur Partnerschaft einzuladen.« Nach einer Denkpause fragte McKenzie: »Wie stehen die Chancen, und wie viel ist drin?«

»Zusammen mit dem Moment der Überraschung würde ich unsere Erfolgschancen auf achtzig Prozent schätzen. Zu holen sind zwischen 100.000 und 300.000 Pfund. Das kommt ganz darauf an, wie locker an diesem Tag den Kunden das Geld saß. Die gesamte Beute geht nur in zwei Teile. In deinen und in meinen. Schlüssel wie immer fünfzig Prozent!«

McKenzie stieß einen Grunzlaut der Überraschung und der Anerkennung aus. Laut sagte er: »Okay, da ich weiß, dass du bei deinen Unternehmungen an fast alles denkst, bin ich dein Partner! Um was geht's?«

»Wir werden am Freitag das Kaufhaus Johnson & Johnson um die Mittagseinnahmen erleichtern. Jeden Mittag zwischen 12 und 13 Uhr liefern die Sammelkassen ihre Einnahmen im sogenannten Hauptkassenraum im dritten Stock ab. In diesem Raum sind drei Leute fest damit beschäftigt, dazu kommen vielleicht noch zwei oder drei Kassierer. Ich werde Punkt 13 Uhr die Hauptkasse betreten und um die Einnahmen bitten. Am Ende des Ganges ist ein Fahrstuhl, der geht bis in die Tiefgarage. Während ich einsammle, wirst du den Fahrstuhl im dritten Stock festhalten, indem du ihn reparierst.«

»Okay!«

»Du trägst einen Vollbart und Monteurklamotten. Sobald ich noch vier Meter vom Lift entfernt bin, drückst du auf den Knopf. Ich habe es ausgerechnet. Es bleibt dann noch so viel Zeit, dass ich hindurchschlüpfen kann, eventuelle Verfolger jedoch nicht.«

»Und als was trittst du in diesem Stück auf?«

»Als Kapuzinermönch, da ich die Kutte brauche, um den Sack für das Geld und die Maschinenpistole darunter zu verstecken. Über den Kopf ziehe ich eine Wollmütze. Wir werden die nächsten Tage für Ortsbesichtigungen nutzen und das Manöver mit der Fahrstuhltür durchexerzieren. Wichtig ist auch noch, dass wir uns in der Nacht zum Freitag einen zuverlässigen Wagen besorgen.«

»Das mache ich. Ich weiß auch schon wo. Eine Frage, Simon: Bist du optimistisch?«

Rodgers nickte: »Ich zweifle keine Sekunde am Gelingen ...« Und dann grinste er plötzlich. »Außerdem bin ich abergläubisch. Eine alte Gaunerweisheit sagt: Klappt's am Platz zum ersten Mal, klappt's auch noch ein zweites Mal.«

McKenzie schlug sich die Hand vor die Stirn. »Natürlich, da hat ja schon mal einer kassiert, was ihm nicht zustand. Hat man den eigentlich gekriegt?«

»Ja, aber er war selbst schuld. Ohne sein Zutun hätten sie ihn nie gefangen. Über Interpol ging's. Irgendwo in Übersee lief er ihnen ins Netz.«

»Na ja, dann werden wir uns eben vornehmen, keine Fehler zu machen!«

Die beiden konnten nicht ahnen, dass auf sie ein unerbittlicher Gegner wartete: der Zufall!

Freitag, 12 Uhr 45.

Seit einer Viertelstunde wartete Perry Clifton auf seinen Vertreter Hank Murphy, der im Erdgeschoss zwei jugendliche Langfinger (die bereits zum fünften Mal ertappt worden waren!) der Polizei überstellen wollte. Die beiden Fünfzehnjährigen hatten, als sie Murphy erwischte, ein ganzes Warenlager in den Taschen.

Endlich, um 12 Uhr 54, polterte Hank schnaufend herein. »Tut mir leid, aber der eine Bursche versuchte zu türmen.«

Perry Clifton lächelte. »Okay, Hank, ich bin gegen zwei zurück!«, sagte er, hing sich seinen Mantel über den Arm, verließ das Zimmer und schlug den Weg zum Personalaufzug ein. Wenig später stoppte dieser im zweiten Untergeschoss der Tiefgarage. Perry Clifton schob die Tür auf und registrierte mehr im Unterbewusstsein zwei wartende Personen. Ein vollbärtiges Gesicht mit dunkler Brille und einem olivgrünen Arbeitsanzug huschte an ihm vorbei und dahinter das sich abwendende Gesicht eines Mönches. Dass die beiden Handschuhe trugen, bemerkte er nicht.

McKenzie drückte auf den Knopf zum 3. Obergeschoss.

»Er hat durch mich durchgesehen«, sagte er.

»Hoffentlich!«, gab Rodgers leise zurück.

Der Gang lag leer vor ihnen.

»Bis gleich!«, sagte Simon. Zwölf Schritte waren es bis zur Tür der Hauptkasse. Auf dem Weg dorthin zog Rodgers eine übergroße Wollmütze mit Quaste und eingeschnittenen Augenschlitzen hervor und stülpte sie über. Noch vier Schritte ...

Noch zwei ...

Die Tür.

Fünf entsetzte Augenpaare starrten durch das daumendicke Schutzgitter auf die Maschinenpistole in der Hand des Maskierten, der ihnen in diesem Augenblick einen Beutel aus grobem Leinen durch die viereckige Öffnung zuschob. Seine Stimme vibrierte vor Entschlossenheit und Kälte, als er befahl: »Wenn in einer Minute nicht das gesamte Geld in dem Sack ist, werden Sie nicht mehr in der Lage sein zuzusehen, wie ich diese Arbeit allein erledige!«

Die Drohung ließ die Leute frösteln, und sie beeilten sich, der Aufforderung nachzukommen. Niemand dachte daran, dass der Räuber ja gar nicht hinter das Gitter konnte.

Nach 48 Sekunden versicherte der zitternde Mr Shepard: »Das ist alles, Mister!«, und schob den prallen Beutel durch die Öffnung zurück. Rodgers ergriff ihn und warf die Maschinenpistole auf eine Art Tresen. Drei Sätze bis zur Tür, auf und hinaus.

Und hier wartete Zufall Nummer zwei in Form von zwei Putzfrauen, die mit Eimern und Schrubbern den Weg des rennenden Mönches so unglücklich kreuzten, dass der nach oben gerichtete Schrubber der links gehenden Frau seinen Kopf unterhalb der Stirn traf und die locker sitzende Wollmütze bis zum Haaransatz hochschob. Zwei Sekunden lang sahen zwei Frauen wie vom Donner gerührt Simon Rodgers ins Gesicht. Und sie standen noch da, als dieser und McKenzie bereits nach unten sausten.

»Das sind die verdammten zwanzig Prozent!«, fluchte Rodgers, während er sich die Kutte abstreifte. Von niemandem beachtet erreichten sie ihren gestohlenen Wagen.

»Ich setze dich am Patterson Square ab, Stan. Komm am Sonntagabend in meine Blockhütte nach Brobourne, dann teilen wir!«

»Okay!«, erwiderte McKenzie. Er wusste, dass ihn Rodgers nicht um einen Penny betrügen würde ...

Polizei und Direktion beschlossen zu Gunsten der Untersuchung einen sofortigen Informationsstopp über den Überfall. Das Einzige, was den Reportern von Presse und Radio mitgeteilt wurde, war, »dass ein Unbekannter die Hauptkasse eines Warenhauses überfallen« habe, mehr nicht. Am betroffensten war Perry Clifton, als er hörte, dass der Täter in einer Mönchskutte aufgetreten war. Verzweifelt versuchte er, sich an die Gesichtszüge des falschen Ordensbruders zu erinnern.

Von 16 Uhr an saßen er und die beiden Putzfrauen im Yard. Jeder in einem anderen Raum und jeder zusammen mit einem Spezialisten für Phantombilder. Cliftons Experte hieß Jerry Wood.

Der Warenhausdetektiv zermarterte sich den Kopf, zwang sich, an nichts anderes zu denken als an jenen Sekundenbruchteil im Fahrstuhl. Und langsam ... ganz langsam nahm ein Stück Erinnerung Formen an, erstand unter Woods Geschick und Ausdauer jenes verschüttet geglaubte Gesicht vor ihm. Es war wie ein Wunder. Noch größer wurde das Wunder, als man »sein« Phantombild mit denen der beiden Putzfrauen verglich. Es gab keinen Zweifel mehr: Sie meinten alle den gleichen Mann.

Kurz nach sieben Uhr stieß Detektiv Hollister zu ihnen. Es ging wie ein Ruck durch ihn, als er die Phantombilder sah.

»Simon Rodgers! Das ist kein anderer als Simon Rodgers! Und der hat auch die Kaltblütigkeit für einen solchen Coup.«

Noch in der gleichen Viertelstunde lief eine Großfahndung nach Rodgers, dem »Schauspieler« an. Aber noch etwas geschah: In fieberhafter Eile prüfte man auch, wer in den letzten Jahren als Komplize von Rodgers bekannt geworden war. Man stieß auf fünf Männer. Drei davon saßen eine Haftstrafe ab, der vierte und auch der fünfte hielten sich in London auf. Das glaubte man zumindest. Ihre Namen waren Gordon O'Kelly und Stan McKenzie.

Hollister tippte auf den zweiten Namen. »Rein gefühlsmäßig würde ich auf McKenzie tippen. Er ist nicht nur ein guter Techniker, er war früher auch mal Rennfahrer.«

Um 20 Uhr 15 war das vierstöckige Haus in Stepney umstellt.

Stanley McKenzie, angetan mit Bademantel und dickem Halswickel, sah erstaunt auf die drei Männer vor seiner Tür.

»Guten Abend, Stan, dürfen wir eintreten?«, fragte Inspektor Hollister und trat bereits ein. Perry Clifton und Detektivsergeant Wooley folgten.

»Krank?«

»Ich hab's im Hals. Nicht weiter schlimm. Was wollen Sie?«

»Was wissen Sie von dem Überfall im Kaufhaus?«

»Nur das, was im Radio kam!«

»Wir wissen, dass Sie dabei waren!«

»Das ich nicht lache!«, erwiderte McKenzie und versuchte tatsächlich ein Lachen. Dabei hüllte er sich fest in eine Decke.

»Sie waren der Monteur im Fahrstuhl!«, sagte Clifton.

»Lächerlich! Ich habe Rodgers seit mindestens drei Monaten nicht mehr gesehen.«

»Wo waren Sie heute Mittag?«, hakte der Inspektor nach.

»Im Bett, schließlich bin ich krank, wie Sie sehen!«

Perry Clifton: »Ich wiederhole: Sie waren der Monteur im Fahrstuhl, Mr McKenzie. Sehen Sie mich genau an, und Sie werden mich wiedererkennen. Ich stieg aus, und Sie stiegen ein!«

McKenzie machte eine weitausholende Armbewegung.

»Durchsuchen sie meine Wohnung. Wenn Sie Geld, Bart oder einen Monteuranzug finden, gehe ich freiwillig mit.«

»Wo steckt Rodgers, Stan?«

»Ich sagte doch schon, dass ich ihn seit Monaten nicht gesehen habe.«

»Wir haben den Tatwagen gefunden!«, bemerkte der Inspektor.

»Wie schön für Sie!«, spottete McKenzie. Und im Brustton der Überzeugung fügte er hinzu: »Ich würde nie an einem Ding mitdrehen, wo eine Maschinenpistole mit von der Partie ist!«

Hollister griff in die Tasche und entfaltete dann ein Papier. »Das kennen Sie ja!«

»Ein Durchsuchungsbefehl. Was wollen Sie denn bei mir finden?«

Hollister gab Wooley ein Zeichen, und der begann sofort mit der ihm eigenen Gründlichkeit, die Suche aufzunehmen.

»Erzählen Sie mir Ihren Tagesablauf, Stan!«

»Da gibt's nicht viel zu erzählen. Nach dem Aufstehen habe ich gefrühstückt, bin zur Apotheke gegangen und wieder zurück ins Bett. Und das ist wohl kein strafbarer Tatbestand!«

Nach einer knappen halben Stunde schüttelte Wooley den Kopf. Er hatte nichts gefunden.

»Na also«, sagte McKenzie erfreut, doch er freute sich zu früh, denn da forderte ihn Detektivinspektor Hollister auf: »Bitte ziehen Sie sich an, ich nehme Sie mit. Dass Sie bei dem Überfall eine Rolle gespielt haben, ließen Sie uns ja in aller Deutlichkeit wissen.«

»Aber hören ...«

Hollister schnitt McKenzie das Wort ab. »Wenn Sie in drei Minuten nicht angezogen sind, nehmen wir Sie mit, wie Sie sind!«

Im Laufe der Nacht erfuhren die Beamten von dem völlig zermürbten McKenzie auch, wo sich Simon Rodgers versteckt hielt. Kurz vor 5 Uhr morgens konnte dieser verhaftet werden. Die gesamte Beute in Höhe von 152.500 Pfund befand sich vollzählig in seinem Besitz.

Unsere Frage lautet: Welche tölpelhaften Bemerkungen überführten McKenzie als Mittäter?

Krimirätsel Nr. 8

Der Farbfleck

Es war wenige Minuten vor 16 Uhr.

Eigentlich hatte Perry Clifton nur einen Sprung zu Herb Coolers, dem Uhrmacher in der Sanson Street, machen wollen. Um Zeit zu sparen, nahm er den Weg über die rückwärtige Treppe, über die er zu dem kleinen Ausgang kam, der direkt in die Hall Street führte. Dort stieß er mit Sam Barnie zusammen, dem Polizisten, zu dessen Streifengebiet auch Johnson & Johnson gehörte. Und Sam gab sich alle Mühe, die immer wieder stehen bleibenden Passanten weiterzuschicken. Er atmete tief auf, als er Perry Clifton erkannte.

»Sie kommen wie gerufen, Perry. Haben Sie ein paar Minuten Zeit? Der Streifenwagen muss gleich da sein.« Sie standen vor dem Royal-Palace-Kino.

»Bitte kümmern Sie sich doch um die Lady, ich muss den Neugierigen den Marsch blasen«, versuchte er zu scherzen.

»Was ist denn geschehen?«, fragte Perry Clifton die junge Frau, und sie erzählte ihm, was passiert war. Ein Unbekannter war in das Büro des Kinos eingedrungen, wo der Geschäftsführer, ein gewisser Ellert Milroy, gerade beim Zählen der Einnahmen war.

Noch bevor Milroy recht wusste, was geschah, hatte ihm der Fremde mit einem länglichen Gegenstand das Bewusstsein aus dem Kopf geschlagen. Im Augenblick bemühte sich ein Arzt, der im selben Haus seine Praxis hatte, um ihn. Das Erste, was Milroy ausgesagt hatte, war, dass es sich bei dem Täter um einen Mann mit Maske in einem langen karierten Mantel gehandelt habe.

Die Augenzeugin, jene junge Frau neben Perry Clifton, befand sich, nach eigener Aussage, gerade im Treppenhaus, als der Mann im langen Mantel vorbeihastete. Der Täter, so schätzte sie, sei Anfang zwanzig gewesen, und bei dem Mantel habe es sich um einen langen karierten Reisemantel gehandelt.

»Sie hat eine wichtige Entdeckung gemacht, Perry!«, rief Sam Clifton zu.

»So«, fragte Perry Clifton die junge Frau, »haben Sie?« Sie nickte voller Eifer. »Der Mann hatte auf seinem Jackett einen großen gelben Farbfleck. Vielleicht war er Maler.«

Sam Barnie, der jetzt zu den beiden trat und die letzten Worte der Frau hörte, meinte anerkennend: »Ich wollte, alle Augenzeugen würden so gut aufpassen.«

Es quietschte neben ihnen, zwei Autotüren gingen auf. Bob Hanks und Lennie Barkley vom 14. Revier sprangen aus ihrem Streifenwagen. Perry Clifton nahm sofort Barkley, der der Detektivabteilung der Polizeistation angehörte, zur Seite und sagte: »Sam Barnie ist sicher ein prächtiger Streifenbeamter. Nur mit der Kriminalistik hapert's bei ihm ein bisschen. Nehmen Sie mal die sogenannte Augenzeugin kräftig in die Zange. Entweder ist sie eine Aufschneiderin, oder sie steckt mit dem Täter unter einer Decke und will die Spur in eine bestimmte Richtung lenken.«

Und in kurzen Worten erklärte Perry Clifton Barkley, über welche Bemerkung er gestolpert war.

Unsere Frage lautet: Über welche Bemerkung ist Perry Clifton gestolpert?

Krimirätsel Nr. 9

Perry Clifton und die Safttrinker

Sonnabend, 19. Juni.

Perry Clifton wollte gerade das dritte Ei in die Pfanne schlagen, als es klingelte.

»Das wird Dicki sein«, sagte Perry laut und legte das Ei neben die Herdplatte.

Sieben, acht Schritte brachten ihn zur Tür. Das »Hallo, Dicki!«, allerdings blieb ihm unausgesprochen im Hals stecken. Nicht Dicki stand vor ihm, sondern ein ihm unbekannter Knirps von etwa neun Jahren. Ein neugieriges Augenpaar unter einem struppigen Haarschopf musterte ihn.

»Sind Sie Mr Clifton, der Detektiv?«, fragte er mit heller, piepsiger Stimme.

»Ja, der bin ich!«

»Das soll ich Ihnen geben!« Der Dreikäsehoch streckte ihm einen Umschlag entgegen. Und noch bevor der Detektiv etwas erwidern oder fragen konnte, sauste der klein geratene Bote schon wieder polternd treppab. Perry Clifton dachte an die Eier in der Pfanne und verzichtete auf eine Verfolgung.

Wenig später riss er den Umschlag auf und las:

»Lassen Sie die Finger aus dem Fall Claxen, oder wir drücken Ihnen die Nase platt! Einer, der es Ihnen zeigen wird!«

Das alles stand da, zusammengesetzt aus Buchstaben diverser Zeitungen. Perry Clifton konnte bei dem

Gedanken an die beiden Safttrinker ein Lächeln nicht unterdrücken.

Arnold Claxen und dessen Schwager Stevie Strong hatten früher einmal hier im Haus gewohnt, bevor Claxen in die Oxen Road und Strong in die Gayford Street gezogen waren.

Und bei dem »Fall Claxen« handelte es sich um einen Streit der beiden, bei dem Perry Clifton für Arnold Claxen den Nachweis erbringen sollte, dass es Strong war, der schon dreimal zu nachtschlafender Zeit auf Claxens Auto Eselsköpfe in Öl gepinselt hatte. Drei Nächte lang hatte sich der Detektiv auf die Lauer gelegt. Doch jetzt wurde es wohl höchste Zeit, dass er ein paar Takte mit dem Schwager redete …

Stevie Strong öffnete höchstpersönlich.

»Oh«, er strahlte Perry Clifton an, »ein alter Bekannter. Treten Sie ein. Ich trinke gerade Tomatensaft, möchten Sie auch ein Gläschen?«

»Nein, danke, ich habe heute meinen saftfreien Tag, und den will ich eisern einhalten.«

»Soso, soso … Übrigens, ich habe gehört, dass Arnold Sie vor seinen Karren gespannt hat. Es ist schon schlimm mit ihm. Seit ihm der Arzt das Trinken von Kürbissaft verboten hat, kommt er auf die abenteuerlichsten Ideen.«

»Nun, Eselsköpfe in Öl sind eher unangenehm als abenteuerlich.«

»Und ich soll sie ihm auf seine alte Kiste gemalt haben? Einfach lächerlich. Soll ich Ihnen mal was verraten, Mr Clifton? Arnold ist es selbst gewesen! Seitdem der Arzt ihm …«

Perry Clifton winkte ab. »Ich weiß, der Kürbissaft.« Dann hielt er Stevie den geklebten Drohbrief hin. »Kommt Ihnen das bekannt vor?«

»Was ist das?« Er las die Zeilen und schüttelte den Kopf. »Unverschämtheit!«

Strong sah Perry Clifton groß an. »Warum kommen Sie damit zu mir?«

»Weil ich Sie in Verdacht habe, der Buchstabenkleber zu sein!«, sagte Perry Clifton und lächelte.

»Mister ...«, schnauzte Stevie Strong empört mit funkelnden Augen. »Mr Clifton, was denken Sie von mir? Was erlauben Sie sich? Glauben Sie wirklich, ich würde fremde Kinder in einen solchen Familienstreit hineinziehen?«

Perry Clifton nahm ihm den Brief aus der Hand. Er lächelte noch immer, als er sich verabschiedete und sagte: »Ein Schelm, der glaubt, er könne ungestraft Eselsköpfe auf die Autos anderer malen. Sie sind sicher meiner Meinung, nicht, Mr Strong?«

Stevie Strong nickte, und zwar mit Eifer, Nachdruck und – Misstrauen!

»Sie Detektiv, Sie!«, sagte er und knallte die Tür zu.

Unsere Frage lautet: Natürlich war der Safttrinker Stevie der Übeltäter. Womit hat er sich verraten?

Krimirätsel Nr. 10

Ein Brief aus Chamonix

Sechs Jahre war es her, dass Claude Hillman aus der Detektivabteilung von Johnson & Johnson ausgeschieden war. Claude, Sohn eines englischen Vaters und einer französischen Mutter, hatte seinerzeit gleichzeitig mit Perry Clifton den Dienst in dem Londoner Warenhaus aufgenommen. Doch Hillmans wahre Liebe galt Frankreich. Jeden Urlaub verbrachte er jenseits des Kanals.

Nach seinem Ausscheiden arbeitete er zunächst bei einer großen Versicherung in Paris als Versicherungsdetektiv, anschließend in einer reinen Detektivagentur, und schließlich – das war nun ein Jahr her – nahm er den Posten eines Hoteldetektivs in einem Luxushotel in Chamonix an.

Am 17. November erhielt Perry Clifton – sie standen ohne Unterbrechung in brieflichem Kontakt – ein langes Schreiben seines ehemaligen Kollegen und Freundes aus Chamonix. Hillman schrieb:

»Lieber Perry, ich brauche Deine moralische und kriminalistische Unterstützung, denn ich habe einen gewaltigen und peinlichen Fall am Bein. Am besten wird es sein, wenn ich Dir alle Fakten samt Daten – die Letzteren sind besonders wichtig! – in einem nüchternen Bericht nenne:

Die sogenannte ›Silberkammer‹ in unserem Hotel befindet sich im Erdgeschoss und ist entsprechend gesichert. Die Tür besteht aus holzverkleidetem Stahl. Der Raum ist fensterlos.

Die hier aufbewahrten Bestecke, Schalen, Schüsseln, Tabletts und Leuchter, durchweg aus schwerem Silber (deshalb der Name!), werden nur bei besonderen Anlässen verwendet bzw. aufgelegt. Zuletzt beim Besuch des Schah von Persien vom 22. Oktober bis 1. November. Die Sicherheitsschlüssel zur Silberkammer existieren in dreifacher Ausfertigung.

Davon trägt einen *Paul Durant,* der Geschäftsführer, am Schlüsselbund bei sich. Durant liegt seit dem 4. November mit einem komplizierten Beinbruch im Krankenhaus.

Den zweiten Schlüssel besitzt der Oberkellner *Jean Servais* und den dritten *Direktor Borlair.*

Aus allen Wolken fielen wir alle am 8. November, einen Tag nach der Rückkehr Borlairs aus Paris, wo er sich seit dem 30. Oktober befunden hatte und von wo er die Nachricht mitbrachte, dass der französische Sportminister samt Gefolge am 21. November im Hotel Einzug halten würde.

Zuerst verständigte man Jean Servais, der seit dem 29. Oktober bei seiner Schwester in Grenoble weilte, nachdem diese in einen Verkehrsunfall verwickelt worden war.

Grund des allgemeinen Entsetzens:

Als Servais zwei Frauen zum Silberputzen in die Silberkammer begleitete, erkannte er sofort nicht nur die Katastrophe, sondern auch ihr Ausmaß: Das gesamte Besteck sowie insgesamt vierzehn Leuchter, vier Tabletts und drei komplette Schüsselgarnituren waren verschwunden.

Jeder der drei Schlüsselbesitzer beteuerte, seine Schlüssel nicht eine Sekunde aus der Hand gegeben zu haben.

Inspektor Jacques Ficrevisse kam in seinen Ermittlungen keinen Schritt voran, und auch ich habe lange Zeit im Dunklen getappt. Doch dann glaubte ich, die Lösung gefunden zu haben. Es konnte für mich keinen Zweifel mehr daran geben, dass der Dieb nur unter den drei Schlüsselbesitzern zu suchen und zu finden ist.

Immer wieder habe ich die Daten und Fakten überdacht, und jetzt weiß ich, dass ... hinter dem Diebstahl steht.

Leider hat Inspektor Ficrevisse noch Bedenken. Er fürchtet wohl, einen unverzeihlichen Fehler zu begehen; dabei bin ich meiner Sache sicher.

Bitte, lieber Perry, lies meinen Bericht noch einmal (oder auch zweimal!) genau durch und schreibe mir, ob Du zum gleichen Schluss kommst wie ich.

Gespannt auf Deine Antwort wartend – Dein Freund Claude!«

Vierundzwanzig Stunden später erhielt Perry Clifton eine wunderschöne Ansichtskarte aus Chamonix mit der Triumphmeldung: »Ich hatte recht! Man hat in seiner Wohnung das gesamte Silber gefunden! Gruß, Claude.«

Ohne Zweifel hatten sich zwei Karten gekreuzt, denen das gleiche Anliegen zu Grunde lag. Auf Perry Cliftons Karte, die dieser noch am gleichen Tag in den Briefkasten geworfen hatte, stand: »Bin Deiner Ansicht. Dein Täter ist auch mein Täter! Gruß, Perry!«

Unsere Frage lautet: Welcher der drei Schlüsselbesitzer war der Dieb?

Auflösungen

Fall Nr. 1 **Die Grillparty**

Nach eigenen Bekundungen konnte Dave Bullright schon Dinge und Gegenstände nicht mehr klar erkennen, die nur zehn Meter von ihm entfernt waren. Wie wollte er dann Einbrecher in der Nacht über eine Entfernung von zweihundert Metern erkennen?

Fall Nr. 2 **Die Katze**

Es war Shelton. Wäre er unschuldig gewesen, hätte er nichts von dem »Versteck« Katze wissen dürfen.

Fall Nr. 3 **Der Fall Poljareff**

Fehler eins: Es gab nur *ein* Hochhaus, aber viele einstöckige Flachbauten. Wenn er sagt: »Fahrstuhl fahre ich nicht«, so lässt das nur einen Schluss zu: Er wusste, dass es sich bei dem Schauplatz des Diebstahls um das Hochhaus handelte. Fehler zwei: Niemand – außer Poljareff – hatte das Wort »hinken« oder »Hinker« erwähnt, bevor er es nicht selbst tat.

Fall Nr. 4 **Nachbarschaftshilfe**

Angeblich war Joe Collins durch die Sicherheitskette aufgehalten worden. Wie aber sollte so etwas möglich sein, wenn vorher die Diebe durch die gleiche Tür verschwunden waren?

Fall Nr. 5 **Der vierte Mann**

Allert behauptet, vom Prozess in Dublin nichts zu wissen. Gleichzeitig jedoch begeht er den unverzeihlichen Fehler, zu seiner Verteidigung anzuführen, dass er »zum Zeitpunkt dieser Verhandlung in Paris weilte«.

Fall Nr. 6 **Falsche Spuren**

In Berlin gibt es Ende November keine Fliegenplage - nicht einmal in der Nähe eines Schlachthofs oder einer Fleischwarenfabrik.

Fall Nr. 7 **Simon Rodgers' letzter Auftritt**

Durch Presse und Rundfunk war nur bekannt geworden, »dass ein Unbekannter die Hauptkasse eines Warenhauses überfallen« habe. Einzelheiten zur Tat waren also nicht bekannt. Trotzdem wusste der angeblich kranke McKenzie, dass bei dem Überfall eine Maschinenpistole verwendet worden war, dass der Monteur einen Bart getragen hatte und - dass der Täter im Kassenraum Simon Rodgers gewesen war.

Fall Nr. 8 **Der Farbfleck**

Wie will man auf einer Jacke einen Farbfleck erkennen können, wenn der Betreffende einen Mantel trägt?

Fall Nr. 9 **Perry Clifton und die Safttrinker**

Er wusste, dass der Bote des Drohbriefes ein Kind war.

Fall Nr. 10 **Ein Brief aus Chamonix**

Es war der Geschäftsführer Paul Durant. Er war der Einzige, der nach der Abreise des Schah bis zur Entdeckung des Silberdiebstahls im Hotel war.